rororo

Stefan Schwarz, Jahrgang 1965, ist mehrfach erprobter Ehemann, leidenschaftlicher Vater sowie Autor von Kolumnen für das Fernsehen und die Bühne. Seine Lesungen genießen Kultstatus. 2010 erschien «Hüftkreisen mit Nancy», 2012 «Das wird ein bisschen wehtun».

STEFAN SCHWARZ

Die Großrussin

Roman

Rowohlt Taschenbuch Verlag

Veröffentlicht im Rowohlt Taschenbuch Verlag,
Reinbek bei Hamburg, Mai 2015

Umschlaggestaltung ANZINGER | WÜSCHNER | RASP, München
Abbildung Ben Sanders, eeewah / Getty Images
Satz Dolly PostScript, InDesign
Gesamtherstellung CPI books GmbH, Leck, Germany
ISBN 978 3 499 26697 3

MIX
Papier aus verantwortungsvollen Quellen
FSC® C083411

Das für dieses Buch verwendete FSC®-zertifizierte Papier
Lux Cream liefert Stora Enso, Finnland.

I've always been a coward
And I don't know what's good for me
Kate Bush, Hounds Of Love

Auf Grund eines Sees

Das ist das Ende.

Ich rutsche mit den Füßen voran vom Bootsrand und versinke. Das kalte Wasser schießt von unten in die Hosenbeine und klebt mir die Kleidung auf meine Haut. Blasen kostbarer Luft entweichen an die Oberfläche. Meine Füße sind im Eimer. Im Eimer ist Zement. Der Eimer stößt jetzt auf Grund. Meine Knie knicken ein, und ich kippe langsam und unabwendbar vornüber. Mit dem Gesicht in den Schlamm. Meine Handgelenke auf dem Rücken winden sich schmerzend in Kabelbindern.

Aus.

Vor vierzehn Tagen war ich noch bei der Darmspiegelung. Ohne Befund. «Also an Darmkrebs sterben Sie demnächst nicht!», hatte der Doktor gelacht. Er wird recht behalten. Demnächst sterbe ich ganz sicher nicht an Darmkrebs. Demnächst liege ich aufgedunsen im Schlick, und Aale schwimmen durch meine ausgefressenen Augenhöhlen.

Vorbei.

Sie werden mich nicht finden. Und das Schlimmste ist: Maike wird niemals glauben, dass mir was zugestoßen ist. Ich bin einfach nicht der Typ, dem etwas zustößt. Ich bin immer nur der Typ gewesen, der dabei war, wenn anderen etwas zustieß. Ich bin doch immer so vorsichtig. Sie wird denken, ich habe mich davongemacht. Sie verlassen. Wegen dieser Russin! Sie wird sich ganz ernst zu Claudia und Julia setzen und sagen, dass Papa nicht wiederkommt, weil Papa jetzt eine andere Frau liebhat. Sie wird in einem so ruhigen, so verständnisvollen Ton sprechen, wie sie noch nie zu Claudia und Julia gesprochen hat, und die beiden werden ihre Mama mit großen Augen anschauen, weil sie von nun an wissen, dass Erwachsene nur dann in einem ruhigen und verständnisvollen Ton sprechen, wenn etwas wirklich Schreckliches passiert ist.

Nein. So nicht!

Ich werde sterben, wie ich gelebt habe. Aufrecht!

Ich werde nicht im Schlamm verrecken. Ich werde mich aufstellen. Jetzt!

Als ich mein Gesicht aus dem Schlamm drehe, spüre ich etwas an meiner Wange. Ein Wurzelstock, aus dem ein glatter Stängel nach oben wächst. Eine Seerose. Ich wälze mich herum. Spüre Stängel um mein Gesicht, meinen Hals. Hier ist alles voller Seerosen. Langsam, aber sicher geht mir die Luft aus. Als Kind hatte ich beim Schwimmen immer fürchterliche Angst vor Seerosen. Was, wenn ich mich mit den Beinen in den langen Stängeln verfinge? Nicht mehr freikäme? Ertrinken würde?

Irgendwann ist diese Angst vor Seerosen vergangen. Ich weiß sogar recht genau wann. In der siebten Klasse. Im Biologieunterricht. Ökologie. Gewässerkunde.

Falls das wirklich Seerosenstängel sind …

Lufthunger zieht meinen Leib zusammen.

Doch. Das müssen Seerosen sein. Was denn sonst?

Ich nutze den Luftmangel, der mich wringt, krümme mich noch mehr zusammen und stoße mich mit dem Kopf vom

Grund ab. Mein Körper federt nach oben, ich pendle ein paar Mal im Wasser herum und komme dann über dem schweren Eimer ins Lot. Ich beginne mich zu strecken, mein Herz pumpt in gewaltigen Kolbenhüben um das letzte Fitzchen Sauerstoff in meinen Adern. Mir wird flau. Jetzt nicht kollabieren. Ich recke mich schwindlig auf. Über meinem Kopf, an meinem Scheitel, ein Kitzeln. Ich ahne, was das ist.

Ich liebe Seerosen!

Mein Gesicht stößt durch die Wasseroberfläche. Nicht viel. So Oberkante Unterlippe. Egal. Luft.

Ich lebe.

Ein paar Meter weiter klatschen bedächtig die Ruder ins schwarze Wasser. In meiner Kehle würgt ein Schrei herum und möchte gern raus.

Idioooot! Zu blöd, einen Mann im See zu versenken!

Ja, mein Guter, es ist ein populärer Irrtum, dass Seen in der Mitte am tiefsten sind. Der deutsche See ist keine Schüssel. Der deutsche See ist vielgestaltig. Hoho! Manchmal ist er in der Mitte tief. Manchmal ist er in der Mitte flach. So flach, dass ein Mann drin stehen kann. Sogar ein kleiner Mann. Inmitten kleiner Seerosen. Der Stängel der Kleinen Seerose ist maximal anderthalb Meter lang! Die allerliebste Kleine Seerose mit ihrer anmutigen weißen Blüte ist eine Zeigerpflanze für Verlandungszonen! Könnte man eigentlich wissen, wenn man im Biologieunterricht aufgepasst hat!

Das nenne ich Auslese nach Intelligenz. Von wegen, Schule spielt später keine Rolle mehr!

Aber gut. Nicht ausflippen. Mund halten. Ganz ruhig. Nicht schreien, nicht mal keuchen. Wenn das ginge, atemlos, wie ich bin ...

Zu spät. Der Ruderer hält mit dem Rudern inne. Er lauscht. Ich hechele mit offenem Mund. Wohl nicht geräuschlos genug. Der Mann taucht die Ruder langsam wieder ins Wasser, wendet das Boot und rudert ein paar Meter zurück.

Scheiße, scheiße, scheiße. Ich hab kaum genug Luft, aber ich muss noch mal abtauchen. Die Wasseroberfläche schließt sich wieder über mir. Ich hocke über dem im Schlamm hin und her wackelnden Eimer. Versuche, mich mit den zusammengebundenen Händen am Eimer festzuhalten. Rutsche ab. Ratsche mir die Haut am schartigen Blechrand auf. Der Schmerz treibt mir verräterische Blasen aus dem Mund. Links oben schwebt der schwarze Schatten des Bootes heran. Doch plötzlich wird alles licht und hell und weit vor Eingebung.

Der schartige Eimerrand! Binnen Sekunden reiße ich die Kabelbinder am Eimerrand auseinander. Die Ruder drehen drei Meter entfernt das Boot im Kreis. Der Mann sucht die Stelle, wo er mich ins Wasser gestoßen hat. Aber ich habe meine Hände wieder. Langsam – langsamer, als es meine nach Luft gierenden Lungen verlangen – tauche ich aus dem Wasser. Der Mann im Boot steht auf. Das Boot schwankt. Das Licht einer Taschenlampe geht an. Das Boot treibt sachte in meine Richtung. Der Mann leuchtet auf der anderen Seite ins Wasser. Der Lichtkegel der Lampe schwenkt langsam kreisend um das Boot herum auf meine Seite. Als das Boot nur noch einen Meter von mir entfernt ist, hebe ich meine wundgescheuerten Hände aus dem Wasser.

Der Leuchtkegel der Taschenlampe leuchtet zwei Hände an, die auf den Bootsrand greifen. Der Mann sieht mich, doch wenn er glaubt, dass ich zu ihm ins Boot will, liegt er falsch.

Er liegt nicht nur falsch. Er steht auch falsch. Nämlich steif und aufrecht. In einem Boot.

Ich formuliere es mal so: In Physik hat er auch nicht aufgepasst.

Je höher der Schwerpunkt, desto geringer die Stabilität. Sechste Klasse.

Ich reiße das Boot herunter. Mit einem Fluchlaut verliert der Mann das Gleichgewicht und geht samt Taschenlampe auf der anderen Seite rücklings über Bord.

Das leere Boot macht einen Satz seitwärts. Dahinter gurgelt und schwappt das Wasser, bis der Mann nach drei Sekunden wieder auftaucht. Ohne Taschenlampe. Er macht wilde Schwimmbewegungen, was ja eigentlich unnötig ist. Er schnauft, wendet sich. Er glotzt hektisch nach allen Seiten, sucht Orientierung. Er fragt sich, wo ich bin.

Dann endlich sieht er mich. Ich stehe etwas wacklig in meinem Zementeimer zwischen Seerosen. Zwei Meter vor ihm. Wasser läuft mir von den Armen über das Gesicht.

Er fragt sich, warum ich hier so ruhig stehe.

Er fragt sich, warum ich die Arme erhoben habe.

Was ich da hochhalte.

Aber er braucht sich nicht mehr groß den Kopf zerbrechen.

Denn das tue ich jetzt!

Im Schilf weiter hinten flattern erschrockene Stockenten auf.

Die richtige Antwort war übrigens: ein Ruder!

Gut, dass es so dunkel ist. Ich will lieber nicht sehen, was hier jetzt so alles auf dem Wasser schwimmt. Es riecht ein bisschen nach Eisen. Das kommt vom Blut. Seine Eisenwerte scheinen okay gewesen zu sein. Hoffentlich hatte er nichts Übertragbares.

Mein Name ist Ullrich Hasselmann. Doktor Ullrich Hasselmann. Ich bin kein Arzt. Ich bin Altphilologe. Altphilologen beschäftigen sich mit Sprachen, die keiner mehr spricht. Mit Sprachen, die schon so lange tot sind, dass man gar nicht mehr weiß, wie die Worte richtig ausgesprochen werden. Das ist kein besonders gefährlicher Beruf. Ehefrauen von Altphilologen fragen sich nie, ob ihr Mann heute heil nach Hause kommt. Altphilologen beschäftigen sich mit Inschriften, Büchern und Pergamenten. Die tun einem nichts. Wenn man bei einer Party gefragt wird, was man so macht, und man antwortet: «Ich bin Altphilologe!», sagen viele bloß «Soso» und gehen dann gleich ins nächste Zimmer, um zu gucken, wie es da so ist. Vielleicht sollte man einfach die Bezeichnung ändern? Aber es stimmt ja: Aufregende Berufe gehen anders. Wenn im Luxushotel morgens einer tot in seinem Erbrochenen liegt, steht nie ein graustoppeliger Ermittler vor der Leiche und knurrt: «Lassen Sie mich raten. Ein Altphilologe!» Und selbstverständlich werden Altphilologen nicht in Seen versenkt.

Der Mann ist nicht untergegangen. Er schwimmt mit ausgebreiteten Armen auf dem See, als wolle er ihn irgendwie umarmen. Seine Lederjacke hat einen Buckel voll Luft, und jetzt treibt er langsam und reglos auf mich zu. Es ist das Letzte, was er treibt. Ich will ihn schon fast mit dem Ruder wegstoßen, als mir einfällt, dass mein toter Mörder im Besitz einiger Sachen ist, die ich dringend brauche. Da er kopfwärts auf mich zutreibt, sein Kopf aber nicht mehr so richtig wie ein Kopf aussieht, tippe ich ihm erst mal mit dem Ruderblatt an die Schulter, drehe ihn von mir weg und ziehe ihn an der Jacke, mit dem Rücken voran zu mir. Ich hatte recht. Über der rechten Gesäßhälfte steckt eine Pistole im Hosenbund. In der Jackentasche finde ich den Autoschlüssel. Jetzt brauche ich nur noch das Boot. Es dümpelt ein paar Meter weiter zwischen etwas dichter wachsenden Seerosen. Ich stake mit dem Ruder in den Grund, kann mich so samt dem Eimer leicht abstoßen und hüpfe vorsichtig zum Boot. Einmal wirft es mich noch um, weil ich gegen eine Wurzel gehüpft bin, aber ich komme schnell wieder auf die Beine. Dann kralle ich mir das Boot.

Leider bin ich mit meinen Zementfüßen zu schwer, um mich ins Boot hieven zu können. Wenn ich mich auf den Rand stütze, kippt es und säuft ab. Aber ranhängen geht! Ich hänge mich mit dem einen Arm hinten ans Boot und manövriere, mit der anderen Hand stakend, in Richtung Ufer.

Das Wasser wird flacher, am Uferrand lasse ich das Boot, falle mit dem Oberkörper auf die Erde, wälze mich an Land, setze mich auf. Wo ist der Jeep, mit dem wir hergekommen sind?

Ein Streifen Helligkeit am Horizont. Das muss die Stadt sein. Das Schilf und die Weiden stehen davor wie Scherenschnitte. Ein Suchbild aus Halmen und Ästen in Schwarz-Weiß. Finde das Auto. Ich habe einen kiloschweren Monofuß und kann nicht mal eben so um den See wandern. Bei genauerem Hinsehen erweist sich ein ferner Hügel rechts von mir als Autodach. Vielleicht achthundert Meter. Ich versuche zu hüpfen, aber mir fehlt der Auftrieb, den ich im Wasser hatte, zudem ist der Boden morastig. Mir bleibt nichts übrig, als mich hinzulegen und zum Auto zu rollen.

Ich wäre wirklich sehr froh gewesen, wenn ich über die Wiese hätte hüpfen können. Denn es ist eine Kuhweide. Flatsch. Roll. Flatsch. Es ist nicht unnormal, dass auf einer Kuhweide Kuhfladen liegen. Unnormal ist es, wenn sich bis zum Unterschenkel einzementierte Altphilologen über Kuhwiesen rollen.

Um es noch einmal ganz deutlich zu sagen: Ich habe nicht etwa aus Versehen einen langweiligen Beruf gewählt. Ich habe Altphilologie studiert, weil ich mich eigentlich nur in der Vergangenheit sicher fühlte. In einer ganz und gar und unwiderruflich abgeschlossenen Vergangenheit. Einer Vergangenheit ohne Risse und Lecks, aus denen heimlich Unheil in die Gegenwart einsickern kann.

Das war schon als Kind so. Ich war ein Drinnenkind. Ein Stubenhocker. Ich habe viel gelesen. Ich wollte nicht draußen herumtoben, nicht mit anderen Jungs raufen und mir die Knie aufschlagen. Ich wollte keine Abenteuer erleben. Nicht auf Bäume klettern, nur um runterzufallen und dann querschnittsgelähmt zu sein. Oder Höhlen graben, die dann einstürzen und aus denen man erst gerettet wird, wenn das Gehirn leider schon etwas zu lange ohne Sauerstoff war. Ich wollte auch nicht mit Pfeil und Bogen hantieren und womöglich einem Spielkameraden das Auge ausschießen, um dann mein Leben lang Schuldgefühle zu haben.

Von heute aus gesehen, wirkt es fast, als hätte ich schon als Kind eine Art Vorahnung gehabt. Als hätte ich gewusst, dass das Leben nur darauf lauert, dass ich einen Fehler mache. Andere Menschen machen dauernd Fehler, absichtlich, fahrlässig, aus purer Dummheit oder Faulheit, und das Leben lässt es ihnen durchgehen. Ich habe in meinem Leben nur einen einzigen Fehler gemacht, aber dieser eine Fehler hat sich zu einer unglaublichen Katastrophe ausgewachsen.

Ich erreiche den Jeep und schließe ihn auf. Schalte das Licht an, damit ich endlich was sehe: meine wundgeriebenen Handgelenke. Meine mit Kuhdreck beschmierten Schultern. Meine Füße im Eimer. Der Mann hat den Schnellzement sogar noch mit dem Spatel glattgestrichen. Ich bin beinahe gerührt. Wenn man jemanden einzementiert, dann muss das auch ordentlich aussehen. Fast schäme ich mich, ihm so laienhaft einfach den Schädel eingeschlagen zu haben. Das hätte ihm nicht gefallen. Da gibt es elegantere Möglichkeiten.

Ich rolle mich am Auto entlang zur Kofferklappe, öffne sie, hole das Radkreuz heraus und setze mich damit an den linken Hinterreifen, um den Eimer und den Zement um meine Füße zu zerschlagen. Das Zinkblech springt nach ein paar Schlägen auseinander, und ermuntert von diesem Erfolg, hämmere ich immer heftiger auf den nun in kleinen Brocken abspringenden Zement ein.

Zwei Minuten später zerreißt ein Schrei die nächtliche Stille.

Ich hatte keine ...

O mein Gott, ich hatte keine Schuhe aaaaaaaaaaaaaaaaaa aaaaaaaaaaaaaaaaan!

***

Vor acht Tagen war alles noch in Ordnung. Doch vor sieben Tagen begann sich die Ordnung meines Lebens plötzlich aufzulösen. An meinem vierundvierzigsten Geburtstag. Es war gegen zehn Uhr am Vormittag, als der junge Doktor Rieke durch die Tür in mein Büro kam und mich unter dem Tisch knien sah.

«Geht es Ihnen nicht gut?»

«Doch, doch», ich erhob mich ächzend und rüttelte mit dem Zeigefinger im rechten Ohr herum, «ich dachte nur einen Augenblick, ich hätte Tinnitus.»

Doktor Rieke war erst im letzten Wintersemester ans Institut für Alte Geschichte gekommen und mit meinen Sensibilitäten noch nicht vertraut.

«Und dazu mussten Sie unter den Tisch kriechen?»

«Ich war mir nicht ganz sicher. Es war so ein leises Rauschen. Und ich dachte, bevor ich jetzt ausflippe, horche ich mal lieber erst an der Heizung!»

«Und?»

«Was heißt hier: Und? Es *ist* die Heizung! Hören Sie nicht dieses Rauschen?»

Doktor Rieke verzog den Mund und äugte an die Decke, um sich auf die verlangte Wahrnehmung zu konzentrieren.

«Ich höre nichts.»

«Was? Wieso? Das Rauschen ist deutlich zu vernehmen. Wo Sie stehen, vielleicht nicht so deutlich, aber hier unten ...», ich kniete mich wieder hin und kroch unter dem Tisch an den alten, gusseisernen Heizkörper heran, «hier wird es richtig laut, das Rauschen. Das müssen Sie doch in jedem Fall hören können.»

Verzweiflung machte meine Stimme dünn. Was, wenn das ein pulsierender Tinnitus war, der mich mit mal lautem und dann wieder leisem Rauschen in den Wahnsinn treiben wollte?

«He, Hasselmann! Ich hab Sie verklappst. War nur Spaß! Klar höre ich die Heizung. Die alten Schrottdinger sind nicht entlüftet. Bleiben Sie mal schön relaxt.»

Ich stand auf, etwas böse.

«Was wollten Sie eigentlich von mir?»

«Hier, ich hatte mir einen Bleistift von Ihnen ausgeliehen.»

Er reichte mir den gelben Koh-i-noor Hardtmuth Härte HB herüber. Entsetzt riss ich mich herum und starrte auf die Stiftablage aus schwarzem Bakelit, wo der gelbe Koh-i-noor Hardtmuth Härte HB wahrhaftig fehlte.

«Sind Sie wahnsinnig? Sie können sich doch nicht einfach einen Bleistift bei mir nehmen!»

«Aber ... Moment mal», Doktor Rieke trat etwas verstört zurück, «ich habe mir gestern einen Filzstift von Ihrem

Tisch genommen, und Sie hatten überhaupt kein Problem damit!»

«Das ist doch was völlig anderes!», herrschte ich ihn an. «Nehmen Sie sich so viele Filzstifte, wie Sie wollen. Machen Sie sich von mir aus Filzlatschen aus meinen Filzstiften, aber dieser Bleistift liegt hier. Und zwar so!»

Ich nahm den Stift und legte ihn zurück an die erste Stelle der kleinen Reihe von Schreibwerkzeugen in der Bakelitschale. Ich hätte nicht sagen können, was diesen Bleistift von den anderen Stiften in meiner Stiftschale unterschied. Ich hätte nur sagen können, dass mir dieser Koh-i-noor Hardtmuth Härte HB seit Urzeiten heilig, heilig, heilig war.

«Alles klar», sagte Doktor Rieke. Für ihn war ich ab jetzt ein zwangsneurotischer Spießer, der Tinnitus kriegte, wenn sein Bleistift nicht millimetergenau am gewohnten Platz lag. Aber er irrte sich. Ich war kein Spießer. Wir haben alle unsere kleinen Heiligtümer.

Zur Mittagszeit hatte ich dann auf dem Weg über den Campus den Dekan getroffen und ihn gefragt, ob sich in Richtung meiner Bewerbung um den Lehrstuhl etwas getan hätte. Ich bin nicht sonderlich ehrgeizig, aber irgendwie denke ich, dass ich an der Reihe sein müsste. Ich bin jetzt Mitte vierzig, und irgendwann ist man für eine Professur zu alt. Es ist nämlich so, dass die Berufungskommissionen bei einem Bewerber ab einem bestimmten Alter glauben, es gäbe Gründe, weshalb man in diesem Alter noch keine Professur erhalten habe. Und ab dann kann man es wirklich vergessen.

Hinzu kommt: Es wachsen ja auch jedes Jahr gute Leute nach. Und nicht nur gute, vielleicht sogar bessere. Doktor Rieke hat gerade in den «Jahresschriften» einen vielbeachteten Aufsatz über die Panegyriken des Sidonius publiziert.

Und er wird Weiteres publizieren. Man ist schon auf ihn aufmerksam geworden. Und wenn man sich die Aufmerksamkeit der bundesdeutschen Altphilologen als etwas in seiner Menge Begrenztes vorstellt, dann dürfte klar sein, dass Doktor Riekes zunehmender Beachtung eine abnehmende Beachtung meiner Person gegenüberstehen wird.

Der Dekan hörte mir also zu und nickte, aber er nickte in einer Art und Weise, die mir gar nicht gefiel.

«Ja, die Professur. Opitz hat noch nicht mit Ihnen gesprochen? Opitz wollte doch mit Ihnen sprechen!»

Er blickte sich um, als wünschte er, dass Opitz um die Ecke käme und ihm dieses Gespräch abnehme.

«Sie haben doch letztes Jahr die Gastvorlesung in Freiburg gehalten? Nun, gestern ist ein Brief gekommen. Es hat sich jemand gemeldet, der Sie damals gehört hat. Er meint, Sie hätten dort das Existenzrecht der irischen Nation bestritten.»

«Das Existenzrecht der irischen Nation? Wie käme ich dazu?»

Der Dekan hob sein rechtes Knie, um seine Aktentasche darauf abzustellen. Dann wühlte er ein bisschen in ihr herum, zog schließlich ein Stück Papier aus einem Hefter und las mit angestrengten Augen daraus vor.

«Haben Sie damals gesagt, ‹Die Kelten – das ist und bleibt zu allen Zeiten dieselbe faule und poetische, schwachmütige und leichtgläubige, politisch durch und durch unbrauchbare Nation, und darum ist ihr Schicksal immer und überall dasselbe gewesen – als Gärungsstoff aufzugehen in einer staatlich überlegenen Nationalität›?»

«Ja, schon möglich, kommt mir bekannt vor, aber es ist ein Jahr her, das ist kein Spezialgebiet von mir, und ich meinte die Gallier zur Zeit von Julius Cäsar. Wer hat diesen Brief geschrieben? Asterix?»

«Ich wollte, es wäre so witzig, aber das ist es nicht. Ein irischer Student. Es stimmt natürlich, die Gallier waren Kelten. Aber: Die Iren sind Kelten. Die Amtssprache Irlands ist Gälisch, ohne jeden Zweifel eine keltische Sprache. Das muss auch Ihnen bewusst gewesen sein.»

«Gut, in Ordnung. Ich habe etwas gegen die Kelten gesagt, aber nur gegen die untergegangenen Kelten. Nicht gegen die leibhaftigen.»

«Für Iren macht das offenbar keinen Unterschied!»

«Und ob das einen Unterschied macht. Ich habe auch schon despektierliche Bemerkungen über die Phönizier gemacht. Ich habe mich zur Kultur der Hunnen, soweit man da überhaupt von Kultur sprechen kann, außerordentlich verächtlich geäußert. Und die Geschichte gibt mir ja wohl recht. Was will der Mann denn? Den Vorsitz der Vereinten Verschwundenen Nationen?»

«Der Student deutet an, dass er den Botschafter der Republik Irland über diesen Fall informieren wird.»

Der Dekan steckte den Brief wieder ein. Dass er mir nicht sofort beipflichtete, dass er diesen lächerlichen Wisch offenbar tatsächlich zu meinen Bewerbungsakten um den Lehrstuhl legen wollte, versetzte mich in einen Zustand ohnmächtiger Wut, und in dieser Ohnmacht entfuhr es mir:

«Aber so ist der Ire!»

Dem Dekan rutschte beinahe die Tasche vom Knie.

«Wie bitte?»

«Aber so», setzte ich erbleichend dem entflohenen Wort hinterher, «ist ... ist der Ihre ... ist es der Ihre Auftrag, diesen Brief als das zu sehen ... was er ist. Ein Missverständnis!»

Der Dekan nickte abwesend, als müsse er sich selbst bei irgendetwas zustimmen, und sagte dann mit gequälter Einfühlung:

«Doktor Hasselmann, alle wissen, dass Sie ein guter Mann sind. Ein guter Mann der Bücher. Aber mit einem solchen Lehrstuhl sind Verpflichtungen verbunden. Internationale Verpflichtungen. Repräsentanzen. Das Ansehen der Universität. Wer immer diesen Lehrstuhl innehaben wird, muss geschmeidig im Umgang mit Menschen sein, bisweilen auch sensibel formulieren können, wenn Sie verstehen ...»

Ich winkte ab. Ich hatte verstanden. Der Dekan seufzte.

«Ich kann das nicht unter den Tisch fallen lassen. Was ist, wenn dieser Botschafter sich einschaltet? Ich muss diesen Brief der Berufungskommission vorlegen.»

Ich hätte damals nach Heidelberg gehen können. Vor dreizehn Jahren. Ich hatte gezögert, und Opitz hatte mich gebeten zu bleiben. Es war ein gutes Angebot, eine Dozentur. Dann habe ich Maike kennengelernt, und Maike hat mir früh bedeutet, dass sie mich nur hier und nicht in Heidelberg lieben könne.

Maike hat sowieso alles verändert.

Sogar das Jugendamt ...

Als ich an jenem Nachmittag vor acht Tagen nach Hause kam, stand Maike schon im Flur und lächelte spitzbübisch. Sie nahm mir meine Jacke ab.

«Hast du deine Tablette genommen?»

Mein Herz neigt bei Aufregung zum Verstolpern, und darum nehme ich seit meinem sechsundzwanzigsten Lebensjahr ein Medikament, das mein Herz in Ketten legt. Maike achtet sehr darauf, dass ich es pünktlich einnehme.

Als ich ja sagte, wirkte sie beruhigt, meinte, ich solle sie kurz vorgehen lassen und dann in die Küche kommen. Als ich die Küchentür öffnete, schlug mir Schall entgegen, dass mein Herz Purzelbäume schlug.

«Häppi börsdee tu ju, Häppi börsdee tu ju, Häppi börsdee, lieber Ulli, häppi börsdee tu juuuuuuu!»

Da stand Maike, und alle meine Freunde waren da! Genauer gesagt, es waren alle meine zwei Freunde da. Cornelius und Andy. Mehr habe ich nicht. Ich fühle mich nicht so ganz gesund, und zwei Freunde scheinen mir das Äußerste an Geselligkeit, das ich mir leisten kann. Cornelius, mit dem ich seit der dritten Klasse befreundet bin, und der stille Andy, den wir vor ein paar Jahren bei einer Fotoausstellung kennengelernt haben. Na ja, Andy war eigentlich nicht richtig *mein* Freund, eher ein Freund der Familie. Für mich war er eher so eine Art Reservefreund, falls Cornelius was zustoßen sollte. Außerdem konnte ich mich manchmal des Eindrucks nicht erwehren, dass Andy sich selbst auch eher als ein Reservefreund sah, allerdings für den Fall, dass *mir* etwas zustoßen sollte, ein Reservefreund für Maike nämlich.

Wenn man wie ich keine Hobbys hat, nicht gerne mit Leuten über Politik, Urlaub, Kindersorgen und Fernsehsendungen spricht, keinen Sport treibt und keinen Alkohol trinkt, sind zwei Freunde wahrscheinlich schon ganz gut.

«Oh Leute!», ich schnappte nach Luft. «Ihr dürft mich nicht so erschrecken.»

Der Tisch war gedeckt, im Kerzenhalter steckten drei brennende Kerzen, Streichholzduft lag noch in der Luft, und drei Blumensträuße, von jedem einer, standen hinter einem kleinen Häuflein Geburtstagspost auf dem Tisch.

Maike löste sich aus der kleinen Gruppe, um mir einen spitzen Kuss auf den Mund zu geben. Dann warf sie meinen beiden aufgeregt mit den Augenbrauen zuckenden Freunden einen verschwörerischen Blick zu und zog einen Briefumschlag hinter ihrem Rücken hervor.

«Lieber Ulli! Lieber Schatz! Wir alle wissen, wie gerne du lachst. Wir wissen aber auch, dass du ein kleines Problemchen mit deinem Lachen hast. Und darum haben wir, also ich und Cornelius und Andy, ein bisschen zusammengelegt und schenken dir zu deinem Geburtstag eine … Lachberatung bei …», sie holte tief Luft, «… Meinhard Lömmer, dem deutschen Lachpapst!»

«Eine Lachberatung!», staunte ich gezwungen, öffnete den Umschlag und zog den Gutschein heraus. «Also, das ist ja wirklich … Eine Lachberatung, ja, um Himmels willen, ihr seid ja ... das hätte ich wahrscheinlich so von alleine nie ...»

«Genau deswegen!», johlte Cornelius, trat an mich heran und zerdrückte mich. «Aber so was von Herzlichen, mein Kleiner. Du weißt ja, ich bin immer für dich da.»

Andy schüttelte mir nur die Hand und zwinkerte einmal kurz.

Lachberatung! Soso! Maike zufolge hatte mein Lachen etwas beunruhigend Spasmisches, auf Fremde wirkte es gar wie eine Vorstufe von Erbrechen. Es ist so: Wenn ich lache, ziehe ich den Hals ein, klemme den Kopf zwischen die Schultern und würge und presse Luft aus der hochgezogenen, gekräuselten Nase. Manchmal, bei sehr starken Lachanfällen, kommt auch etwas Luft aus dem nicht ganz zusammengepressten Mund. Es ist eine Art hinten im Hals abgehacktes Schnauben. Ich weiß schon, das wirkt verklemmt, aber ich kann nichts dagegen tun. Maike hatte schon recht. Wenn ich so richtig loslache, hören alle anderen auf zu lachen und sehen sich verwirrt nach mir um.

Ich spielte verlegen mit dem Gutschein herum.

«Meint ihr, das lohnt sich? Wisst ihr, ich lache ja sowieso nicht so viel. Manchmal lach ich die ganze Woche nicht. Nur so ein, zwei Mal am Wochenende.»

«Ja, jetzt! Aber danach! Sollst mal sehen! Danach wirst du gar nicht mehr aufhören wollen zu lachen!», rief Cornelius.

Eine Lachberatung bei Meinhard Lömmer, dem Lachpapst! Das hatte doch sicher irgendwas im dreistelligen Bereich gekostet. War meine Lache wirklich so schlimm? Und gibt es nicht auch Teile einer Persönlichkeit, die man als Partner eben mit einstecken muss? Mochte ja sein, dass Maike sich einen Mann mit dröhnendem Hohoho- oder Hahaha-Lachen wünschte. Aber wünschen kann man sich vieles, auch Maike zum Beispiel hatte, nun ja, vielleicht nicht gleich Defizite, aber sagen wir mal, Wünschbarkeiten. Zum Beispiel ziemlich unscheinbare Brüste. Nichts, was man in die Hand nehmen konnte. Da hätte ich ihr ja auch mal eine Brustvergrößerung schenken können! Na gut, das wäre deutlich teurer gekommen, und ob Cornelius und Andy was dazugegeben hätten, bliebe zu bezweifeln. Überdies war Maike eine schmale Person, sie hatte morgens bisweilen Probleme mit ihrem niedrigen Blutdruck, bekam leichte Schwindelanfälle. Mit zwei Mal fünfhundert Gramm mehr auf den Rippen würde sie wahrscheinlich völlig aus dem Lot torkeln. Außerdem war Maike Bibliothekarin, und so eine Veränderung würde nur Unruhe in den Lesesaal bringen.

Hingegen konnte mir ein besseres Lachen ja nicht schaden. Und, wer weiß, vielleicht würde es meinen Umgang mit Menschen ja «geschmeidiger» machen, wie der Dekan sich ausgedrückt hatte, wenn ich so eine Weihnachtsmann-Brustkasten-Lache erlernte. Cornelius kam noch mal zu mir und drückte mir eine DVD in die Hand. Cornelius hat ein Synchronisationsstudio und synchronisiert die angesagtesten US-amerikanischen Cartoonserien. Ab und zu reicht er eine rüber. Das ist existenzgefährdend illegal, aber wenn hier einer kein Weiterverbreiter ist, dann ich. Ich bin der am wenigsten vernetzte Mensch der Welt.

Wir setzten uns, tranken Sencha-Tee, aßen Mürbeteigkekse, und Cornelius erklärte nach drei Bissen, ich solle doch nun mal sagen, wie man sich denn mit vierundvierzig so fühle.

«Soweit ganz gut», antwortete ich, aber Maike rückte sehr symbolisch nah an meine Seite und erklärte, dass ich demnächst Professor würde. Oha und Sieh-mal-einer-an und Zeit-wird's wehten über den Tisch.

«Gemach, gemach», bremste ich, «ich habe mich schlicht

um den Lehrstuhl von Opitz beworben. Was daraus wird, kann man überhaupt noch nicht sagen. Es gibt ja auch noch andere Bewerber.» Ich wollte, das wäre nur eine Abwehr aus reiner Höflichkeit gewesen, aber wie die Dinge standen, war das Kleinhalten der Erwartungen leider mehr als berechtigt.

«Denn kannste dich ja auf was gefasst machen, Maike», rief Cornelius und sang sogleich aus voller Brust den seinerzeit sehr beliebten Chris-Doerk-Song: «Mein lieber Herr Professor / Sie küssen ja viel bessor / als man vermuten mag / und das am ersten Tag ...»

Alle lachten, selbst ich schnaubte und schnoberte los, dass die Kekskrümel flogen. Freunde halt. Maike wurde sogar ein bisschen rot und erkundigte sich ablenkungshalber bei Cornelius, wie das Geschäft denn so lief.

«Hör mir auf», schwadronierte er los. «Dieser Kubicki treibt mich in den Ruin. Der ist völlig verrückt geworden. Für die vierte Staffel von ‹Käpt'n Schluck› will er das doppelte Honorar. Ihr habt euch nicht verhört. Das doppelte!»

Dieter Kubicki war der Cartoonsynchronsprecher-Superstar Deutschlands. Er lieh einem halben Dutzend beliebter Cartoonfiguren wie etwa besagtem Piraten-Raben «Käpt'n Schluck» seine quäkende Stimme. Cornelius produzierte seine Synchros im Paketpreis. Wenn Kubicki, der mittlerweile in Fernsehkindershows live quäkte und Autogrammpostkarten dabeihatte, mehr Geld wollte, beschnitt das Cornelius' Gewinnmarge.

«Und dann kam er neulich und meinte: In dieser muffigen Bude spreche ich nicht mehr. Da krieg ich Asthma. Musste ich also eine neue Sprecherkabine bauen lassen! Nur für diesen eitlen Fatzke. Synchronsprecher, pah! Das waren früher so was wie Komparsen.»

Cornelius hatte mein begrenztes Mitleid. Er war nicht

arm. Mümmelnd und teeschlürfend griff ich nach der Post, um die Geburtstagsgrüße durchzusehen. Mutti und Vati hatten geschrieben und die Schwiegereltern, die mich «Lieber Hans-Ullrich» nannten. Die Telekom und IKEA gratulierten ebenfalls, und, wie mir schien, eine Spur herzlicher als Maikes Eltern. Herr Fahrenbach vom Nordsächsischen Altphilologenverband schickte ein paar Zeilen vom alten Plebeius. «Tibi diem natalem felicem opto!», rezitierte ich mit Obacht von der Karte. Ich nahm den nächsten Brief und riss ihn auf. Sogar das Jugendamt, wollte ich gerade heraustönen, als mir klar wurde, dass das Jugendamt gar keinen Anlass hatte, mir zum vierundvierzigsten Geburtstag zu gratulieren. Ich schloss langsam meinen schon offenen Mund und warf stirnrunzelnd einen Blick auf das Schreiben.

«Sehr geehrter Herr Dr. Ullrich Hasselmann!

Das Jugendamt beabsichtigt, hinsichtlich ihres gemeinsamen Kindes das Sorgerecht per Gerichtsbeschluss von der Kindsmutter auf Sie übertragen zu lassen, da die Wohlfahrt und die Entwicklung des Kindes in höchstem Maße gefährdet erscheinen und von der Kindsmutter u. E. nicht ausreichend gewährleistet werden. In dieser Angelegenheit würden wir Sie gerne am Mittwoch, dem Soundsovielten, zu einem dringenden Elterngespräch einladen. Bitte nehmen Sie in dieser Angelegenheit unverzüglich mit uns Kontakt auf.

Hochachtungsvoll

Monika Beutewitz»

So weit, so gut.

Nur: Ich habe kein Kind. Genauer gesagt: Ich habe kein einzelnes Kind. Ich habe zwei Mädchen, und ich musste doch sehr bezweifeln, dass eines davon in seiner Entwicklung gefährdet ist. Denn es sind Zwillinge. Sie spielen vierhändig Klavier. Wenn eines davon gravierend in seiner Entwicklung beeinträchtigt wäre, würde das andere ebenfalls sofort in seiner Entwicklung zurückfallen, nur um nicht weniger gravierend beeinträchtigt zu sein. Denn Julia und Claudia dulden keine Unterschiede. Es ist für Nichtzwillinge nicht ganz so einfach zu verstehen: Aber Geschwisterkonkurrenz ist was für Menschen aus zwei verschiedenen Eizellen. Im Prinzip könnten meine Töchter sogar denselben Namen tragen.

Hier musste es sich also um ein Versehen handeln. Einen Computerfehler. Die hauen da die Adressen durcheinander, und unsereins kriegt die Flatter. Man muss sich nur mal vorstellen, was so ein Brief in einer weniger gefestigten Partnerschaft anrichten könnte! In einer Partnerschaft, die nicht wie die von Maike und mir auf absolutem Vertrauen fußt. Tiefstmöglichem Vertrauen, nämlich aus dem Wissen gespeist, dass wir einander im Stande der Unschuld begegnet waren. Ich bin der erste Mann in Maikes Leben gewesen, und sie hatte sich mir, nun, körperlich erst anvertraut dank der gesicherten Überzeugung, dass ich, wie sie selbst, noch nie einem anderen Menschen meine Liebe geschenkt hatte.

Und eigentlich stimmte das auch.

«Und von wem ist das?», fragte Maike fröhlich.

Die Adresse in dem Jugendamtsschreiben war handschriftlich eingetragen. Ein Stempel des Einwohnermeldeamtes prangte daneben. Wenn es sich um einen Behördenirrtum handelte, dann hatten sich gleich zwei Behörden geirrt.

Ich beschloss, Maike den Brief nicht zu zeigen. Vorerst.

«Ach», sagte ich, «ist nur Werbung!»

Das war falsch.

Aber verständlich. Ich feierte Geburtstag. Die Stimmung war gut. Wir hatten gerade gelacht. Ich wollte das alles nicht mit dem Rätselraten über einen seltsamen Brief vom Jugendamt verderben. Außerdem ging es meine Freunde nichts an. Zugegeben, nachdem Cornelius (mich drücken, Maike die Hand geben) und Andy (mir die Hand geben, Maike drücken, dann Maike an beiden Händen nehmen, ihr tief in die Augen gucken und «Du weißt, mein Angebot steht!» sagen, Maike noch mal drücken) gegangen waren, hätte ich was sagen können. Aber irgendwie erschien mir Andys seltsame Andeutung just in diesem Moment erklärungsbedürftiger als dieser ominöse Brief vom Jugendamt.

Die beiden waren gerade aus der Tür, als ich Maike mit großen Augen fragte:

«Bitte? Was steht bei Andy?»

Maike winkte ab und erklärte mit viel Ach und Quatsch und Kopfgeschüttele, dass Andy sie schon wieder mal gefragt habe, ob er sie nicht für Porträtaufnahmen gewinnen könne.

«Er meint, ich bin fotogen. Er sagt immer, ich hätte irgendwas. So eine Art Aura.»

Ich sagte, da könne ich ihm nur zustimmen, aber ich würde meine Frau ungern in einer Fotoausstellung sehen.

«Andy meinte, er mache auch Fotos, die er nicht veröffentlicht.»

Ich fuchtelte unwirsch durch die Luft. Unveröffentlichte Aufnahmen. Das könne er sich erst recht aus dem Kopf schlagen. Maike war ganz entzückt von meiner Eifersucht und kniff mich fröhlich in die Wange, was ich eingestandenermaßen hasse.

«Glaubst du im Ernst, dass ich auch nur darüber nachdenke? Schatz!»

Ja, ich kannte Maike. Sie hatte Grundsätze. Und dafür liebte ich sie.

Nur, wie bringt man einer Frau mit Grundsätzen einen rätselhaften Brief vom Jugendamt nahe?

Maike warf sich den Mantel über, um die Zwillinge vom Kiddie's Dance abzuholen. Als sie schließlich wieder da war und Claudia und Julia mich mit ihren Geschenken heimsuchten – zwei selbstbemalten Stifthaltern aus aufgebohrten Holzklötzen, wie sie seit Jahrhunderten im deutschen Bastelunterricht als Vatergeschenke hergestellt werden –, war mir auch nicht gerade danach, die Rede auf die merkwürdige Post dieses Tages zu bringen.

Bevor mich jedoch der letzte Hauch von Pflicht verließ, sagte ich im abendlichen Wohnzimmer zu Maike, die mit der Lesebrille auf der Nase ringelbunte Stulpen für die Mädchen strickte:

«Da ist heute ein Brief gekommen ...»

Aber dann wandte Maike ihren Kopf und sah mich gesenkten Hauptes über der Lesebrille an, und im Brennpunkt dieses aufmerksamen Blicks wurde mir restlos klar, dass ich es ihr nicht sagen konnte.

«Irgend so ein Student hat einen Brief an die Bewerbungskommission geschrieben. Ich sei ein Rassist. Ich hätte bei einer Vorlesung das irische Volk beleidigt.»

Maike runzelte die Stirn. Ich nahm die Fernbedienung. Es war Zeit für die Tagesschau.

«Musste dir mal vorstellen», sagte ich.

«Wichtigtuer!», meinte Maike. Sie fragte nicht mal nach.

Doch was ich wie so viele Männer nicht wusste, war eben dies: Wer in einer Partnerschaft auch nur eine Minute zögert, mit der Wahrheit herauszurücken, ist erledigt. Denn nach dieser Minute muss man nicht nur die Wahrheit, sondern auch noch die zögernde Minute erklären. Nach zwei Minuten ist es schon doppelt so schwer, und nach einer Stunde, einem Tag ist es quasi unmöglich geworden, ein Gespräch über eine erklärungsbedürftige Tatsache zu beginnen, weil man dann überhaupt nicht mehr erklären kann, warum man mit der erklärungsbedürftigen Angelegenheit so lange gewartet hat. Denn es gibt ja gar keine Erklärung. Man hat einfach nur gewartet. Aber welche Frau würde akzeptieren, dass es bei Männern grundloses Verhalten gibt? Das wäre ja ein Freibrief. Für alles.

***

Eigentlich wollte ich Maike nur nicht beunruhigen, und ich will es auch jetzt noch nicht, zumal das, was Maike beunruhigen könnte, mittlerweile Ausmaße angenommen hat, die sich in keinster Weise mehr kommunizieren lassen.

Ich rumple mit dem Jeep einen Sandweg entlang, der um einen Hügel herumführt. Meine bloßen Füße schmerzen von den Tritten auf die Brems- und Kupplungseisen. Links muss ich mir irgendeinen Zeh gebrochen haben. Wie spät ist es? Wie viel Zeit ist vergangen? Wie viel Zeit bleibt mir noch? Habe ich überhaupt noch Zeit? Wenn ich nur wüsste, wo ich bin. Der Jeep rumpelt den Hügel hinauf, Gräser und Sträucher, Scharfgarbe und Rainfarn streifen ihn.

Als ich oben bin, sehe ich die Lichter.

Unten liegt der See. Zwei Dinge schwimmen darin, ein Boot und eine Lederjacke. In der Jacke steckt ein Mann. Früher trug er diese Lederjacke. Jetzt trägt sie ihn.

Das war ja wohl ein Mordversuch. Fast ein gelungener. Da

gibt es gar nichts zu deuteln oder schönzureden. Der hätte mich umgebracht, wenn ich ihn nicht ... daran gehindert hätte.

Ich bin ... ja was?

Wut ist es nicht. Verzweiflung? Angst?

Nein. Ich bin empört.

Ich bin auf eine sehr seltsame Art empört. Ja, ich habe einen Fehler gemacht. Aber das ist kein Grund, mich umbringen zu wollen. Das wäre ja wohl ein bisschen unangemessen.

Und ich habe meine Tablette nicht genommen. Seltsamerweise schlägt mein Herz ruhig und klar. Bummbumm, bummbumm, bummbumm.

Warum tut es das?

Ich hatte erwartet, dass mich mein Herz erschlägt, noch bevor ich anderweitig zu Tode komme. Ich hatte schlicht erwartet, vor Todesangst zu sterben. Aber offensichtlich bekommt meinem Herz Todesangst gut.

Als ich mich noch vor Krankheiten und Unfällen, vor Missgunst und böser Nachrede, vor Unordnung, Frechheit, Belästigung und Dummheit, als ich mich noch vor quasi allem fürchtete, hetzte mein Herz in Stolperschritten durch das Dickicht meiner Ängste.

Langsam wird mir was klar.

Für jemanden, der stets das Schlimmste fürchtet, ist es eine Art Befreiung, wenn das Schlimmste endlich eintritt. Jemand, der stets das Schlimmste fürchtet, hofft auf der dunklen, abgewandten Seite seiner Seele vielleicht sogar, dass es geschieht. Jemand, der stets das Schlimmste fürchtet, sehnt sich womöglich nach der Ausweglosigkeit des Allerschlimmsten, weil es ihm die Entscheidung abnimmt, die er selbst nicht zu treffen vermag.

Vielleicht bin ich allem Ärger bisher nur ausgewichen, weil er es nicht wert war, ihm die Stirn zu bieten.

Dass ich vor einem pöbelnden Betrunkenen die Straßenseite wechseln musste, war lästig. Dass sich jemand in der Schlange im Supermarkt vor mich stellte, war dreist, aber die Aufregung nicht wert. Dass sie mir früher auf dem Schulhof immer die Mütze vom Kopf gerissen und in die Pfütze geworfen hatten, war auszuhalten gewesen. Es hatte mich sogar eher noch in dem Wunsch bestärkt, der Welt ein bisschen die kalte Schulter zu zeigen und meine Zeit mit Büchern zu verbringen.

Es war alles kein Problem. Solange es nur mein Problem war.

Aber dies hier ist nicht nur mein Problem. Und deswegen kann ich nicht zurück. Daran kann auch ein Mordversuch nichts ändern. Tut mir leid.

Ich weiß jetzt auch, wo ich bin.

Am Kiessee. Ein paar Kilometer östlich liegt das größte Plattenbauviertel des Landes. Direkt vor mir leuchtet die City.

Dort hinten im Osten steht ein Flachbau. Da muss ich hin. Nicht nach Hause.

Bummbumm, Bummbumm, Bummbumm.

So hört sich ein guter Herzschlag an.

Moriendum esse, sagte Oktavian vor den Ratsherren von Perusia.

Es muss gestorben werden.

***

Dabei ist die Zeit, als noch nicht gestorben werden musste, gerade mal ein paar Stunden her. Die Zwillinge saßen mürrisch beim Abendbrot. Ich fragte sie, was sei.

«Mama will uns vom Kiddie's Dance abmelden», beschwerte sich Julia.

«Weil sie uns nicht mehr fahren kann», ergänzte Claudia.

Ich sah Maike fragend an.

«Ich muss langsam auch mal Abendschichten übernehmen können», erklärte sie. «Die Kolleginnen in der Bibliothek haben jahrelang Verständnis gehabt, solange die Kinder klein waren. Aber jetzt gibt es andere, die kleine Kinder haben. Kleinere Kinder. Ich habe also zugesagt, dass ich den Spätdienst im Lesesaal am Mittwoch und am Freitag übernehme. Und das heißt: Es ist keiner da, der die Kinder fährt. Deswegen muss ich sie abmelden.»

«Wir könnten einen Babysitter engagieren», schlug ich vor.

«Wir sind keine Babys», protestierten die Zwillinge.

Maike war skeptisch. Die Zwillinge seien bekanntermaßen Home-Angels, aber Street-Devils. Unter elterlicher Aufsicht fügsam, aber bei Personen, zu denen sie keine Bindung hätten, durchaus auch mal unartig, unter Umständen sogar widerborstig. Und außerdem wisse sie nicht, wie man jemanden bezahlen solle, der die Mädchen nur zum Tanzen bringe und wieder abhole. Stundenweise wäre ja wohl ein bisschen viel.

«Ich gucke mal, ob ich jemanden finde», munterte ich die Mädchen auf.

Die Zwillinge wirkten keineswegs erleichtert. Wenn ihr Vater sagte, dass er helfen wolle, hieß das für gewöhnlich nur, dass er helfen wolle. Nicht, dass er es konnte.

Lachen Sie mir einfach alles nach!

Ich habe Maike anlässlich einer Führung in der Dombibliothek kennengelernt. Auch wenn der Anlass etwas unromantisch war: Sie war die Frau, die ich gesucht hatte. Vielleicht auch, weil sie die Frau war, die mich gefunden hatte. Ich war in einer Gruppe von einem Dutzend Leuten durch das riesige Bibliotheksmagazin mit seinen langen Gängen geführt worden, hin und wieder blieb man an einem Büchertisch stehen, um eine Inkunabel oder andere frühneuzeitliche Drucke erklärt zu bekommen. In einem dieser Gänge war mein Blick auf eine lateinische Edition der Briefe des Symmachus gefallen, und ich sah sie mir eine Weile an, weil ich unlängst für Opitz eine Zuarbeit zum Streit um den Victoria-Altar im späten vierten Jahrhundert angefertigt hatte. Ich nahm das Buch sogar heraus und las ein paar Zeilen dieses begnadeten Rhetors, der «lieblichsten aller Schlangenzungen», wie ihn selbst seine christlichen Gegner nannten. Dann ging das Licht aus. Offenbar hatte ich mich so festgelesen, dass ich gerade das Ende der Führung verpasste. Da es gegen Abend ging und die Teilnehmer weder durchgezählt noch namentlich erfasst worden waren, wurde mir sehr bald klar, dass mich niemand vermissen würde. Ich tastete mich in Panik die Gänge entlang, fand aber keine Tür in dem verwinkelten Magazin. Stattdessen bekam ich Luftnot. Inmitten des von meinen Händen aufgewirbelten Staubs drangen fahles Halbwissen und allerlei Fallgeschichten in mein Bewusstsein, wie schwächliche, dünnarmige Bibliothekare von Schimmel verkeimten, uralten Bücherstaub einatmeten, was ihre Lungen auf das Tödlichste verpilzen ließ. Ich rief hin und wieder mit erstickter Stimme «Hallo!» und «Hier ist noch jemand!», aber nichts geschah, und irgendwann klang das dünne «Hier ist noch jemand!» immer mehr wie das Motto meines ganzen, lächerlichen Lebens. Die Vorstellung, in einem kühlen, lichtlosen Labyrinth von zweihunderfünfzigtausend pilzstaubenden Büchern die Nacht zuzubringen, brachte mich fast um den Verstand. Nachdem ich mir beim Stolpern böse das Knie an einem Feuerlöscher gestoßen und zwei Mal beinah in Ohnmacht gefallen war vor Herzrasen und Atemnot, setzte ich mich ängstlich und zugleich wütend auf meine Angst auf eine kleine Trittleiter. Dort saß ich noch, als Maike kam. Und wie sie kam.

Sie knipste nämlich das Licht an, und die Neonröhren flackerten ihr Lampe für Lampe den Weg voraus wie Liktoren einem römischen Konsul. Sie selbst schritt vorsichtig, ja feenhaften leichten Fußes dieser Neon-Erleuchtung hinterher und sah sich mit ihren braunen Rehaugen in den Regalreihen um. Ich hatte so etwas noch nie gesehen. Es musste also Schicksal sein. Und ich konnte mir Liebe nicht anders vorstellen als Schicksal.

Ich hatte erlebt, wie meine Kommilitonen und WG-Mitbewohner anfingen, Frauen anzusprechen, Frauen zu treffen, Frauen auszuführen. Ich konnte es nicht verstehen. Batterien kaufen war romantischer. Wenn es dann mit der einen Frau auseinanderging, heulten sie sich einen Tag später bei deren etwas empfänglicheren Freundin aus oder – noch schlimmer – «reaktivierten» irgendeine frühere und irgendwie auch noch mögliche Beziehung. Das schien mir alles so mechanisch, absichtsvoll, von niederen oder zumindest einfachen Antrieben geleitet, dass ich dafür niemals, niemals, niemals den Namen Liebe verwendet hätte. Nein, Liebe war Schicksal, Liebe war, wie es alle Filme lehrten, dass zwei sich sehen und erkennen.

So sah Maike mich, und ich sah Maike, wir beide allein in einem Dickicht aus alten Büchern. Ich grinste verlegen. Und sie lächelte und hob die Augen zum Himmel.

«Hat mich mein Gefühl doch nicht getäuscht», waren ihre ersten Worte.

Sie hatte als Spätdienst eine Lyriklesung des Frauenvereins «Wilder Mohn» begleitet und wollte um zehn Uhr abends gerade die Bibliothek abschließen, als sie in der Garderobe meine beige Freizeitjacke hängen sah. Zu meinem Glück hatte es seit Stunden geregnet, und Maike schloss geistesgegenwärtig, dass der Besitzer wohl kaum ohne diese Jacke hinausgegangen wäre. Also machte sie sich auf die Suche und entdeckte mich im Magazin zwischen den Regalen R und S.

Es war mein Glück. Es war unser Glück. Denn Maike war nach dieser Lyriklesung in einer besonderen Stimmung. Sie war damals völlig ungeküsste Ende zwanzig, und die Veranstaltung mit lauter holzschmucktragenden, noch immer oder schon wieder alleinstehenden, mausgrauhaarigen Kurzfrisurenträgerinnen hatte ihr insgeheim ähnlich existenziell zugesetzt wie mir die Stunden im dunklen Magazin.

Wir fassten einander bei den Händen. Maike, um mich hinauszuführen, ich, um mich hinausführen zu lassen. Doch schon nach wenigen Gängen durchfloss eine andere Wärme ihre schmale Hand. Eine irgendwie feuchte Wärme, die einfach als menschliche Körperwärme aufzufassen sich selbst einem so unerfahrenen Mann wie mir verbot. Außerdem kannte ich diese Wärme. Ich kannte sie von Weihnachten. Es war Vorfreude.

Ich war ziemlich ausgekühlt, wie Maike an meinem Zittern erkannte. Und wahrscheinlich unterzuckert. Ich weiß nur noch, dass Maike entschied, ich müsse sofort ein Bad nehmen.

Und zwar ihr Bad. Ihre Entschlossenheit, die keine Einwände duldete, hatte etwas süß Verzweifeltes. Sie hatte mich gefunden, sie durfte mich behalten. Sie fuhr mich in ihrem Renault Twingo zu ihrer Einraumwohnung in der Nordstadt. Als ich wieder aus dem Bad kam, erwärmt und erfrischt, hatte Maike Tee gemacht und Gebäckstangen mit Joghurtdip auf den kleinen Klapptisch in ihrer Kochnische gestellt. Ich kam mir plötzlich vor wie in einem französischen Film. Maike mit ihrem sommersprossigen Gesicht und ihrem Fransenhaar schien mir wie diese französische Schauspielerin, deren Foto ich als Zwölfjähriger aus dem «Filmspiegel» ausgeschnitten hatte, um es vor dem Einschlafen sehnsüchtig zu betrachten. Genau. Maike sah aus wie Marlene Jobert. Heute weiß natürlich niemand mehr, wer Marlene Jobert ist. Aber wenn ich sage, dass Marlene Jobert die Mutter von Eva Green ist, die immerhin mit James Bond unter einer Dusche bluten durfte, dann wird vielleicht verständlich, dass sie mich in ziemliche Aufwallungen versetzte. Und wer weiß, wessen Mutter Eva Green eines Tages sein wird.

Wir tranken also Lindenblütentee, aßen Gebäckstangen, und Maike machte mir die Freude, alles wundervoll und interessant zu finden, was ich erzählte. Ermuntert von so viel ungeteilter Aufmerksamkeit, erkühnte ich mich beim Abschied und fragte, ob ich sie zur Wiedergutmachung mal zum Essen ausführen dürfte. Maike sagte: ‹Gern.› Dann schaute sie mir interessiert ins Gesicht und meinte: «Sie sollten den Scheitel rechts tragen!» Maike wollte nie nur einen Mann. Sie wollte einen Mann, um den sie sich kümmern konnte. Seitdem trage ich meinen Scheitel rechts.

Aber als ich meinen Scheitel noch links getragen hatte ... Bilder blitzten in meinen Schlaf, und nachts um halb zwei wachte ich mit einem fürchterlichen Gedanken auf. Ich lag am Rand der Matratze, gerade war mein linker Fuß aus dem Bett gefallen. Die Zwillinge hatten zwar eigene Betten, benutzten sie aber nur zum Einschlafen. Wenn eine von beiden – meistens war es Julia, die eine Nuance aktivistischer war, wahrscheinlich, weil sie als Erste das Licht der Welt erblickt hatte – zu uns unter die Decke kroch, dauerte es keine zwei Minuten, und die andere kam hinterher. Als wären sie mit unsichtbaren Fäden verbunden. Sie legten sich auf die rechte Seite neben ihre Mutter und kuschelten sich an sie. Maike rückte der Bewegungsfreiheit halber ein Stück zu mir, und die Zwillinge kuschelten sofort hinterher. Nach ein paar Minuten rückte Maike sich wieder einige Zentimeter frei, um bald darauf von ihren schnuffelnden Töchtern eingeholt zu werden. So ging es, bis mich das Trio nach ein bis zwei Stunden dann komplett an den Rand gedrängt hatte, weshalb ich meist aufstand, um das Bett herumging und mich auf der anderen, nunmehr freien Seite wieder hinlegte. Und dort schlief ich in der Regel wieder ein. Wenn nicht gerade, wie in dieser Nacht, ein Gedanke, ein monströser Gedanke in meinem Schädel herumdribbelte.

Linksscheitelzeit. Die Promotion. Das Stipendium. Opitz. Die Agentur. Nein, das konnte doch nicht sein!

Ich war damals mit meiner Promotion nicht rechtzeitig fertig geworden. Mittendrin hatte ich gewisse Akzente des Themas noch mal neu bestimmt und deswegen etwas mehr Zeit gebraucht. Zeit, die mein Stipendium nicht mehr abdeckte. Mir fehlte vielleicht ein Jahr. Ich hatte Opitz, meinen Doktorvater und jetzigen Chef, verlegen gefragt, ob es nicht Möglichkeiten und Chancen auf irgendeine halbe Stelle an der Uni gäbe, damit ich mir nicht kellnernd die Nächte um die Ohren schlagen müsse, die mir einzig vorstellbare, aber denkbar unbeliebte Möglichkeit, an Geld zu kommen. Opitz, damals Anfang fünfzig, saß krumm an seinem Tisch vor seinem wackligen, meterhohen, vollgestopften Bücherregal, las und sah nicht mal auf. Er murmelte nur in sein Buch, dass es für einen jungen Mann wie mich auch elegantere Wege der Finanzierung gebe. Zehntausend Deutsche Mark, zum Beispiel, bar auf die Hand. Für zwei Unterschriften. Gewiss, ein wenig unkonventionell das Ganze. Grundsätzlich aber und ohne Emotionen betrachtet, dann doch legal. Ein Kollege, Sprachwissenschaftler, den er seit langem kenne, hätte ihm davon erzählt. Opitz blätterte in seinem Notizbuch, schrieb eine Nummer auf einen Zettel und reichte sie mir, die Augen im Text.

Mir schwindelte. Zehntausend Mark. Ein Jahr Miete plus Urlaub und Spesen. In Ruhe an meiner Doktorarbeit basteln und Kaffee trinken. Für nichts als zwei Unterschriften.

«Was ist das für eine Sache?»

«Sie helfen Menschen.»

«Das ist viel Geld für … Hilfe. Klingt wirklich nicht solide.»

«Hasselmann», sagte Opitz, das Gesicht mit der leicht angelaufenen Brille immer noch über der Zeitschrift, «so wird das mit Ihnen nix, wenn Sie sich immer in die Hosen machen. Das ist ein gutes Geschäft, soweit ich das beurteilen kann. Sie dürfen nur keine Minute lang vergessen, dass es ein Geschäft ist. Aber das sollte ja einem Kontrollfreak wie Ihnen nicht so schwerfallen.»

Soweit ich mich in dieser Nacht erinnerte, hatte ich die ganze Zeit über in keiner Minute vergessen, dass es ein Geschäft war. Aber wie es jetzt aussah, erinnerte ich mich vielleicht nicht an jede Minute.

Maike hatte sich umgedreht, die Mädchen gleich danach ebenfalls. Ich lag im Bett, starrte in die Nacht und legte in einer unbewussten Geste schützend meinen Arm über meine Familie. Mein Herz klopfte nicht mehr. Es raste.

Wenn man einer geregelten Arbeit nachgeht und ein Leben als Familienvater führt, kann man nicht einfach heimlich Termine wahrnehmen. Viele Leute denken, eine Familie bestünde aus Menschen, aber das stimmt nicht. Eine Familie besteht aus Erwartungen und Gewohnheiten. Außerordentlich fest ineinandergefügten Erwartungen und Gewohnheiten. In einer Familie kann man nicht mal eine Viertelstunde länger in der Dusche stehen, ohne eine schlüssige Erklärung parat zu haben. Ich musste mir etwas einfallen lassen. Als wäre es nicht schon schlimm genug, dass ich meiner Frau etwas verschwieg, musste ich sie jetzt auch noch belügen. Ich wollte sie so ehrlich wie möglich belügen, und welche Lüge käme der Wahrheit näher, als die beiden Geburtstagsüberraschungen, die gutgemeinte und die rätselhafte, miteinander zu verknüpfen? So beschloss ich, zur Lachberatung zu gehen und danach ohne viel Aufhebens noch den ominösen Jugendamtstermin wahrzunehmen. Diese Idee beruhigte mich für die restlichen Nachtstunden. Am Morgen rief ich bei Meinhard Lömmer an und fragte, ob er einen passenden Termin für mich hätte. Er hatte, fünf Tage später um neun Uhr morgens.

Lömmers Praxis lag mitten in der City, was meine Vermutung bestätigte, dass die Lachberatung nicht eben billig war. Die

Räume waren edel eingerichtet, alles war in Sand- und Brauntönen gehalten. Skurrile Zimmerpflanzen wie ein Bleistiftbaum und große Schalen mit Lebenden Steinen unterstrichen den erhaben innovativen Ansatz dieser Therapierichtung.

Lömmer war ein stämmiger Mann mit rasiertem Schädel und Vollbart. Er griff zum Gruß meine Hand und schüttelte sie kräftig, mich fixierend. Wahrscheinlich lieferten ihm schon die Erschütterungen meines Körpers beim Händeschütteln wertvolle Informationen über meine Defizite. Er geleitete mich in ein großes Zimmer, fast ein Studio, und bat mich, in einem geschwungenen Drehsessel am Fenster Platz zu nehmen. Jene Art Drehsessel, in der sich in Kinofilmen der sechziger Jahre Erzschurken mit weißen Angorakatzen ins Bild drehten. Er selbst setzte sich in das gleiche Modell mir gegenüber und erkundigte sich nach meiner körperlichen Verfassung und etwaigen Vorerkrankungen. Ich erklärte, dass ich Tabletten gegen mein nervöses Herz nähme.

«Sind Sie inkontinent?»

«Dürfen Inkontinente nicht lachen?»

«Doch, doch. Aber nicht in diesem Sessel.»

Lömmer fragte mich, was ich mir von der Lachberatung verspräche. Ich sagte, ich selber wäre nie auf die Idee gekommen, es sei ein Geschenk von meiner Frau und unseren Freunden. Von Menschen, die offenbar unter meinem Lachen litten. Ich würde mich ihnen verpflichtet fühlen.

Lömmer nahm das mit einer gewissen Überraschung zur Kenntnis. Er meinte, die meisten seiner Klienten kämen aus eigenem Antrieb zu ihm. Manche suchten die Lachberatung auch notwendigerweise aus beruflichen Gründen auf, weil sie als Führungskräfte ein überzeugendes, unerschütterliches Lachen bräuchten. Dass jemand von seiner Frau geschickt wurde, hätte er noch nie erlebt.

«Meine Frau schenkt mir gerne so was», sagte ich, «letztes Jahr hat sie mir eine Farbberatung geschenkt.»

Lömmer musterte mich.

«Warum sind Sie nicht hingegangen?»

Ich verstand nicht, aber Lömmer war schon weiter.

«Gut, dann erzählen Sie mir mal einen Witz, über den Sie von Herzen lachen können!»

Ich überlegte eine Weile, dann hatte ich ihn. Ich musste schon grinsen, bevor ich überhaupt erzählt hatte.

«Kennen Sie den? Du bist ... Buddhist!»

Ich schnoberte los in einem Lachanfall bei gleichzeitigem Schulterkrampf, dass der Speichel nur so sprühte. Lömmer war unbeeindruckt.

«Wie geht er weiter?»

«Das war der Witz», sagte ich etwas beleidigt. «Du bist ... Buddhist! Es ist ein Sprachwitz. So wie: Ich war ... Vikar!»

«Gut», hakte Lömmer ab, «haben Sie noch einen anderen auf Lager?»

«Ja, klar. Wie finden Sie den? Hilfe, mein Ball ist umgefallen!»

Sprutzen, Schnottern und stoßweise Keuchatmung ergriffen mich. Das war mein Lieblingswitz! Ich sah Lömmer erwartungsvoll an. Er massierte seinen Bart. Er sah sich einem schwierigen Fall gegenüber.

«Zuerst die gute Nachricht: Es gibt Menschen, die mit Ihnen über diese Witze lachen können und wollen. Nun die schlechte Nachricht: Es sind sehr wenige. Ich schätze, zwischen drei und fünf. Und: Sie werden diese Menschen vermutlich niemals treffen. Weil sie auf verschiedenen Erdteilen leben. Zum Teil noch bei den Eltern. Zum Teil in klinischer Obhut.»

Mein Lachen stolperte aus. Das war hart.

«Ihr Humor ist kognitiv etwas verkorkst», fuhr Lömmer fort, der bereits nach diesen dreien meiner Witze zu einer fundierten Diagnose gekommen war. «Insofern verstehe ich schon, dass Sie lachen wie das Rumpelstilzchen.»

«Aber es ist mein Humor. Dafür kann ich doch nichts», klagte ich.

Zu meiner Überraschung erklärte Meinhard Lömmer mir nun, er lehne Humor grundsätzlich ab, denn jeder Humor sei immer neurotisch. Im Witz würden sich nur ungesunde Spannungen und Verklemmungen entladen, wie bereits Sigmund Freud erkannt hätte. Er persönlich lache schon lange nicht mehr über Witze. Für ihn wäre das so, wie wenn ein Arzt über Symptome lachen würde. Keinesfalls wolle er sich mit Witzereißern gemein machen und sich verbünden gegen Ostfriesen, Blondinen, Polizisten, Frauen oder Männer im Allgemeinen.

«Sie meinen, mein letzter Witz war ballfeindlich?»

Er ging nicht darauf ein. «Ich mache Ihnen einen Vorschlag. Hören Sie auf, Ihr Lachen an Ihre privaten und wahrscheinlich krankhaften Vorstellungen von Witzigkeit zu knüpfen. Damit machen Sie sich nur Feinde. Lachen Sie grundlos. Lachen Sie ohne Anlass. Sie werden sich sofort gesund und erfrischt fühlen. Ich bringe Ihnen das bei.»

«Das geht doch gar nicht», entgegnete ich trotzig.

«Und ob das geht. Fake it till you make it. Hat Ihnen eine Frau schon mal einen Orgasmus vorgespielt?»

Ich wollte schon ‹nein› antworten, aber mir wurde plötzlich seltsam phantastisch zumute. Ein Bild tauchte vor meinem inneren Auge auf, aber es war nicht das allseits bekannte Abbild eines verlogen stöhnenden Mundes, sondern vielmehr eine sehr klare, dreidimensionale Szene, in der harmlose Berührungen und kleine Küsse viel zu früh und überhaupt enorme Bewegungen in einem Frauenleib anstießen, Reaktionen auslösten wie ein fallender Stein beim Domino. Oder war das etwa keine Phantasie, war das wirklich passiert?

Lömmer, irritiert durch meine Pause, sah mich prüfend an. Misstrauisch: Würde ich ihm jetzt vorspielen, dass mir so etwas schon vorgespielt worden war? Offenbar war es nicht jeder Mann wert, einen Orgasmus hingeheuchelt zu bekommen. So viel war mal klar.

«Doch, klar. Das kam schon vor», sagte ich, noch immer wie im Traum. In einem Traum, in dem eine Frau, aber definitiv nicht Maike, vorkam.

«Und genau dieses Spiel, das übertragen wir jetzt auf einen anderen, normalerweise ebenso unwillkürlichen Vorgang, nämlich das Lachen. Kommen Sie mal mit.»

Wir gingen in eine Ecke des Studios, wo zwei Spiegel uns verdoppelten. Lömmer klatschte in die Hände, rief ‹Hohoho› und dann ‹Hahaha› und zeigte aufmunternd auf mich. Ich sollte es nachmachen. Ich tat es, und Meinhard Lömmer brach in ein schallendes, großartiges Lachen aus. Dann hielt er sich lachend seine rechte Hand mit gespreiztem Daumen und kleinem Finger als Telefon ans Ohr und lachte, lachte, lachte. Reichte mir seine Telefonhand zum Weitertelefonieren. Ich lachte ein leichtes, vorsichtiges Lachen, wie man eben so mitlacht, wenn man besser mitlacht. Halb aus Höflichkeit, halb aus Angst.

Meinhard Lömmer breitete die Arme aus, als wolle er mich umarmen, und lachte. Ich breitete die Arme aus und lachte auch. Es klang anders, als ich es von mir gewohnt war. Nicht mehr so ‹Hihihi›, sondern schon eher ‹Hehehe›. Es war noch die Art schmerzhafte Lache, die einen befällt, wenn man sich den Zeh an einer Türschwelle gerempelt hat. Was ich dabei fühlte, waren Schmerz und Liebe für Maike. Andere Männer bekamen zum Geburtstag einen Kinogutschein, ich durfte mir meine Lachsignatur umprägen lassen. Nach einer Viertelstunde machte Lömmer Schluss, indem er mein Handgelenk ergriff und meinen Puls fühlte.

«Na, dachte ich es mir doch. Hundertzwanziger Puls. Wir machen jetzt besser Schluss.»

«Danke», schnaufte und schniepste ich, «Sie hätten mich ohne weiteres totlachen können.»

«Das stimmt. Man hat Verantwortung. Lassen Sie sich draußen einen neuen Termin geben. Und keine Witzchen mehr!»

Als ich wieder auf der Straße stand, war ich immer noch leicht außer Atem und verwirrt. Früher hatte man gelacht, weil etwas lustig war. Heute lacht man, weil Lachen gesund ist. Cola ohne Zucker, Bier ohne Alkohol, Kaffee ohne Koffein, Lachen ohne Grund. Alles hat mit Gesundheit zu tun. Sogar bestimmte Beziehungsmuster gelten als ungesund. Leute ließen sich scheiden, weil Forscher herausgefunden hatten, dass man in gesunden Beziehungen länger lebt. Oft ließen sie sich dann ein zweites Mal scheiden, um eine noch gesündere Beziehung einzugehen. Um noch länger zu leben, länger jedenfalls als andere. Um an deren Grabsteinen vorbeizuschlurfen und zu lachen. Grundlos. Weil es gesund war. Ich mag die Zeit nicht, in der ich zu leben gezwungen bin. Ich hätte lieber in einer anderen Zeit gelebt.

Briefe an Freunde

Der Warteraum des Jugendamtes war angefüllt mit Schicksal. Einsame Väter, in Erwartung endlich geregelten Umgangs, saßen vornübergebeugt auf den Plastikstühlen, blätterten ungläubig in Broschüren, in denen Eltern auch nach der Trennung noch Eltern blieben, und wippten hin und wieder hektisch mit den Knien. Einsame Mütter überprüften kritisch ihre Kleidung, ob sie nicht doch zu teuer aussah für die neu zu verhandelnden Unterhaltsansprüche. Andere Mütter lasen ihren Kindern mit ungewohnter Hingabe aus den zerfledderten Heften vom Büchertisch vor, um nicht den geringsten Zweifel an ihren mütterlichen Qualitäten aufkommen zu lassen. Zwischen einem dieser Kinder auf dem Schoß seiner Mutter und einem Mann schräg gegenüber gingen ab und zu leicht glitzernde Blicke hin und her. Es saßen da aber auch Paare, die der Alkohol zusammengeführt hatte, strubbelige, hibbelige Rotznasen dabei. Ich trat mit flüchtigem Gruß durch diese Vorhölle, gequält von der Vorstellung, mich hier mit Streit und Elend oder auch nur einem fetten, multiresistenten Kitaschnupfen anzustecken. Nie würde ich eines dieser fleckigen Kinderbücher oder Magazine berühren. Neben dem Papierkorb vor der überdrehten Heizung nahm ich Platz. Ich gehörte nicht hierher. Ich war Vater einer glücklichen Familie. Es gongte zehn Uhr. Eine Frau mit einer etwas zu jugendlichen weinroten Fransenfrisur kam aus einem der Amtszimmer in den Warteraum und erkundigte sich in die Runde nach den Eltern eines Slawa Jefimkin. Weil sich niemand meldete, ging sie wieder in ihr Büro. Eine andere Angestellte des Amtes, die offensichtlich denselben Friseur besuchte, erschien kurz darauf, um ein verschüchtertes Kindlein mit hineinzunehmen, das zunächst ohne seine Eltern gehört werden sollte.

Wieder zog angespannte Ruhe in den Warteraum ein. Ein paar Minuten lang war nur der flüsternde Vortrag zweier Mütter zu hören, die ihren Kindern pädagogisch wertlose Wichtelgeschichten vorlasen.

Dann erschien *sie* in der Tür.

Sie hob sämtliche Blicke von Kinderbüchern, Heften und Broschüren, duldete huldvoll einen Moment der allgemeinen Bewunderung, zog dann, durch den Raum schreitend, die Blicke hinter sich her. Ihr nuklearstrahlend blondes Haar kringelte sich auf einem Polarfuchspelz, der derart illegal aussah, als sei er dem letzten Polarfuchs überhaupt abgezogen worden. Der Pelz bildete den Kragen eines offen getragenen Wendemantels, der einen geradezu niesreizend-haarflimmernden türkisen Kaschmirpullover und einen grobgewobenen, ziemlich engen Tweedrock umflatterte, unter dem sich ein Paar sehr, sehr langer Beine in grauen Raulederstiefeln einem schwindelerregenden Hinunterblick anboten. Es waren Beine so lang, wie andere Menschen sich groß zu werden wünschen. Ihre Lippen waren mit kandiertem Rot geschminkt, einem Rot von giftiger Süße, einem Schneewittchenapfelrot. Ihre Augen waren blau wie der Baikalsee und – komplett kurzsichtig.

Alles an ihr wirkte irgendwie vollkommen ungenehmigt. Sie war – eine Russin.

Ihre wunderblauen, brillenlosen Augen suchten den Raum ab. Nicht lange, denn sie wusste, wo sie suchen musste. Sie suchte jemanden, der sich aufgrund seiner hypochondrischen Veranlagung und Menschenscheu gern fern von anderen in die Nähe überdrehter Heizkörper setzte. Sie suchte …

«Ullischek! Saitschik moi!»

Ihr herbes Timbre riss ein Leck in meine Seele, und meine kleine, heile Welt begann unaufhaltsam in einem Ozean wiederkehrender Erinnerungen zu versinken. Die Frau stürmte auf mich zu. Alle sahen zu mir, und dem Mann hinten an der Garderobe, der offenbar Russisch verstand, sank die Kinnlade herunter. Er hatte sichtlich Schwierigkeiten mit der Tatsache, dass diese aus Prunk und Pracht bestehende Schaufensterrussin eben gerade ausgerechnet mich ihr «Häschen» genannt hatte. Verwirrt stand ich auf. Ein Fehler, denn die Russin drückte meinen Kopf ungestüm in ihren Busen, und ich wurde von Chanel Nr. 5 chloroformiert.

Jelena nahm mein Gesicht in ihre Hände, drückte es zusammen und knutschte darauf herum. Etwas Salzwasser war dazwischen.

«Ullischek! Dass du hier bist. So lange Zeit. Aber sie haben gesagt … Ich wollte dich nicht verunruhigen …»

Warum war ich bloß hergekommen? Warum war ich jetzt aufgestanden?

Kinder fragten ihre Mütter, was die Tante mit dem kleinen Mann da mache. Der Typ an der Garderobe fummelte mit seinem Handy rum und tat, als würde er Mails checken, in Wirklichkeit machte er ein Foto.

«Beunruhigen, das heißt beunruhigen», sagte ich automatisch.

Du musst mich sofort immer bessern, hatte Lena bei unserem ersten Treffen gesagt. 1995. Lange her.

***

In meiner akuten Geldnot als Bummel-Doktorand hatte ich gleich nach Opitz' Tipp seinen Kollegen angerufen. Der Mann hieß Walter Morawetz, ein Slawist. Sie waren ein Jahrgang und kannten sich seit den Sechzigern. Morawetz erkundigte sich ausgiebig nach meinen persönlichen Verhältnissen, gab mir ein paar rätselhafte Instruktionen und verwies mich schließlich an eine Agentur mit dem sonderbaren Namen «Briefe an Freunde», die in der Südvorstadt ihren Sitz hatte. Ein kleiner Laden in einer Seitenstraße, offenbar nicht auf Laufkundschaft erpicht. Die Schaufensterscheibe war bis zur Hälfte mit einer goldgelben Rüschengardine als Sichtschutz verhängt. Das Mobiliar schien gebraucht und vom Vorgänger, einem Schreibbüro, zu stammen. An die Wände waren schon etwas verblichene Ausrisse aus russischen Modeillustrierten gepinnt, auf denen noch nicht ganz Models zu nennende Mannequins sich versonnen an Birkenstämme lehnten oder auf Blumenwiesen an einer Scharfgarbe schnupperten. Auf dem Schreibtisch standen eine Rollkartei, ein Telefon mit so großen Tasten, dass man die Nummer mit dem Ellenbogen hätte tippen können, und eine klobige elektrische Schreibmaschine. Hinter dem Schreibtisch saß Günther. Günther hatte sein volles, leicht speckiges Haar in einer Art Kennedy-Scheitel gebändigt und trug eine graue Strickjacke mit Zopfmuster über einem weißen Hemd mit einem silberblauen Schlips. Er rauchte Marlboro, seine Wangen waren seltsam gerötet. Er sah aus, wie ostdeutsche Männer früher aussahen, wenn sie weltmännisch wirken wollten. Vermutlich ein gewesener Reisekader. Ein Duft von frischgesprühter Pfefferminze lag in der Luft.

«Herr Morawetz hat mir Ihre Adresse gegeben», sagte ich und sah mich verlegen um. «Ich soll sagen: Ich bin müde.»

«Nur müde?», erkundigte sich Günther lauernd.

Mir fiel es wieder ein.

«Ich bin des Alleinseins müde!»

Günther lebte auf.

«Na, also. Geht doch. Tee?»

Ich bejahte. Er drehte sich um und nahm ein kleines Kännchen von einem Samowar, dessen stoffummanteltes Kabel samt angeschmortem Bakelitstecker das Wort Brandgefahr noch einmal neu definierte. Er kippte ein bisschen braunen Sud in eine gläserne Tasse und füllte heißes Wasser aus dem Kupferkessel drauf.

«Zucker?»

«Gern.»

Er bot mir den Stuhl an und schob mir die Tasse hin.

«Noch'n kleinen Spaßmacher dazu?»

Günther zeigte auf eine Wodkaflasche. Ich lehnte ab.

«Wie Sie wollen», meinte Günther und schwappte sich zwei Daumenbreit Wodka in ein kleines Pressglas.

«Ich bin mal so frei. Und hopp, hopp rin innen Kopp!»

Er warf sich den Wodka in den Hals und fauchte dann vergnügt zur Seite.

«Was ist das für ein Geschäft, das Sie hier anbieten?», fragte ich, nachdem ich am Tee genippt und ihn entgegen meiner Erwartung für ganz in Ordnung befunden hatte.

«Waffenhandel», sagte Günther ernst.

Mein Herz tat einen Hockstrecksprung.

«Richtig verstanden, Waffenhandel!»

Günther griff, während er mich unverwandt ansah, in eine

Schublade vor sich und warf lässig eine Mappe auf den Tisch. Schlug sie auf und drehte sie zu mir. Eine offenherzig bekleidete «Ludmilla» blickte mich unter einer kokett eingedrehten Locke an.

«Ist das eine Granate? Ist das eine Granate oder was?», rief Günther und zog zum besseren Verständnis sein rechtes Augenlid mit dem Zeigefinger herunter: «Granate, alles klaro?» Er lachte sich scheckig und rief noch einmal: «Waffenhandel! Ich sag immer Waffenhandel dazu!»

Der Mann verstand sich auf schlechte Witze. Ich nahm noch einen Schluck Tee.

«Nehmen Sie es mir bitte nicht übel, aber ich verstehe Ihr Geschäftsmodell noch nicht ganz. Das ist ganz sicher eine hübsche junge Frau aus Russland, aber ich wollte eigentlich keine …»

«Glauben Sie etwa, diese Frau will Sie?» Günther erkaltete unversehens. «Was verdienen Sie?»

«Ich bin noch Doktorand», stotterte ich. «Bis vor kurzem hatte ich ein Stipendium. Wenn ich fertig bin mit der Promotion, kann ich mich bewerben und vielleicht …»

«Sie sind ein Würstchen!», stellte Günther sachlich fest. «Ein ganz armes Würstchen.» Er blätterte mit warmen Blicken durch seinen Katalog, als würde er unschätzbare Kostbarkeiten betrachten. «Keines dieser heißen Mädels würde sich mit Ihnen einlassen. Bilden Sie sich keine Schwachheiten ein. Das ist völlig ausgeschlossen. Die spielen in einer ganz anderen Liga. Die wissen, was sie wert sind. Da brauchen Sie ohne Villa und eigene Firma gar nicht ankommen.»

Die Beleidigung stachelte mich zu etwas Kraft und Selbstbewusstsein auf.

«Ja, toll. Das wusste ich schon, bevor ich hier reinkam.»

Günther musste noch einmal nachtreten.

«Ich stelle mal fest: Eine solche Frau können Sie sich überhaupt nicht leisten.»

Dann holte er eine zweite Flasche unter dem Tisch hervor. Einen Kräuterlikör.

«Nicht doch ein Schnepperken? Hat auch nur dreißig Umdrehungen!»

Ich dankte noch einmal und betonte, dass ich keinen Alkohol vertrüge.

Günther goss sich ein und schüttelte ungläubig den Kopf.

«Früher oder später trinkt jeder Wurzelpeter!» Er kippte den Kräuter hinunter und leckte auf unappetitliche Weise das Gläschen leer.

Langsam wurde ich ungehalten.

«Erklären Sie mir jetzt endlich mal, was ich hier soll!»

«Sie sind ein sittlich gefestigter Mann. Ein gebildeter Mann. Ein Mann mit Prinzipien. Aber völlig mittellos. Und genau solche Leute suchen wir. Die Agentur würde Sie – und jetzt halten Sie sich fest – mit zehntausend Mark unterstützen. Zahlbar in zwei Raten von jeweils fünftausend erstens bei Heirat einer unserer Klientinnen sowie zweitens bei Scheidung.»

Günther klatschte in die Hände. Voilà! Es stimmte also. Opitz hatte recht gehabt. Ich verstand trotzdem gar nichts.

«Das klingt sehr verlockend, nur, wo soll da der Sinn sein? Warum sollte eine ihrer heißen Schnitten mich erst heiraten, um sich dann wieder scheiden zu lassen? Da kann sie doch gleich einen reichen Deutschen heiraten!»

Günther verschränkte die Arme vor der Brust.

«Warum machen Sie Ihren komischen Doktor nicht in Peking? Ah, nicht so leicht, Sie kennen dort keinen? Sehen Sie! Ich nenne es den Markteintritt. Der deutsche Heiratsmarkt ist ein Markt wie jeder andere. Wir ermöglichen den Markteintritt. Ich bitte Sie, wie soll so ein russisches Frauchen denn jemals einen wirklich vermögenden deutschen Mann kennenlernen, wenn sie irgendwo hinterm Ural sitzt? Erst mal, mein Freund, muss sie nach Deutschland hereingeheiratet werden.»

Günther machte eine große, einladende Geste.

«Aber dazu taugt doch jeder Trottel. Wozu brauchen Sie einen Doktoranden wie mich?»

«Die Ausländerbehörde! Sie werden von der Ausländerbehörde gecheckt. Die wollen nämlich sehr genau wissen, ob das keine Scheinehe ist. Und das sind Profis. Die stellen Sie auf den Kopf und krempeln Sie von innen nach außen. Sie kriegen eher einen Neger in den Ku-Klux-Klan eingeschleust als eine russische Frau einfach so per Scheinehe nach Deutschland.»

«Neger sagt man nicht mehr.»

«Tatsächlich? Wie heißen die Neger denn jetzt? Wie auch immer: Wir suchen junge Männer mit ein bisschen Köpfchen, die nicht gleich das große Stottern bekommen, wenn mal die Ausländerbehörde klingelt. Nach all unserer Erfahrung ist das Amt wesentlich weniger misstrauisch und leichter von einer Liebesheirat zu überzeugen, wenn der deutsche Ehemann ein Akademiker ist.»

Günther lehnte sich zufrieden zurück, zündete sich eine Zigarette an und sah zu, wie mir nach und nach sein Konzept aufging.

«Hier ist mein Angebot.» Günther leckte seine Zeigefingerspitze an und blätterte in der Mappe vier Seiten vor. «Die anderen ‹Waffen› sind leider schon vergeben. Aber die hier ist frisch reingekommen. Eine Jelena aus Tomsk.»

Das mit einer Büroklammer auf die Seite geheftete Foto zeigte eine junge Frau mit mittelblondem Haar und einem lilafarbenen Rollkragenpullover, die weniger lasziv als viel mehr hingelümmelt auf einem sehr kleinen braunen Sofa saß.

Heute weiß ich, dass es ein normal großes Sofa war.

Im Gegensatz zu Ludmilla aus dem Luderland wirkte Jelena aus Tomsk natürlich, eher sportlich, jedenfalls nicht unangenehm. Mmmh. Heiraten fünftausend Mark. Scheidenlassen fünftausend Mark.

«Muss sie … bei mir … wohnen?»

Günther winkte ab.

«Vielleicht ein paar Tage. Da reicht ein Schlafsack unterm Tisch. Die Damen sind eigentlich immer auf Achse. Die beschäftigen sich nicht groß mit Ihnen. Die haben andere Ziele.»

Günther schoss mit einer Zweifingerpistole nach allen Seiten in die Luft.

Ich weiß noch genau, dass mir das alles eigentlich viel zu heiß und mit viel zu vielen Unwägbarkeiten behaftet erschien. Ich weiß aber auch noch, dass ich Opitz' Worte, die Worte meines Doktorvaters, im Kopf hatte, Opitz' Ermunterung, auch mal was zu wagen. Und deswegen vergaß ich einen winzigen Augenblick, dass solche Wagnisse nur bei anderen Menschen gutgingen.

«Okay, ich bin Ihr Mann.»

Günther runzelte die Stirn.

«Mein Mann? Oder ihrer?» Er zeigte auf das Foto. «Na ja, egal, wenn Sie mein Mann sind, sind Sie demnächst auch ihr Mann.» Günther reichte mir seine Hand. Ich schlug ein.

«Aber jetzt stoßen wir an! Keine weibischen Ausreden mehr!»

Er zog eine dritte Flasche hervor («Brotschnaps, mein Freund, das Geheimnis der kaukasischen Lebenskraft! Nur für besondere Anlässe!») und goss eine klare, ölige Flüssigkeit in sein sowie ein schnell hervorgeholtes zweites Gläschen. Wir klonkten die Stumpen gegeneinander, und etwas Brotschnaps schwappte auf das Blatt in der Mappe.

Ich nahm nur einen wirklich kleinen Schluck, aber schon der brannte ätzend meine Kehle hinunter und hinterließ von der Zunge bis zum Magen eine Spur vermutlich irreversibler Taubheit. Binnen einer halben Minute war mir warm. Kaukasischer Mut bemächtigte sich meiner. Ich rutschte auf dem Stuhl herum.

«Was ist diese Jelena für eine? Was macht die eigentlich von Beruf ?»

Günther schaute auf das Blatt, aber genau dort, wo die Rubrik «Ausbildung/Beruf» begann, breitete sich jetzt ein tintenzerfressender Klecks Brotsprit aus. Günther rätselte ein bisschen über den verschwimmenden Buchstaben herum, dann schien er es herauszuhaben.

«Äh ... Ball... Ballerina! Eine Ballerina! Klar, sie ist Ballerina bei ... beim Sportklub Traktor Tomsk.»

Er pfiff durch die Zähne und zwinkerte mir zu. Günther hatte sich verlesen, wie ich bald erfahren sollte.

Das A am Ende war zu viel, und vorne gehörte noch ein Volley hin.

Umkehrschwung

Ich habe nur zehn Minuten vom Kiessee bis ins Ostviertel gebraucht. Irgendwie fällt es einem leichter, in einem Fahrzeug, das einem nicht gehört, die amtlich gebotene Höchstgeschwindigkeit zu überschreiten.

Ich habe den Jeep auf dem Parkplatz einer kleinen Wohnanlage geparkt. Jetzt stehe ich auf der gegenüberliegenden Straßenseite an einem großen blauen Papiercontainer. In feuchten Klamotten und barfuß. Im Büro der Hausverwaltung brennt Licht. Ich gehe nicht eher nach Hause, als bis ich meinen Sohn wieder bei seiner Mutter abgegeben habe.

Ich weiß bloß nicht, wo er ist.

Aber die da wissen es.

Meine Mutter sagte immer: Wenn man nicht weiterweiß, fragt man einen Erwachsenen. In der Hausverwaltung da drüben waltet allerdings eine besondere Sorte von Erwachsenen. Wenig hilfsbereite Erwachsene. Äußerst auskunftsunwillige Erwachsene. Deswegen zögere ich. Falls es sich gar um eine ganze Gruppe wenig hilfsbereiter, auskunftsunwilliger Erwachsener handelt, würde ich es ohnehin lieber bleiben lassen. Einen solchen Erwachsenen, den würde ich mich aber schon trauen zu fragen.

Von der Straße aus ist das erleuchtete Fenster schlecht einzusehen. Wenn ich wissen will, wie viele Leute sich in diesem Büro aufhalten, muss ich auf das Gelände. Irgendwohin, wo ich sehen kann, ohne gesehen zu werden. Der kürzeste Weg an einen solchen Platz führt von der Schranke zu den Fahrzeugen unter dem Vordach. Das dauert drei Sekunden. Drei Sekunden, in denen keiner nach draußen gucken darf. Ich tapse nacktfüßig hinüber und pirsche vorsichtig hinter der Kehrmaschine weiter, bis ich durch die gläserne Fahrerkabine hindurch das Büro sehen kann.

Hinter der Gardine steht ein Mann, den man fragen könnte, wo Slawa jetzt ist. Der Mann ist allein. Er starrt auf sein Smartphone wie einer, der weiß, dass er allein ist. Ab und zu legt er es in die andere Hand, um sich die dann freie Hand an der Hose abzuwischen. Tetris spielt er eher nicht. Ich sehe nicht genau, was er macht, aber es sieht aus wie etwas, bei dem man nicht unterbrochen werden will. Bei dem man unwirsch reagiert, wenn man dabei unterbrochen wird.

So ohne weiteres wird mir der Mann nicht erzählen, wo Slawa ist. Er braucht einen Grund. Ich muss ihm diesen Grund geben.

Im Armaturenbrett der Kehrmaschine glänzt es silbern. Der Schlüssel steckt. Spart man sich das Schlüsselbrett. Wer klaut schon Kehrmaschinen? Und wie weit kommt einer mit einer geklauten Kehrmaschine, die man wahrscheinlich zu Fuß einholen kann?

Ich bin noch nie mit einer Kehrmaschine gefahren.

Ich habe einmal eine Rasentraktorfahrt gewonnen, bei einer Tombola. Zwei Stunden Rasenmähen im Rosental. War schön, ich könnte ja sowieso die ganze Welt mähen. Grüne Teppiche fräsen, in denen sich kein Ungeziefer mehr verstecken kann.

Der Mann hinter der Gardine starrt immer noch auf das Smartphone.

Jetzt wirkt er doch ein bisschen fassungslos.

Unfassbar, was einige Frauen für Geld zu tun bereit sind.

Es wird ihn zu falschen Schlüssen verleiten.

Hinsichtlich der Bedeutung von Geld. Und hinsichtlich der Bereitschaft von Frauen.

Ich ziehe am Türgriff und öffne leise die Fahrertür der Kehrmaschine. Nur einen Spalt. Aber es zieht mich quasi hinein. Wenn man barfuß im Hof einer durchgängig bewaffneten Hausverwaltung steht, verspürt man die natürliche Regung, lieber in einem Fahrzeug zu sitzen. Sogar, wenn es ein Sonderfahrzeug ist. Unter dem Armaturenbrett liegt eine Dose mit Enteiserspray. Ich drehe den Schlüssel, und die Anzeigen leuchten auf. Es ist ein schönes Gefühl, alle Anzeigen leuchten zu sehen. Ich bringe eine Minute mit freudigem Atmen zu.

Der Mann hinter der Gardine, noch immer in sein Smartphone vertieft, richtet sich die Hose.

Ich wollte, ich hätte nicht gerade schon einmal überlebt. Das macht einen so kühn. Und man bekommt plötzlich Lust, auszuprobieren, anzutesten, zu überprüfen, dass es doch mehr als Zufall war. Hoffentlich bleibt das nicht so. Ich möchte kein kühnes Leben. Ich nehme die Spraydose aus der Ablage und gehe quer über den Hof zur Tür am Flachbau.

Ich gucke nicht nach oben, weil ich weiß, dass da oben eine Kamera ist. Sie werden schon keine automatische Halbglatzenerkennung haben. Ich rüttele hörbar an der Tür und beuge mich dann zum Schloss, als würde ich nachsehen, wie es zu knacken wäre. Das muss reichen. Nicht übertreiben. Ich gehe nach rechts ab und höre schon seine Schritte im Flur. Er geht langsam, wie einer, der das Überraschungsmoment auf seiner Seite haben will. Kurz bevor ich wieder hinter der Kehrmaschine bin, werfe ich die Dose mit dem Enteiserspray in hohem Bogen in Richtung Schuppen. So was habe ich mal in einem Indianerfilm gesehen. Da war es ein Kiesel. Damit kann man Leute ablenken. Aber die Spraydose fällt auf das Schuppendach, rollt hinunter und bleibt schräg an der Regenrinne liegen. So weit zu Indianerfilmen.

Der Mann steht in der Tür.

Er guckt auf den Hof. Guckt zum Schuppen. Guckt auf die Straße. Dann guckt er ... zu mir? Ich stehe im Schatten hinter der Kehrmaschine, reglos, aber natürlich weiß ich nicht, ob der Schatten mich wirklich verbirgt. Vielleicht werfen meine vor Starrheit tränenden Augen Lichtreflexe. Aber ich kann doch jetzt nicht die Augen schließen!

Der Mann späht herüber und macht ein paar Schritte auf den Fahrzeugpark zu. Ich könnte verzweifeln. Warum habe ich das Ding nur so hoch geworfen? Da plötzlich macht es schrapp und klapp, die Spraydose kippt doch noch vom Dach und prallt scheppernd zwischen die Mülltonnen.

Der Mann schiebt seine rechte Hand in die Jacke.

Dann geht er dem Geräusch nach, in den dunklen Teil des Hofes.

Alles sehr nachvollziehbar. Im Dunkeln kann man sich besser verstecken, und wenn man sich im Dunkeln verstecken will, sieht man keine herumliegenden Dosen und tritt schon mal gegen sie.

So weit, so logisch.

Der dunkle Teil dieses Hofes hat aber noch mehr zu bieten. Es ist nämlich auch der schmale Teil. Vielleicht drei Meter breit, zwischen Flachbau und Schuppen.

Ich weiß das, denn ich bin diesen Weg gegangen.

Als der Mann hinter der Ecke des Schuppens verschwunden ist, beginne ich, seine Schritte zu zählen, und klettere in die Kehrmaschine. Eins und zwei und drei und vier und fünf. Falls er nicht gleich wieder stehengeblieben ist, müsste er jetzt ungefähr in der Mitte des schmalen Hofteils sein. Ich drehe den Zündschlüssel noch einmal. Das Symbol mit der Glühwendel leuchtet auf und verschwindet wieder, ich drehe den Zündschlüssel weiter. Der Dieselmotor springt an. Ich drücke den Gang rein und lasse sofort die Kupplung kommen. Die Kehrmaschine bockt los. Ich habe nicht viel Weg zum Beschleunigen. Kurz vor der Ecke knüppele ich den zweiten Gang rein.

Ich biege mit vielleicht zehn, fünfzehn Stundenkilometern um die Ecke. Als ich die Scheinwerfer anschalte, sehe ich ihn. Er hat sich umgewandt, um zu sehen, was das für ein seltsames Geräusch ist.

Um ein Uhr dreißig, nachts.

Er hebt die linke Hand, um sich vor den blendenden Scheinwerfern zu schützen. Er hebt auch die rechte Hand, die mit der Pistole.

Und raus!

Er schießt.

Natürlich. Wenn man eine Waffe hat, schießt man.

Das ist das Problem mit Waffen.

Dass man erst mal schießt, statt zu überlegen.

Nun gibt es sicher viele Situationen, in denen Schießen eine angemessene Reaktion darstellt.

Nur: Diese zählt nicht dazu.

Wenn eine Kehrmaschine mit großen, ausgespreizten Tellerbesen in einer nicht sehr breiten und nicht sehr langen Sackgasse auf einen zufährt, sind zehn Schuss aus einer Pistole einfach nur zehn Schuss zu viel. Möglicherweise gelingt es einem, den Fahrer der Kehrmaschine zu erschießen, aber die Wahrscheinlichkeit, dass das Fahrzeug dadurch zum Stehen kommt, ist zu gering, als dass man sein Schicksal davon abhängig machen sollte. Wenn in der Kehrmaschine noch dazu kein Fahrer mehr sitzt, so wie jetzt, geht diese Wahrscheinlichkeit logischerweise gegen null. Und am Ende fehlen einem dazu noch zehn Sekunden. Mathematik für Verbrecher in Sackgassen: Wahrscheinlichkeit null minus zehn Sekunden ist gleich Freude am Schießen.

In diesen zehn Sekunden hätte man hingegen sehr komfortabel rechterhand eine Tür zum Schuppen öffnen und in diesen hineinspazieren können, um die Kehrmaschine an sich vorbeifahren zu lassen.

Aber das ist ein Konjunktiv. Der Konjunktiv einer unwiderruflich abgeschlossenen Vergangenheit. Conjunctivus Plusquamperfecti. Irrealis.

Mit einem dumpfen Laut wirft die Kehrmaschine den Mann um und kracht gegen die Mülltonnen, die am Ende des Wegs an der Hofwand stehen. Die Reifen drehen sich heiß.

Ich gehe zum Gefährt, klettere in die zerschossene Fahrerkabine, nehme den Gang raus und ziehe die Handbremse hoch. Ich steige hinaus, klettere vor und sehe hinunter.

«Wo ist mein Sohn?», frage ich den bis zur Brust unter der Kehrmaschine liegenden Mann. Statt einer Antwort fuchtelt er mit der Pistole in meine Richtung und klickt etliche Male mit dem Abzug. ‹Klick, klick, du musst jetzt tot sein!› Dann beginnt er, sich unter dem Wagen hervorzuziehen.

Damit habe ich nicht gerechnet. Ich dachte, er wäre geschockt, verletzt, irgendwas in der Art.

Wenn ich von einer Kehrmaschine umgefahren worden wäre, würde ich eine ganze Weile brauchen, um das zu verarbeiten. Aber wahrscheinlich ist er nicht so komplex. Sein Vorteil. Ich springe wieder in die Maschine, setze zurück, um noch mal loszufahren. Der Mann hat sich schon bis zur Hüfte unter dem Fahrzeug herausgearbeitet. Panisch drücke ich ein paar Knöpfe.

Die Tellerbesen an den Seiten heulen auf und senken sich zur Mitte.

Der Mann, der fast schon saß, verschwindet mit den Händen rudernd unter dem Wagen.

Als ich wieder vorn bin, sehe ich, dass die rotweißen Plastikborsten ihn bis zur Brust unter das Fahrzeug geschrubbt haben. Zwei Tellerbesen halten ihn in der Mangel, ein dritter dreht sich auf seiner Leibesmitte. Sie rotieren ziemlich schnell. Dagegen kommt er nicht an.

«Wo ist mein Sohn?», schreie ich ihn an.

«Mach die scheiß Kiste aus!», schreit der Mann zurück.

Zwischen den Bürsten liegend, versucht er, sein Gesicht mit den Händen zu schützen.

«Wo ist mein Sohn?», schreie ich.

«Auf der Kirmes, verdammt noch mal! Mach die Kiste aus!»

«Was soll er da?»

«Mach das aus, scheiße, mach das aus!», stöhnt der Mann nun schon etwas verzweifelter. Er spürt wohl, dass sich die Jacke an seinen Ellenbogen unter den rotierenden Tellerbesen aufzulösen beginnt.

«Was soll er auf der Kirmes?», schreie ich durch das Geschleife und wittere kurz in die Luft, da es wirklich sehr laut ist und ich mir Sorgen mache, dass uns jemand hören könnte. Aber rundherum sind nur Firmengebäude. Hier schläft niemand, der von Lärm aufwachen könnte.

«Wegen der Albaner! Mach aus! Er soll das mit den Albanern klarmachen! Das Haus! Das Haus muss leer sein.»

Ich gehe. Der Mann schreit wie ein Irrsinniger, ich solle zurückkommen. Natürlich könnte ich die Kehrmaschine wieder ausmachen. Ich könnte ihm jetzt das Versprechen abnehmen, mir nichts zu tun, und dann die Kehrmaschine ausmachen. Aber wie gesagt, die Mitarbeiter dieser Hausverwaltung sind eine wenig hilfsbereite Sorte von Menschen, und dazu noch eine, die sich an Versprechen nicht so gebunden fühlt. Schon gar nicht schmächtigen Altphilologen gegenüber. Ich fühle mich trotzdem mies. Vielleicht war er der eine, dem man trauen konnte. Nein, ich glaube nicht. Er würde mich doch noch hinterrücks erschlagen und dann trotzdem gut schlafen. Dann lieber: Besen, Besen! Seid's gewesen!

Nach ein paar Metern trete ich gegen die Enteiserdose. Ich hebe sie auf, drehe mich um und gehe zurück. Der Mann unter den Tellerbesen windet sich, kommt aber nicht heraus.

«Enteiserspray ist immer außerhalb des Fahrzeugs aufzubewahren», ich schmeiße ihm die Dose zwischen die Besen, «immer außerhalb! Sonst nützt er gar nichts!»

Das ist niemals eine richtige Hausverwaltung. So viel steht mal fest.

Im Schuppen sind noch meine Schuhe.

Zehn Bissen

Ich hätte damals lieber kellnern gehen sollen, anstatt mich auf diesen Heiratshandel einzulassen. Günther von der Agentur «Briefe an Freunde» hatte nämlich einen fatalen Hang zum Unwesentlichen. Sofort nach Vertragsabschluss ließ er mich mit verschiedenen Kugelschreibern ein paar vorgetippte Briefe unterschreiben. Er erklärte, viele seiner Kunden hätten Schwierigkeiten, eine effektive Brieffreundschaft mit diesen russischen Frauen aufzubauen, deswegen habe er selbst ein paar Dutzend Vorlagen erarbeitet. Die Briefe schienen etwas knapp, und hin und wieder sah ich das Wort Liebe aufblitzen. Mir wurde komisch zumute. Dass die ersten Liebesbriefe meines Lebens von einem offenkundig alkoholkranken, ehemaligen Reisekader der DDR ersonnen worden waren, schien mir kein guter Start ins Liebesleben zu sein. Und ehrlich gesagt, die paar Briefe hätte ich vielleicht noch selbst hinbekommen.

Wahrscheinlich hätte allerdings mein ganzes Leben eine andere Richtung genommen, wenn Günther, statt mit laienhaft-verruchten Privataufnahmen herumzuprahlen, die kompletten Personaldaten gehabt hätte. Denn es interessierte mich einen alten Kehricht, dass das Mädchen, das da im Frühling 1995 aus dem Ankunftsbereich des Flughafens Berlin-Schönefeld kam, einundzwanzig Jahre alt war. Mir war schnuppe, dass dieses Mädchen auf die Michail-Sergejewitsch-Frunse-Schule gegangen war. Und es ging mir, gelinde gesagt, am Arsch vorbei, dass Jelena Jefimkina sich für Kino, Theater und Tanzmusik interessierte.

Alles, was ich gerne vorher gewusst hätte, war, dass sie einen Meter neunzig groß war!

Das ist gut, wenn man Volleyball bei Traktor Tomsk spielt. Das ist schlecht, wenn man sich anschickt, mit dem Doktoranden Ullrich Hasselmann listig die Ausländergesetze der Bundesrepublik Deutschland zu hintergehen.

Ich bin einen Meter fünfundsechzig.

Ich bin nicht ganz, ganz klein. Also, nicht so klein wie ein Kleinwüchsiger. Ich bin ein gerade noch so mittelgroßer Mann. Aber genau dieses «gerade noch so» ist das Problem. Denn anders als richtige Kleinwüchsige genießen gerade noch so offiziell mittelgroße Männer in dieser Welt nicht die geringste Schonung. Sie sind freigegeben für jeden Spott. Ja, ich bin einer dieser Männer, die sich in der Herrentoilette am Urinal wadenzitternd auf die Zehenspitzen stellen müssen, um ohne Gefahr für die Hose das Wasser abschlagen zu können. Ich bin einer derjenigen, die in rüttelnden Bussen nicht einfach so nach dem oberen Haltegriff langen können. Von Stühlen, bei denen meine Füße eine Handbreit über dem Boden baumeln, ganz zu schweigen. An einem solchen Mann tobt sich alle Häme aus, die man sich gegenüber einem echten Kleinwüchsigen aus humanitären Gründen verweigern muss.

Und als wäre dies nicht schon schlimm genug: Alles, was kleine Männer tun, wird mit ihrer Kleinheit erklärt. Wann immer ich im Institut, in Publikationen oder auf Tagungen eine besondere Meinung entwickelte und auf ihr beharrte, begann sofort das Tuscheln. Ich sage nur «Napoleonkomplex».

Es ist ja wahr, dass viele «große» Männer klein waren. Aber dass die Menschen diese Tatsache so ausgiebig betonen, sagt doch nur, dass man kleinen Männern eigentlich keine historische Bedeutung zugesteht. Kleine Männer sollen sich abseits halten und den Normalwüchsigen die geschichtlichen Taten und Daten überlassen. So ist es doch.

Lena sagte später immer «little-groß» statt mittelgroß, und dann warf sie sich weg vor Lachen. Mit einem Lachen wie vom Lachpapst selbst. Eine gesunde, raue, kehlige Lache aus einem riesigen sibirischen Körper.

Und ich hatte diesem Körper die Ehe versprochen. Vor genau zwei Monaten, vor genau drei Briefen. In einem von Günthers vorgetippten «Briefen an Freunde».

Ich stand da mit meinem Schild, auf dem ihr Name prangte, und kämpfte mit dem Verlangen, mich sofort umzudrehen und wegzulaufen. Jelena Jefimkina kam aus einer anderen Zeitzone. Auch modisch gesehen. Sie trug eine Stonewashed-Jeansjacke mit weißem Kunstpelzkragen, einen weinroten Rollkragenpullover aus Synthetik und eine lehmbraune Popelinehose. In sieben Stunden Flugzeit hatte sie etwa zehn Modejahre zurückgelegt.

«Wo ist Ullrik?», fragte Jelena in ihrem noch sehr frischen, holprigen Deutsch, als sie auf mein Schild zumarschiert war. Ich grinste verlegen. Wohl nicht verlegen genug, um nicht dem Lächeln auf dem Foto zu ähneln, das ich ihr im zweiten Brief geschickt hatte.

Jelena begriff. Ein russischer Satz absoluter Verblüffung fiel ihr aus der rauen Kehle. Zwar hatte mein Russischunterricht immer nur von Vorsitzenden, Versammlungen und Sehenswürdigkeiten gehandelt, dennoch glaubte ich eben gehört zu haben, dass es um Geschlechtsverkehr mit meiner Mutter ging ...

Schweigend fuhren wir im Taxi zu meiner WG. Der Fahrer warf ab und zu einen Blick in den Rückspiegel, als könne er nicht glauben, dass wir beide zur selben Adresse gefahren werden wollten.

Ich hatte meine Mitbewohner – Gerd, Physikstudent, und Ludger, angehender Theologe – vorgewarnt, dass ich ab Ende März wahrscheinlich Damenbesuch habe würde, und die beiden Männer hatten breit gegrinst. Ich erklärte ihnen, da gäbe es nichts zu grinsen, eine Bekannte würde bei mir übernachten, das sei alles.

Gerd machte sich in der Küche gerade Baked Beans warm. Ich stellte Lena vor und erklärte, dass sie aus Russland käme. Gerd bot uns von seinem Mittagessen an. Lena hatte keinen Hunger, und ich lehnte ebenfalls ab, obwohl ich gebackene Bohnen mag. Ich vertrage sie nur nicht so gut. Und Lena würde in meinem Zimmer schlafen müssen. Dass ihr Zukünftiger ein Zwerg war, war schon hart zu akzeptieren, dass er ein stinkender Zwerg war, würde sie vielleicht in eine psychische Krise stürzen. Das wollte ich nicht.

Gerd steckte zwei Scheiben Brot in den Toaster.

«Woher kennt ihr euch?»

«Brieffreundschaft!»

«Brieffreundschaft? Das gibt es noch?»

«Ja, das gibt es noch!», sagte ich bestimmt.

«Und da besucht sie dich jetzt, was?», meinte Gerd mit Blick auf Lena, die etwas geschockt und unschlüssig in der Küche herumstand. Sie gefiel ihm. Er wollte irgendwas reden.

«Nasdarowje!», sagte Gerd und hob seinen Löffel mit den Bohnen zum Gruß.

Jelena Jefimkina lächelte ihn mitleidig an. Der Zwölfer rechts oben war vergoldet. Zwerge und Irre, die beim Essen «Prosit!» sagen. Das war also Deutschland.

Ich zeigte ihr das Bad und mein Zimmer. Das Schrankfach, das ich für sie freigeräumt hatte. Den Platz am Fenster, wo meine Isomatte für sie ausgerollt war. Der Größenunterschied machte mir wirklich zu schaffen. Ich kam mir vor wie ein Kindergartenkind, das seiner Erzieherin zeigt, wie schön es alles aufgeräumt hat. Dann setzten wir uns. Ich mich auf meinen Drehsessel und sie sich auf mein Bett. Das war schon besser.

«Ich weiß, wie du dich fühlst», sagte ich. «Da ist etwas schiefgelaufen. Aber wir bekommen das hin. Wir schaffen das mit der Heirat. Es ist in Deutschland jetzt auch nicht so ungewöhnlich, dass die Frau eines Mannes ein bisschen größer ist.»

«Ich bin nicht etwas größer als du», sagte Jelena mit dieser heiseren Stimme, in der der russische Akzent noch furchteinflößender klang als sowieso schon. «Du bist zu klein. Und nicht ein Bissen. Du bist zehn Bissen zu klein.»

«Bisschen heißt das. Ich bin zehn bisschen zu klein», korrigierte ich.

«Sehr viel Geld hat das gekostet, du weißt», sagte sie weiter, «alles Geld, das ich konnte haben. Ich will einen Mann für das Geld. Du bist nicht mal Mann für halbe Geld.»

Sie hatte ja recht. Ich konnte nicht liefern. Ich wollte die ganze Summe, aber war nur halb so groß. Mich entschuldigten nur Unkenntnis und die fehlende Absicht, dass es gerade noch keine arglistige Täuschung gewesen war.

«Wir schaffen das», betonte ich noch einmal.

«Ich glaube das nicht», meinte Lena, lehnte sich zurück und stützte sich sehr selbstbewusst auf mein Bett. Was sollte das heißen? Sie war nun einmal da. Sie hatte ein Sechs-Monats-Visum. Wollte sie nächste Woche wieder zurückfliegen? Wo sie doch alles Geld aufgebracht hatte, um hierherzukommen und mich zu ehelichen?

Doch Jelena Jefimkina war ziemlich pragmatisch, wie ich schon bald erfahren sollte.

Sie war müde von der Reise, und ich gestattete ihr, auf meinem Bett zu schlafen, solange ich fort war. Ich musste zur Uni. Als ich am Abend wieder heimkam, saß sie mit Gerd in der Küche und lachte ihr heiseres Lachen. Gerds Wangen glühten, was nicht zuletzt an einer Flasche Russki Standard lag, die auf dem Tisch stand. Aber es mochte noch andere Gründe geben.

«Du hast ja eine tolle Brieffreundin!», rief Gerd aufgekratzt. «Wusstest du, dass Äpfel gegen Radioaktivität helfen? Wegen dem Pektin, das da drin ist. Pektin hilft gegen Radioaktivität! Das sag ich morgen meinem Prof. Hoi, hoi, immer ran an die Isotope, wir haben ja Obst dabei!»

«Moi Ded war bei Explosion in Majak», dröhnte Jelena, zum Beweis gedrängt. «Hatte Radioaktivität überall. Wenn Babja ihn suchte, musste sie nur Dosimeter nehmen auf die Straße und konnte hören tick, tick, tick, wo Deduschka gegangen war. Aber Dedja hat immer Äpfel gegessen, zehn Äpfel am Tag. Nichts krank. Kein Krebs. Nichts.»

Ich sinnierte einen Augenblick, ob Jelena Jefimkinas erhabene Statur Ergebnis eines russischen Atomunfalls sein konnte.

«Schön, schön», sagte ich. «Habt noch Spaß. Ich muss arbeiten.»

Das Gelächter und Gegröle in der Küche ging bis Mitternacht weiter. Dann wurde es etwas ruhiger. Kurz vor ein Uhr kam Jelena Jefimkina herein, warf sich, wie sie war, auf die Isomatte, rollte sich in die Decke und schlief wie ein Stein.

Ich lag wach. Verständlicherweise. Es war nicht nur ihr Fuselatem, der bald das Zimmer füllte, sondern einfach die Tatsache, dass da eine Frau in meinem Zimmer lag. Eine riesige Frau, aber eine Frau. Ich hatte noch nie mit einer Frau zusammen übernachtet. Ich hatte überhaupt noch nie und nichts. Nicht dass es keine Gelegenheiten gegeben hätte. Aber ich hatte sie vorübergehen lassen. Ich war nie zu den Klassenfeten gegangen, wo wild herumgeknutscht wurde. Studentenfasching fand ohne mich statt. Ich wollte meine große Liebe nicht in irgendeinem Hexenkessel kennenlernen. Eines Tages würde ich sie treffen. Da war ich mir sicher. Ich glaubte an die glückliche Fügung mit derselben Inbrunst, mit der ich an das drohende Verhängnis glaubte, dem zu entgehen mein ganzes Leben gewidmet war. Wir würden es beide wissen. Sofort. Ich musste nichts dafür tun. So war doch die große Liebe, oder?

Jelena Jefimkinas Oberkörper hob und senkte sich. Manchmal gab sie kleine grunzende Geräusche von sich, was jedes Mal mein Herz aufjagte. Ich stellte es nur dadurch wieder ruhig, dass ich mein Bärchenkissen auf den Bauch presste. Seit meinem dritten Lebensjahr besitze ich ein Kordkissen mit einem aufgestickten Bärchen, das mir gegen Übelkeit, Angstzustände und Herzrasen hilft. Es stammt von meiner Oma, die es genäht hatte, als nach einem Kordrock für meine Schwester noch Stoff übrig war. So verlief meine erste Nacht mit der Großrussin. Seltsam.

Da ich die ganze Nacht über kein Auge zubekommen hatte, war ich gegen Morgen sicher, dass sich Jelena Jefimkina aus Tomsk nicht ein einziges Mal umgedreht hatte. Russki Standard.

Ich stand in der Küche und zählte die hundertzwanzig Sekunden, nach denen ich meinen Teebeutel aus der Tasse heben durfte, als Gerd reinkam. Er sah mitgenommen aus. Die Wodkaflasche auf dem Tisch war leer. Der Kühlschrank auch. Sie hatten gestern Nacht sogar noch mein selbstgemachtes Kichererbsenpüree aufgefressen. Das hätte Gerd sich nie von allein getraut. Alkohol und Weiber stürzen diese Welt in Unrecht und Unglück seit Anbeginn der Zeiten.

«Ich muss mal mit dir sprechen», sagte er. «Ist wegen deiner Brieffreundin.»

«Sechsundachtzig, siebenundachtzig, achtundachtzig ... erzähl ruhig ... neunundachtzig.»

«Sie will mich heiraten!», platzte Gerd heraus. «Ist das irre oder was?»

Ich hörte auf zu zählen. Dunkle Teeschwaden waberten unkontrolliert im heißen Wasser.

«Ich wollte mal hören, wie du darüber denkst. Ich meine, sie ist deine Freundin, aber eben nur Brieffreundin. Und ich hatte gestern nicht so den Eindruck, dass ihr beide so ganz ... wenn du verstehst?»

Die infame Russin. Hatte mich im Handumdrehen abgeschrieben. Als wäre ich ein beschädigter Artikel. Eine Falschlieferung. Etwas, was man umtauschen, zurückgeben konnte. Mir fehlten die Worte.

«Das ist ... Das geht nicht!»

«He, ihr könnt euch ja weiter Briefe schreiben», lockte Gerd und klopfte mir auf die Schultern.

Verächtlicher ging es ja wohl nicht mehr. Er zog offenbar überhaupt nicht in Erwägung, dass ich sein Konkurrent sein könnte. Aber mir blieb keine Zeit für Paviankriege. Ich musste ihm das ausreden, bevor Jelena Jefimkina wach wurde.

Ihr war ich nicht gewachsen. Gerd schon.

«Habt ihr euch geküsst?», fragte ich. Es klang böse, und das sollte es auch.

Gerd grinste.

«Na, was denkst du denn?»

«Ich denke gar nichts», sagte ich scharf, «ich will nur wissen, ob ihr euch geküsst habt?»

Gerd kam näher und flüsterte mit verruchtem Stolz: «Ich habe Wodka aus ihrem Mund geschlürft …»

Flittchen, dachte ich. Aber warte!

«Das hättest du nicht machen sollen. Sie ist zur Behandlung nach Deutschland gekommen!»

Gerd wurde weiß.

«Was für eine Behandlung?»

Bei Lügen darf man nicht auf Fragen eingehen. Beim Antworten auf Fragen verliert man die Initiative. Einfach weiterlügen. Ich tat so, als würde ich in einem riesigen Schlamassel herumrechnen.

«Du hättest sie wirklich nicht küssen sollen, auch wenn das Übertragungsrisiko nur bei fünfzig zu fünfzig liegt. Aber die Mortalität ist dann eben doch nahe hundert. Und dann du mit deinem Zahnfleischbluten …»

«Was ist denn fünfzig zu fünfzig, und wieso gleich Mortalität?», quäkte Gerd ängstlich.

«Ich wollte heute mit euch reden, Herrgott noch mal!», fabulierte ich antwortlos weiter. «Über Jelena, was man alles beachten muss und wie man trotzdem noch gemeinsam ein Bad benutzen kann, wenn man ein paar Vorsichtsmaßnahmen einhält.»

«Was hat sie?!», schrie Gerd jetzt und packte mich am Kragen.

Statt einer Antwort nickte ich.

Gerd rannte aus dem Zimmer, war in einer Minute angezogen und aus der Tür. Er sollte drei Tage wegbleiben. Es müssen Höllentage gewesen sein. Als er wiederkam, vermied er es, mit Jelena in einem Raum zu sein. «Ich habe noch mal Glück gehabt», raunte er mir irgendwann zu. Und ich erst, dachte ich.

Das plötzliche Verschwinden ihres Ersatzmannes verwirrte Jelena. Sie wunderte sich, befragte mich auch zwei, drei Mal, aber ich hatte «absolut keine Ahnung», wo er sein könne. Stattdessen eröffnete ich ihr, dass sie fortan besser in der Küche schlafe, weil mich ihre nächtliche Anwesenheit irritiere. Strafe muss sein. Mich schlaflos wegen einer Frau in meinem Zimmer herumzuwälzen, hätte ich vielleicht noch ertragen, aber mich schlaflos wegen einer Frau, die mich betrügen wollte, zu wälzen, schien mir zu viel der Völkerfreundschaft. Lena zuckte mit den Schultern. Es schien sie nicht zu jucken.

«Ich will in Stadt gehen», sagte sie, und dann, fordernder: «Ich brauche Geld!»

Jetzt wäre es angebracht gewesen, mit ‹Frag doch deinen Gerd!› oder ‹Was hat die Stadt mit Geld zu tun?› zu antworten. Aber Lena, in ihrem ganzen Achtziger-Jahre-Schick schräg an den Türrahmen gelehnt, ließ ihr gutturales «brauche» in einer seltsamen Melodie durch die Mansarde schwingen. Gegen meinen Willen wurde mir ganz freigebig zumute. Im aufgeklärten Deutschland ist ja die Kunst des Umschmeichelns schon lange untergegangen. Selbst das allerkuscheligst geflötete Bittebitte einer deutschen Frau wirkt auf den angesprochenen Mann nur ironisch. Aber Lenas rauchig schnurrendes «brauche» hatte etwas kindlich Direktes, es kroch durch meine Ohren unter der Großhirnrinde hindurch. Es gab nichts nachzudenken: Sie brauchte Geld.

«Ich habe nur zwanzig Mark», hörte ich mich antworten,

während ich wie zum Beweis auch noch den Schein aus der Börse holte.

«Spassibo, chwatit», sagte Lena. So war sie. Mehr, als ich hatte, würde sie nie von mir verlangen.

Dann ging sie los, um sich mit Freundinnen zu treffen. Sie hatte schon am Tag ihrer Ankunft lange telefoniert, um sich nach Galina, Natalja und Darja zu erkundigen. Dass eine völlig hinterwäldlerische Sibirjakin in einer so beliebigen deutschen Großstadt wie meiner schon drei Freundinnen hatte, war ein beunruhigendes Faktum. Das Gefühl, eine heimliche Invasion zu beobachten, machte sich in mir breit.

Andererseits hatte das Treffen mit den anderen russischen Glückssucherinnen auch sein Gutes. Denn offenbar, das merkte ich bald, hatten Galina, Natalja und Darja ihr zugeredet, angesichts meiner Kleinheit Größe zu zeigen. Am darauffolgenden Morgen saß sie mit verschränkten Beinen auf dem Schlafsack, löffelte ein Müsli und sprach, als ich in die Küche kam, ohne mich eines Blickes zu würdigen:

«Ruf das Standesamt an, Liliput!»

Ich telefonierte mit dem Standesamt. Das Standesamt sagte: Heiraten? Eine Russin? Bitte, gerne. Wenn das Ausländeramt nichts dagegen hat. Ich rief das Ausländeramt an. Ein Herr Herrmann meldete sich und sagte: Mmh. Kommen Sie erst mal vorbei.

Die fruchtbaren Tage

Die Wiedersehensfreude zwischen Jelena und mir im Jugendamt wurde jäh unterbrochen.

«Sind jetzt die Eltern von Slawa Jefimkin da?»

Jelena drehte sich um und winkte der fransenfrisierten Frau vom Amt, die ein neuerliches Mal in der Tür zum Wartezimmer erschienen war.

«Sie sind Frau Jefimkina, die Mutter von Slawa?», erkundigte sich die Frau. «Und wo ist der Vater?»

Da ließ Jelena Jefimkina aus Tomsk ihre Meldehand mit dem ausgestreckten Zeigefinger nach unten klappen. Und unter diesem Zeigefinger stand ich.

Die Frau vom Jugendamt beäugte mich kritisch. Sie wollte sichergehen.

«Das da ist der Vater?», fragte sie, als meinte sie den Papierkorb neben mir. Als käme ich für eine Fortpflanzung überhaupt nicht in Frage. Das war empörend, aber ich war zu benommen, um empört zu sein. Ich stand da, ganz und gar in eine neue Wirklichkeit gekippt. Natürlich hatte ich in den vergangenen Tagen geahnt, gemutmaßt, gewisse Lücken in meinem Gedächtnis mit allerlei Möglichkeiten zu füllen versucht. Aber das hier war was anderes: Urplötzlich benannt.

Auf frischer Vaterschaft ertappt. Zu lebenslanger Vaterschaft verurteilt. Jemand, bei dem man gerade eine unheilbare Vaterschaft festgestellt hatte. Im Gegensatz zu mir fing die Frau vom Amt sich schnell wieder.

«Dann kommen Sie beide bitte mit!»

Jelena schritt an meiner Seite die paar Meter bis zum Amtszimmer und redete wie ein Wasserfall mit ihrer heiseren Stimme auf mich ein: dass ihr Auto in der Durchsicht sei, und es hätte Schienenersatzverkehr gegeben, und der Bus wäre voll gewesen, sie hätte auf den nächsten warten müssen, der sei ewig nicht gekommen, dann hätte sie ein Taxi genommen, aber der Fahrer wäre zum Jugendamt im Rathaus gefahren statt zum Jugendamt hier in der Nordstadt, ehrlich, sie hätte sogar eine halbe Stunde früher kommen wollen, um mich vorher noch abzufangen und bei einem Kaffee alles zu klären, und ich solle sie nicht so angucken …

«Hör doch auf», sagte ich, während sich meine Fassungslosigkeit über die verheimlichte Vaterschaft langsam zu Wut steigerte. «Du warst noch nie pünktlich. Du weißt gar nicht, wie Pünktlichkeit geht. Du denkst, Pünktlichkeit ist das, wo man sich irgendwie noch am selben Tag trifft.»

Die Jugendamtsfrau, die uns voranging, warf einen kurzen Blick zurück. Der pampige Ton überzeugte sie immer mehr, dass wir mal ein Paar gewesen waren. Und ich war noch nicht fertig. Unstatthafte Völkerpsychologie sprang mir auf die Zunge.

«Aber ihr Russen könnt ja alle nicht mit Zeit. Wozu habt ihr überhaupt Minutenzeiger auf der Uhr? Als die Russen 1914 mobilgemacht haben, hat Kaiser Wilhelm gesagt, jetzt haben wir noch gute fünf Wochen Zeit, um uns was zu überlegen. Snajesch, Jolka?»

So hatte ihr Vater sie genannt. Und Jelena Jefimkina hasste

ihren Vater. Sie verengte ihre kurzsichtigen Augen zu Strichen.

«Du und dein Kaiser haben keine Ahnung von Russland. Das ist das Problem. Ihr habt es nur so mit der Zeit, weil ihr keinen Raum habt. Als Hitler anfing Krieg gegen Russland, hat Stalin gesagt, jetzt haben wir noch gute zweitausend Kilometer, um was zu überlegen. Bist du still, Doktorleinchen!»

Die doppelte Verkleinerungsform machte mich rasend. Einen Schritt vor dem Zimmer blieb ich stehen und hielt Lena am Arm fest, sie aber ging weiter, weshalb es mich fast umriss.

«Aber auch im Riesenrussland gibt es Zeiten, die man kennen sollte. Vor allem, wenn man eine Frau ist. Zum Beispiel die fruchtbaren Tage!», rief ich.

Lena packte meine Hand an ihrem Arm und bog mir herzlos den Zeigefinger auf und um, bis ich vor Schmerz vor ihr kniete.

«Ich hatte ein paar hundert fruchtbare Tage ohne was, bis du bist gekommen.»

«Ich bin gekommen? Ha! Das ist ja wohl ein Witz! Du bist gekommen. Aus Sibirien ...»

Zu meiner Verblüffung schritt die Jugendamtsfrau während dieser Misshandlung nicht etwa ein, sondern verschränkte nur die Arme vor der Brust.

«Beruhigen Sie sich mal. Der Natur nach sind Sie beide irgendwie gekommen. Also, es ist nun mal so, wie es ist.»

«Ist nun mal so!», wiederholte Lena böse. «Panimajesch?

Ich verstand schon, dass es nun mal so war, aber es war noch lange nicht die Zeit, sich zu beruhigen. Praktisch alles, was Frau Beutewitz vom Jugendamt mir nun zu eröffnen hatte, war eine Katastrophe. Ich hatte seit dem 13. Juni 1997 einen Sohn namens Slawa. Einen Sohn, der als Slawa Goebel im Haus eines vermögenden Baustoffhändlers aufgewachsen war, in Liebe und Wohlstand. Bei einem Mann, der lange Jahre geglaubt hatte, in Slawa seinen Sohn und Erben zu haben. Einem Mann, den auch Slawa immer für seinen Papa gehalten hatte. Bis zu jenem Unfall vor zwei Jahren. Slawa war mit seinem Rad auf dem Gehweg unterwegs gewesen, als plötzlich ein Auto rückwärts aus einer Einfahrt schoss. Slawa war über das Heck geflogen und hatte sich schwer verletzt. Obwohl er schnell ins Krankenhaus kam, war eine Transfusion notwendig, weil er Blut verloren hatte. Im Zuge dessen entwickelte sich zwischen den besorgten Eltern und den behandelnden Ärzten eine Diskussion um die seltene Blutgruppe Slawas, die den Vater stutzig machte. Einen Tag später hatte er sich informiert. Slawa war nicht, konnte sein Sohn nicht sein. Der Baustoffhändler fühlte sich betrogen. Gab nichts auf Lenas Beteuerungen, keine Ahnung gehabt zu haben. Er war Baustoffhändler in der dritten Generation. Ein Kuckuckskind kam für ihn nicht in Frage. Es folgte die Trennung. Aber Lena hatte klug geheiratet. Der Ehevertrag sah beachtliche monatliche Zuwendungen vor, angemessene Alimente für einen Heranwachsenden kam hinzu. Sie konnte halbwegs zufrieden sein. Der Einzige, der die Scheidung nicht verkraftete, war Slawa. Er litt. Verstand nicht, warum er, das geliebte einzige Kind, plötzlich ein Scheidungsgrund sein sollte. Warum sein Vater nicht mehr sein Vater sein wollte. Er machte der Mutter Vorwürfe. Es gab Streit bis hin zu Tätlichkeiten. Seine Freunde, mit denen er eine Privatschule besucht hatte, Söhne vermögender Familien, mit denen die Familie Goebel lange befreundet gewesen war, gingen langsam, aber sicher auf Distanz. Einer von ihnen muss ihn schließlich bei der

Schulleitung angezeigt haben. Es ging um Drogen. Und man wurde fündig. Slawa flog von der Schule, und die Schule war den Makel los.

Seitdem trieb Slawa sich herum. Die Polizei hatte ihn mehrfach aufgegriffen. An falschen Orten mit falschen Leuten. Mit Sachen, die man besser nicht bei sich trug. Waffen, Betäubungsmittel. Verfahren waren anhängig.

«Es geht hier einerseits um Slawa, andererseits geht es um Jugendkriminalität und organisiertes Verbrechen», fasste Frau Beutewitz zusammen. «Wir machen es uns in Sorgerechtsfragen nicht leicht, aber in diesem Fall sind wir aufgefordert ... worden (sie sah einen Augenblick so aus, als hätte sie ein Wort zu viel gesagt) ... zu handeln.»

Ich saß da, vornübergebeugt, die Arme auf den Oberschenkeln, die Hände an den Handflächen zusammengelegt, wie ich es in kritischen Situationen zu tun pflege. Ich versuchte, langsam und gefasst zu reden, während ich mit der Zumutung kämpfte, die diesem ganzen Amtsgespräch innewohnte.

«Wenn ich Sie recht verstehe, soll ich die elterliche Sorge für einen jugendlichen Intensivtäter kurz vor der Adoleszenz übernehmen.»

Frau Beutewitz nickte ungerührt. Offenbar keine große Sache.

«Ich soll einen emotional und sittlich gestörten Jungkriminellen, zu dem ich keinerlei Bindung oder Beziehung habe, auf den Pfad der Tugend zurückführen?»

Frau Beutewitz zuckte mit den Schultern.

«So ist die Lage.»

«Wissen Sie was? Sie können das Sorgerecht behalten. Ich möchte das nicht.»

Es war alles nur noch eine einzige Zumutung. Wie kam das

Jugendamt, wie kam meine russische Ex-Scheinehefrau nur auf den Gedanken, ich würde in diese Bresche springen?

«Sie sind der Vater!» Frau Beutewitz zuckte mit den Schultern. Ich sah zu Lena, die in ihrer Tasche kramte. Irgendwie wurde ich das Gefühl nicht los, dass Lena und das Jugendamt verschiedene Motive hatten, mir die Verantwortung für dieses Kind zuzuschieben.

«Ich verstehe, dass Sie unzufrieden sind», sagte die Dame vom Jugendamt, «aber das Gesetz interessiert nur die Fakten. Und faktisch ...»

Ich schüttelte wild den Kopf. Dass ich faktisch mit Jelena Jefimkina aus Tomsk ein Kind gezeugt hatte, war schon viel, viel mehr, als ich meiner Frau, meiner Familie jemals offenbaren konnte. Dass ich mich nun obendrein um dieses offenbar schwer aus der Spur gesprungene Kind als Sorgeberechtigter kümmern sollte, kam schon überhaupt nicht in die Tüte.

«Ich lass mir hier nicht mein Leben kaputt machen wegen ... wegen ... dieser einen Sache ...»

«Ich glaube Ihnen, dass Sie da keine Absichten hatten», Frau Beutewitz warf einen Blick auf Jelena, «dass es vielleicht sogar ... gegen Ihren Willen geschah.»

«Was soll das bedeuten?», ging Jelena dazwischen. «Dass ich ihn vergewaltigt habe?»

Sie drehte sich zu mir ein. Ich rückte samt Stuhl unwillkürlich ein Stück zurück.

«Habe ich dich vergewaltigt? Los! Sag was! Mach dein Mund auf und sag!»

Frau Beutewitz, die nun offenbar doch die Möglichkeit in Erwägung zog, dass Jelena aufspringen und mich so lange misshandeln würde, bis ich zugab, nicht vergewaltigt worden zu sein, langte mit der Hand über den Tisch und fasste Jelena am Ärmel, um sie zu beruhigen.

«Darum geht es hier nicht. Ich wollte Herrn Hasselmann nur zu verstehen geben, dass ich seinen Unmut nachvollziehen kann.»

«Ich habe seit Jahren eine glückliche Familie, ein zufriedenes Leben», erklärte ich, durch ihren Zuspruch gestärkt, «das soll ich alles aufs Spiel setzen, bloß weil die Dame da drüben nicht den Mumm hatte, diesen Fehler abzutreiben, als sie sich mit einem anderen Mann einließ?»

Ich sah Lena an in der Erwartung, dass sie mich dafür anspringen würde. Aber nichts dergleichen geschah. Lena sackte in sich zusammen und starrte zur Seite. Wasser stieg in ihre hellblauen Augen.

«Ich habe diesen Fehler nicht weggemacht. Ich wollte diesen Fehler haben. Deinen ...», sie fletschte das Wort zwischen makellosen weißen, also neuen Zähnen hervor, «... Fehler.» Sie griff, ohne mich anzusehen, nach hinten in ihren Mantel und warf eine Designer-Damenbrieftasche aufgeklappt auf den Tisch. In der Brieftasche steckte ein Foto. Es zeigte einen verschmitzten Jungen mit einem Haarwirbel auf der rechten Stirnseite. Wie konnte jemals irgendein anderer Mann auf die Idee gekommen sein, dies sei sein Sohn? Das Foto war mein Porträt als junger Mann. Es war Slawa.

«Du bist der Vater, Ullischek!», heulte Lena los. Frau Beutewitz griff routiniert in eine Schublade und reichte eine Taschentuchbox herüber.

«Ich bin überhaupt nicht der Vater», schrie ich wütend, verwirrt und überwältigt von der Tatsache, ein solches Ebenbild von einem Sohn zu haben. «Ich hatte nie eine Chance, in irgendeiner Weise Vater dieses Knaben zu sein! Ich war nicht dabei, als er seine ersten Zähne gekriegt hat! Ich durfte ihm keinen Bart aus Badeschaum machen! Ich habe ihm nicht das Fahrradfahren beigebracht! Ich durfte keine einzige seiner

Zensuren unterschreiben! Wir haben zusammen keine Videos geguckt und dabei Gummibärchen gegessen! Ich konnte nie mit ihm über Freunde, Mädchen oder Drogen sprechen! Und jetzt, wo alle, alle, die mit diesem unglückseligen Kind zu tun hatten, auf ganzer Linie versagt haben, jetzt ruft ihr mich? Das ist doch eine einzige Frechheit!»

Ich erhob mich abrupt. Und ging. Und knallte mit der Tür, dass aus anderen Türen erschrockene Köpfe schauten.

Ich fuhr zurück ins Institut, aber ich konnte mich nicht mal dazu motivieren, die eingesandten Hausarbeiten in die Ablage zu stapeln. Wenn Slawa jetzt siebzehn war, dann musste sich das alles im Jahre 1996 abgespielt haben. Aber in diesem Jahr hatte ich mit Jelena Jefimkina so gut wie gar nichts mehr zu tun. Im Spätsommer war die Scheidung, und danach war ich im Krankenhaus gewesen. Wegen meines unruhigen Herzens. Ich hatte schon immer dieses nervöse, hin und wieder aus dem Takt springende Herz gehabt. Aber der Stress mit der bevorstehenden Promotion war wohl zu viel gewesen. Im September 1996 hatte ich eine akute Tachyarhythmie bekommen. Es fühlte sich an, als wolle mein Herz aus dem Brustkorb ausbrechen. Sie hatten mir Amyodoron gespritzt und mich mit Blaulicht ins Krankenhaus gefahren.

Ja, okay, der behandelnde Arzt hatte bei der Anamnese auch von Sex gesprochen.

«Solche Arhythmien korrelieren bei jungen Menschen wie Ihnen oft mit Alkohol-Abusus und/oder starker sexueller Erregung», sagte er.

Ich konnte nur mit den Schultern zucken.

«Das ist interessant zu erfahren», meinte ich, «aber was sind bei mir die Ursachen?»

Es war alles sehr rätselhaft. Denn ich hatte bis zu diesem

Zeitpunkt eigentlich so gut wie nie Alkohol getrunken, und dieser Vorfall machte mich geradezu fanatisch abstinent. Hinzu kam, dass ich seitdem mit Tabletten gegen zu starke Herzbewegung vorging, und Maike achtete später sehr genau darauf, dass ich mich nicht zu sehr an ihr erregte. Manchmal sagte sie sogar mittendrin: «Ullrich, bitte. Nicht so arg!»

Nachdem ich auf diese Weise mein Hirn hin und her zermartert hatte, beschloss ich, einen Zeitzeugen aufzurufen. Ich wusste, dass mein WG-Genosse von damals, Gerd, an der TU in Dresden lehrte, und brauchte zwei Minuten, bis ich ihn in der Leitung hatte. Wir tauschten ein paar Floskeln. Dann kam ich zur Sache.

«Gerd», sagte ich, «kannst du dich noch an Jelena Jefimkina erinnern?»

«Wenn ich mich an alles so gut erinnern könnte wie an die ...»

«Gerd», sagte ich weiter, «ich habe gerade erfahren, dass ich mit dieser Frau ein Kind haben soll. Und auch wenn es absurd klingt, ich weiß davon nichts. Ich habe zurückgerechnet, ich kann mich aber nur erinnern, zum fraglichen Zeitpunkt im Krankenhaus gelegen zu haben.»

«Das ist richtig. Ich hatte den Notarzt geholt. Wegen so einer Herzsache. Es war wohl sehr viel Alkohol im Spiel.»

«Aber ich habe doch früher nie getrunken. Ich trinke bis jetzt nicht.»

«Das musst du auch nicht mehr. Du hast an diesem Tag wahrscheinlich deine Lebensmenge zu dir genommen.»

«Ich habe einen totalen Blackout. Ich weiß nicht, was davor passiert ist. Und ich wollte dich fragen, ob du vielleicht ...»

«Ich darf es dir nicht sagen. Ich habe es ihr versprochen.»

«Gerd, das ist achtzehn Jahre her. Das Versprechen ist, wie soll ich sagen, schon längst abgelaufen.»

«Tut mir leid. Ich habe es ihr sogar geschworen», beteuerte Gerd, «beim Leben meiner Mutter!»

Gerd war so alt wie ich. Mitte vierzig. Möglicherweise …

«Wie alt ist deine Mutter?»

«Zweiundsiebzig Jahre.»

«Und wie geht es ihr so …?»

«Mach dir keine Hoffnungen. Bei uns werden sie alle um die neunzig.»

«So lange kann ich nicht warten.»

«Glaub mir, du willst es auch nicht wissen. Ich habe jetzt Vorlesung und muss los.»

«Gerd», rief ich, «du kannst mich doch in so einer wichtigen Frage nicht hängenlassen.»

Am anderen Ende der Leitung wurde eine viertel Minute gegrübelt.

«Ulli! Ich kann dir nur so viel sagen: Sie hat dich auf den Arm genommen!»

Dann legte er auf. Der Nebel um die rätselhafte Zeugung meines Sohnes hatte sich eher noch verdichtet. Auf den Arm genommen! Wie war das denn jetzt gemeint?

Ein Bild von einem Mann

Als ich nach Hause kam, stand Maike hinter Claudia am Klavier im Wohnzimmer und beaufsichtigte ihr Spiel. Julia lümmelte auf der Couch und las, bis sie wieder dran sein würde. Maike sah mich, gab dem Kind die Auflage, die ersten drei Takte noch weitere sieben Mal fehlerfrei zu spielen, und kam zu mir in den Flur. Sie sah mich müde an.

«Hast du deine Tablette genommen?»

Ich bejahte.

«Wie war's bei Meinhard Lömmer?»

«Toll. Ein toller Typ, dieser Lachguru! Wirklich toll. Ich habe schon was gelernt. Soll ich dir mal was vorlachen?» Ich breitete meine Arme aus.

Maike sagte, dass sie sich freue. Aber es war ihr nicht anzusehen.

«Ein Mann von der Kriminalpolizei war hier», sagte sie leise.

Ich versuchte nur eine Sekunde lang, keinen Zusammenhang mit dem Termin im Jugendamt zu sehen.

«Vorhin, als du bei der Lachberatung warst ...»

Mein Herz zuckte, von der Tablette nur schwach gezähmt, in meinem Brustkorb herum. Maike meinte, er sei sehr freundlich gewesen, habe aber nur mich persönlich sprechen wollen und sich auch sonst nichts entlocken lassen, nicht mal andeutungsweise. Ich solle ihn zurückrufen. Sie gab mir seine Nummer.

«Jaja», hörte ich mich mit einer Gelassenheit sagen, die mich selbst am meisten überraschte, «ich weiß. Bei uns im Institut ist eingebrochen worden. Computer und so Zeug geklaut.»

Maike schüttelte den Kopf.

«Die spinnen doch, echt. Das ist doch alles alter Krempel.»

«Und den Sahnelikör von Frau Bator haben sie auch mitgehen lassen.»

Maike musste lächeln. Da waren sie, die Lügen, die Lügen zeugten. Dabei war alles, was Maike wichtig war, mit einem aufrichtigen Mann zu leben.

***

Vor unserer ersten, wie soll ich sagen, Vereinigung hatte ich mich in sechs Monaten genau vierzehn Mal mit Maike getroffen. Das erste Mal zu einem Dokumentarfilm im Programmkino, einem Film, in welchem todkranke Menschen befragt wurden, was sie noch gerne gemacht hätten. Es war wundervoll. Ich könnte mein Leben damit zubringen, Leute erzählen zu hören, was sie noch gerne gemacht hätten. Es war so ergreifend, dass wir gar nicht bemerkten, dass unsere Hände während der Vorführung gleichfalls einander ergriffen. So wurden wir also ein händchenhaltendes Paar, gingen Hand in Hand durch die Ausstellung nordafrikanischer Handwerkskunst, saßen Hand in Hand im Opernhaus vor bulgarischen Chören, nicht zu vergessen die Spaziergänge im Richard-Wagner-Hain und im Rosental, schließlich kamen die Treffen zum Mittagessen, obwohl das Institut und die Stadtbibliothek nicht direkt nebeneinanderlagen. Nach dem gemeinsamen Besuch eines ADFC-Radfahrsicherheitskurses, in dem wir drei Stunden lang das Verlassen von Radwegen auf die Straße und das richtige Einordnen in den Verkehr geübt hatten, kam es sogar zu einem kleinen Abschiedskuss, wohlgemerkt über die Hürde zweier Fahrradlenker.

Auch wenn ich mir nicht allzu viel einbildete: Die Abstände zwischen unseren Treffen wurden kürzer, die Verbindlichkeit nahm zu. Möglicherweise, so dämmerte mir, stand mehr zu erwarten. Und dann eines Tages, als wir durch die Innenstadt schlenderten, die Leute um uns herum in sommerlicher Kauflaune, fragte mich Maike mit nicht geringem Ernst, ob ich schon mal eine feste Freundin gehabt hätte. Ich verneinte. Maike, die dies mit einer gewissen Befriedigung zur Kenntnis nahm, ließ eine bedeutungsvolle Pause entstehen und erkundigte sich dann weiter, ob ich schon mal mit einem Mädchen intim geworden wäre. Ich sagte etwas gedehnter – und ja, lauernder – «Nein», weil ich wusste, dass nur diese Antwort weitere Fragen ermutigen würde. Außerdem rührte mich, dass Maike in ihrem Alter noch von Mädchen sprach, sich also selber als ein solches sah. Maike fasste meine Hand etwas fester und zog mich durch die Menschen in der Fußgängerzone. Sie fragte mich leise, ob ich schon mal ein Mädchen gefragt hätte, ob ich mit ihm schlafen dürfe. Ich flüsterte ihr ins Ohr, ich hätte noch nie ein Mädchen nach so etwas gefragt, weil ich bisher nur ein einziges Mädchen getroffen hätte, bei dem ich mir vorstellen könne, es danach zu fragen. Und dieses einzige Mädchen, mit dem ich mich immer noch träfe und von dem ich mir vorstellen könne, es zu fragen, würde ich auch dann erst fragen, wenn ich mir sicher sei, dass es ja sagen würde. Da ich aber nicht wüsste, wie ich erkennen sollte, dass dieses

Mädchen sicher ja sagen würde, läge der Zeitpunkt meiner Frage im Ungewissen.

«Das wollte ich nur wissen!», sagte Maike frech und zog und zerrte mich fast, bis wir vor dem großen Schaufenster von «Peek und Cloppenburg» standen. Im Fenster war eine lichte Frühstücksszenerie mit Mann und Frau und Kind eingerichtet. Die männliche Schaufensterpuppe trug einen dunkelblauen Schlafanzug aus Seide, die weibliche ein cremefarbenes Negligé unter einem türkisfarbenen Morgenmantel, das Kind einen Schlafanzug mit Mond und Sternen drauf. Wir standen nebeneinander, und unsere Gesichter spiegelten sich in den dunkleren Stellen des Schaufensters. Erwartungen traten an uns heran.

«Es ist nämlich so, dass ich mir durchaus bewusst bin, dass wir unsere Gemeinsamkeit auch irgendwann und irgendwie körperlich dokumentieren müssen», sagte Maike.

Das hörte sich seltsam an, und ich überlegte, ob Maike vielleicht Beklemmung bei dem Gedanken empfand, Geschlechtsverkehr mit mir zu haben.

«Maike», sagte ich versöhnlich, «es ist mir wirklich nicht so wichtig. Meinetwegen müssen wir nicht miteinander schlafen.»

«Nein, deinetwegen sollten wir wirklich nicht miteinander schlafen», wies sie mich ein bisschen streng zurecht. Dann drehte sie sich zu mir, und ihre Augen leuchteten mich an.

«Aber unseretwegen!»

Dann leuchteten ihre Augen in die Schaufensterdekoration.

«Und du solltest diesen blauen Schlafanzug dabei anhaben und vorher fragen.»

Ich sah sie überrascht an. Nicht verwirrt, eher glücklich. Inmitten Hunderttausender geradliniger, pragmatischer, unproblematischer Menschen hatte das Schicksal uns zusammengeführt. Blauer Seidenschlafanzug. Mit Umschlag und Eingriff. Meine große Liebe war in erotischen Angelegenheiten ja mindestens so kompliziert und verknotet wie ich. Aber Maike war außerdem noch klug und hatte ihre Beklemmungen durch die äußerst detaillierte Planung unseres «ersten Mals» zuverlässig gebannt.

Am selben Abend trat ich in einem dunkelblauen Schlafanzug aus Seide aus dem Badezimmer ihrer Einraumwohnung, und Maike lag auf dem ausgeklappten Klappbett. Ebenfalls etwas ausgeklappt, wie ich fand. Sie hatte ein Handtuch untergelegt. Ich fragte sie trotzdem, und sie sagte mit viel Mut in der Stimme ja.

Und dann sagte sie noch: «Aber es gelten gewisse Einschränkungen.»

Maike hätte, wie sie mir später gestand, niemals mit mir geschlafen, wenn ich nicht ebenso unerfahren gewesen wäre wie sie. Gleichheit, eine Begegnung auf Augenhöhe (auch wenn die Augenhöhe ins Horizontale gekippt war), ging ihr über alles. Maike hegte die Vorstellung, dass ein Mann, der ihr in diesen Dingen voraus wäre, sie manipulieren und benutzen könne. Und manipuliert werden, das konnte sie gar nicht haben. Bei mir aber sei sie sich schließlich sicher gewesen, dass ich noch nie mit einer Frau geschlafen hätte. Übrigens hätte der blaue Seidenschlafanzug sie in diesem Gefühl noch unterstützt.

Unmöglich, dieser Frau, meiner Frau, zu sagen, dass ich zum Zeitpunkt unserer ersten Liebesnacht bereits einen vierjährigen Sohn gehabt hatte. Unmöglich, ihr zu sagen, dass meine rührende Unbeholfenheit damals nicht aus fehlender Erfahrung, sondern aus fehlender Erinnerung resultierte. Unmöglich, Maike zu gestehen, dass ich schon in einer anderen Frau gesteckt hatte. Ich war ja nicht einfach Maikes Mann, ich war Maikes Bild von einem Mann, ich war das Bild, das Maike von mir hatte. Und dieses Bild musste ich schützen.

Herr Strüwer, der Mann, der mich hatte sprechen wollen, war nicht irgendjemand von der Kripo, sondern stellvertretender Abteilungsleiter beim Landeskriminalamt. Er wollte mich am Opernplatz treffen. Ich fuhr hin, stellte mein Auto ab und bezahlte lieber für zwei Stunden im Voraus, da zwei Ordnungsamtler sich in der Nähe herumtrieben und offenbar Parkzeitüberschreiter suchten. Wir könnten, schlug Herr Strüwer vor, als wir einander die Hand geschüttelt hatten, ein bisschen um den Springbrunnen herumgehen. Er bestand sogar dann noch darauf, als ich ihn darauf hinwies, dass ein heftiger Wind wehte und wir unzweifelhaft auf der einen Seite des Springbrunnens nassgesprüht würden. Wir spazierten los, und Herr Strüwer erzählte, dass er um das Ansinnen des Jugendamtes wisse, Frau Jefimkina das Sorgerecht für ihren Sohn entziehen zu lassen und es in meine Hände zu legen. Mehr noch, er wisse nicht nur davon, er sei in den Vorgang sogar miteinbezogen. Oder anders gesagt: Das Verfahren ginge auf ihn zurück. Die Fontäne neben uns prasselte laut, und ich verstand ihn kaum. Aber mir schien, als sei dies Absicht. Leider sei es so, meinte Herr Strüwer, dass Frau Jefimkina im Falle ihres Sohnes nicht mit den deutschen Behörden zusammenarbeiten wolle. Doch glücklicherweise gebe es ja diesen besonderen Umstand, dass neben Frau Jefimkina noch ich als legitimer Ansprechpartner zur Verfügung stünde, um in Bezug auf Slawa weiterzukommen.

«Als Slawa das erste Mal auffällig wurde und die Mutter rumzickte, haben wir uns natürlich gefragt, wer der leibliche

Vater des Burschen ist. Bei Kuckuckskindern sind das oft genug Durchreisende oder sonst was für unsichere Kantonisten, die kann man gleich in die Tonne kloppen, aber hier hatten wir Glück. Einen Unidozenten kriegt man ja nicht alle Tage ...»

«Ich erinnere mich nicht, Ihnen eine Speichelprobe zugeschickt zu haben.»

Strüwer rollte gelangweilt mit den Augen.

«Eine Schnecke hinterlässt weniger Schleim als Sie DNA-Spuren.»

Ich beschloss, niemals wieder ein Papiertaschentuch in einen öffentlichen Papierkorb zu werfen.

«Herr Strüwer, ich muss Ihr Glücksgefühl ein bisschen dämpfen», sagte ich im Schutz meiner Jacke, gegen die der Abtrieb der Fontäne prasselte. «Ich kenne den Jungen nicht. Und ich will ihn auch nicht kennenlernen. Schlimm genug, dass es ihn gibt.»

Herr Strüwer blieb stehen und bedeutete mit einigem Nachdruck, es ginge hier nicht vorrangig um mich und meine privaten Nöte mit dieser Vaterschaft, sondern um organisierte Kriminalität. Genauer gesagt, um die russische Mafia. Es gäbe Hinweise, dass Slawa Jefimkin direkten Kontakt zu zentralen Figuren dieses Milieus hätte. Und nicht jeden Tag ergäbe sich eine solche Gelegenheit, jemanden direkt in der Nähe der Mächtigen zu platzieren.

«Was ist, wenn ich damit nichts zu tun haben will?»

Herr Strüwer zuckte mit den Schultern. Für ihn war ich im Geschäft, seit vor achtzehn Jahren eines meiner ahnungslosen Spermien mit einer Geschwindigkeit von hundertzwanzig Zentimetern pro Stunde ungebremst in eine plötzlich auftauchende Eizelle russischer Herkunft geknallt war.

Ich war schuld. Es war meine Schuld, die jetzt in diesem Moment durch diese Stadt rannte, um Unheil anzurichten.

«Wissen Sie, in der organisierten Kriminalität werden Minderjährige gerne für die kapitalen Sachen rekrutiert. Die sollen sich beweisen, indem sie jemanden umlegen. Die Burschen haben ja noch nicht so viel zu verlieren. Denn im Falle, dass sie geschnappt werden, gibt es auch bei Mord nur Jugendstrafe. Da sind die mit Mitte zwanzig wieder draußen und haben noch dazu ihren Facharbeiter gemacht.»

Eine weitere Windböe sprühte uns voll. Ich bin Ullrich Hasselmann, demnächst vielleicht Professor für Alte Geschichte, demnächst wahrscheinlich Vater eines Mörders.

«Wir haben Ihren Sohn im Blick. Und es gibt Grund zur Annahme, dass er durchaus in diese Kategorie fallen könnte. Ich denke, es ist Zeit, zu intervenieren.»

«Wie soll ich ihn von derlei abhalten? Er weiß gar nicht, dass es mich gibt.»

«Könnte aber bald sein. Er ist minderjährig. Die Mutter kooperiert nicht. Die elterliche Sorge steht zur Disposition. Nehmen Sie also das Sorgerecht an, und geben Sie uns Ihre Zustimmung. Wir brauchen die Zustimmung des Sorgeberechtigten, um mit ihm arbeiten zu können. Das ist alles. Den Rest machen wir.»

«Was heißt das für Slawa?» Es war das erste Mal, dass ich ihn bei seinem Vornamen nannte.

«Wir brauchen sehr schnell jemanden, der akzeptiert ist in diesen Kreisen, sich für uns umsieht, Namen und Gesichter zusammenbringt ...»

«Was, wenn das schiefgeht?»

«Dann haben Sie keinen Sohn mehr. War es nicht das, was Sie wollten?»

Das Fontänenprasseln schwoll plötzlich zu einem weißen Rauschen an. Der Platz mit dem Opernhaus und dem Springbrunnen davor wurde eng und stickig. Nein, ich würde mich jetzt nicht entscheiden. Das wollten sie doch bloß. Handschlag, Unterschrift. Niemals wieder.

«Ich möchte darüber nachdenken.»

Herr Strüwer fragte, ob ich seine Telefonnummer noch hätte.

«Denken Sie nicht zu lange nach. Sie können mich jederzeit anrufen. Aber nur unter dieser Nummer. Rufen Sie nicht in der Zentrale an. Lassen Sie sich nicht vermitteln. Rufen Sie mich direkt an.»

«Ich will Ihnen nicht zu nahetreten, aber das klingt so, als würden Sie Ihren Kollegen nicht trauen.»

«Lesen Sie manchmal Kriminalstatistiken? Gemessen an der Einwohnerzahl, ist in dieser Stadt die Zahl der Verbrechen in den letzten Jahren stetig zurückgegangen. Ist Ihnen das schon mal aufgefallen?»

Ich meinte, das spreche für die Arbeit der Polizei.

«Schön wär's. Aber wenn es in einer Großstadt wie dieser so wenig Verbrechen gibt, heißt das immer nur eins: Das Verbrechen hat gesiegt.»

Wir waren eine halbe Stunde um den Brunnen herumgegangen. Weiter hinten am Parkplatz waren immer noch die zwei Stadtbediensteten dabei, Autos zu fotografieren und Strafzettel auszufüllen. Seltsam. So groß war der Parkplatz nicht.

O.P.I.T.Z.

An diesem Abend war ich glücklich. Maike hatte Avocadocreme gemacht, und Claudia und Julia erzählten durcheinander von Timo, der Frederick in den Papierkorb gestoßen hatte, in dem der mit dem Hintern stecken geblieben war, als er wieder aufstand, und der Wechsel ihrer ineinanderfallenden Sätze wurde von Prusten und Kichern unterbrochen. Ich hörte zu, riss ab und zu erstaunt die Augen auf und war glücklich. Ich muss allerdings erwähnen, dass ich es hasse, glücklich zu sein. Denn mein Glück ist immer nur ein moralisch verwerfliches, widerliches Vergleichsglück. Manchmal sehe ich alte, gebrechliche Leute und werde von Glück durchströmt, dass ich noch nicht alt und schwach bin. Ich sehe durch Scheidung und Erwerbslosigkeit auf die Straße gekommene Alkoholiker, und mir wird froh ums Herz, dass mir dieses Schicksal erspart geblieben ist. Im Fernsehen laufen Bilder vom Bürgerkrieg im Sudan, und ich gluckse vor mich hin, dass ich im friedlichen Europa lebe. Das schlimmste Glück aber, das mich heimsuchen kann, ist das Noch-Glück. Und dieses hier am Abend war reinstes Noch-Glück. Das Unheil wehte schon heran. Ich genoss die letzten Momente ungetrübten Glücks. Es war die letzte Stunde, in der ich noch so tun konnte, als hätte ich nur eine Vergangenheit. Die eine Vergangenheit mit Maike.

Und doch brachte mich an diesem Abend das Verlangen, mit meiner Frau darüber zu sprechen, fast um. Aber ich wusste, dass, wenn ich mit Maike darüber sprechen würde, sie nie wieder mit mir sprechen würde. Deswegen durfte ich, wenn ich überhaupt weiter mit Maike reden wollte, auf keinen Fall mit ihr *darüber* reden. Es war zum Verzweifeln.

«Ullrich!», rief Maike. «Du hast dir fast die ganze Avocadocreme aufgetan!»

Ich erwachte aus meinen Gedanken, und tatsächlich, ich hatte zwei Daumen dick Aufstrich auf meinem Brot.

«Ich meine ja nur», sagte Maike, «nachher hast du wieder dieses Aufstoßen.»

Die Zwillinge kicherten sich an. Maike war der Meinung, dass es den Kindern guttat, wenn sie ihren Vater nicht als unfehlbare Gestalt, sondern als Menschen, einen Menschen zum Beispiel mit Verdauungsproblemen, sähen.

«Oder er muss pupsen!», presste Julia aus sich heraus, und beide bekamen einen Lachflash. Ich lachte ein bisschen mit – bis ich plötzlich dieses Klingeln im Ohr hatte. Diesmal war es kein Tinnitus.

«Ruhe mal», bremste ich die gackernden Mädchen, «ich glaube, es hat geklingelt.»

Weil die Zwillinge sich nicht einkriegten und Claudia gerade eben noch vor lauter Lachen Krümel auf den Tisch geprustet hatte, was Julia zu noch lauterem Lachen animierte, stand ich auf und ging zur Tür.

«Hallo?», sagte ich in die Gegensprechanlage.

«Ullischek?», knisterte es heiser aus dem Lautsprecher. Es war die Frau, die niemals ein Handtuch unterlegen würde.

«Einen Moment bitte!», antwortete ich.

In der Küche war Maike dabei, die Zwillinge zu beruhigen. Ich hatte vielleicht eine Viertelminute. Ich versuchte nachzudenken, wie ein Mann nachdenkt, der in einem Kanu die letzten Meter auf die Niagara-Fälle zutreibt.

«Ich komme», rief ich, stürzte aus der Wohnung und rannte die Treppe hinunter.

Lena stand vor der Tür.

«Ich muss mit dir reden. Du bist einfach weggelaufen. Aber du musst wissen …»

«Du kannst», unterbrach ich sie atemlos, «nicht einfach hier aufkreuzen und mit mir reden wollen. Ist das so schwer zu verstehen? Meine Familie darf nicht wissen, dass ich schon mal verheiratet war und ein Kind habe. Du bringst mich in Teufels Küche. Schon hier mit dir zu stehen ist verdächtig. Ich muss mir jetzt was ausdenken, wer du bist und was du gewollt hast, und wenn ich zu lange nachdenke oder Quatsch erzähle, wird meine Frau merken, dass ich lüge. Und ich habe meine Frau noch nie angelogen.»

Mein Gewissen räusperte sich.

«Jedenfalls habe ich meine Frau noch nie so mit voller Absicht angelogen.»

Das Treppenlicht ging aus. Maikes Stimme rief aus der Gegensprechanlage.

«Ullrich, ist alles in Ordnung? Wer hat da geklingelt?»

Die Zeit ist um, Herr Hasselmann! Antworten Sie bitte jetzt! Wer hat denn da Ihrer Meinung nach gerade an Ihrer Haustür geklingelt?

«Ach, hier ist nur … diese … Putzfrau!», hörte ich mich sagen. «Die Putze, die mir Opitz empfohlen hat.»

Lena, in ihrem Polarfuchsmantel vor mir, verengte ihre blauen Augen zu Schlitzen. Dann trat sie zu. Mit dem Knie.

«Ja, dann bitte sie doch nach oben», schnarrte Maike aus

dem Lautsprecher. «Du kannst sie doch nicht draußen stehen lassen.»

«Nein», stöhnte ich, die Hand auf meinen Weichteilen, «echt jetzt. Das ist mir heute zu spät. Ich schick sie weg.»

«Ich bin eine Putzfrau, ja?», fragte Lena scharf, einen neuerlichen Knietritt andeutend, aber Maike hörte in gottgegebener Unschuld nur, wie eine Frau sich selbst mit ihrem Beruf vorstellte.

«Ullrich, wieso denn, wenn sie nun schon einmal da ist. Kommen Sie doch bitte, Frau …? Bring sie rauf, Ullrich!»

Vorbei.

Ich stolperte vor Lena die Treppe zum zweiten Stock hoch, über die Schulter zischend: «Bitte, Lena! Wir können über alles reden! Aber sei eine Putzfrau! Nur für jetzt! Meine Frau lässt sich scheiden, wenn sie es erfährt. Eine Putzfrau! Nur ganz kurz!»

Lena schob mich beiseite und schritt, zwei Stufen mit einem Schritt nehmend, die Treppe hinauf. In der offenen Wohnungstür stand Maike – die jetzt vor der am teuersten gekleideten Putzfrau aller Zeiten ein Stück zurückwich.

«Guten Abend, ich bin Jelena Jefimkina», sagte sie mit rauer Stimme. Ich blieb auf halber Treppe stehen, schmerzkeuchend, ein fürchterliches Ziehen in der Hosenfüllung, den Kopf geneigt, das Ende meiner Ehe erwartend.

Doch Jelena reichte Maike gnädig ihre Hand.

«Ich bin die Putzfrau!»

Maike bat sie hinein und abzulegen und flüsterte mir, als ich mich nach oben geschleppt hatte, schnell noch zu: «Ich geh auch putzen. Das scheint sich zu lohnen!»

Dann bemerkte Maike meine gekrümmte Haltung.

«Alles in Ordnung mit dir?»

«Die Avocado», stöhnte ich, «du hattest wieder mal recht.»

Lena hängte ihren Mantel an den Kleiderständer, sah sich im Flur um und entdeckte die Fotowand über dem Schuhschrank, an der allerlei Bilder aus unserem Familienleben hingen.

«Ach, du ... Sie haben Zwillinge? Süß! Es ist sooo toll, wenn man Geschwister hat. Mein Slawa hat sich immer Geschwister gewünscht. Nun, wer weiß, vielleicht ...»

«... zeige ich Ihnen erst mal die Wohnung», rief ich.

Maike schüttelte unmerklich den Kopf. Irgendwas an Lena war ihr suspekt. Und die Tatsache, dass an unserem Kleiderständer der Pelz toter Polarfüchse hing, machte es nicht besser. Wenn es nach Maike ging, dürften alle Tiere leben, und zwar für immer.

«Oder in die Küche. Wir gehen in die Küche.»

Maike ging voraus, hieß die Zwillinge, die sich gerade Brillen aus Brot gebastelt hatten, brav einen guten Abend zu wünschen und sich bettfertig zu machen. Dann bat sie Lena an den Tisch und setzte sich ihr gegenüber. Ich begann, so geräuscharm wie möglich, das Geschirr abzuräumen, um bei jedem noch so geringen Versprecher ins Gespräch eingreifen zu können.

«Tja, Frau ... Jefimkina», sagte Maike, die noch nie in ihrem Leben jemanden angestellt hatte, «haben Sie denn so ... Referenzen? Also, haben Sie schon mal bei jemandem gearbeitet, der uns vielleicht was über Sie sagen kann? Nehmen Sie es mir nicht übel, man will ja nicht jeden in seine Wohnung lassen.»

«Sie putzt bei Opitz», warf ich ein, «hab ich dir doch eben gesagt. Das ist über Opitz gelaufen.»

«Ja», meinte Lena, die meinen Worten leider nicht entnehmen konnte, ob Opitz ein Mensch war oder ob es sich bei O.P.I.T.Z. beispielsweise um irgendeine alteingesessene «Organisation der Putzfrauen in Teil-Zeit» handelte, «ich putze bei Opitz. Und für Opitz. Schon lange. Opitz ist sehr glücklich mit mir.»

Maike, noch immer verstört von dem Pelzmantel, begann beim letzten Satz gewiss zu überlegen, ob Lena nicht vielleicht noch andere Dienstleistungen anbot. Dienstleistungen, die den alten Opitz wirklich glücklich machten, glücklicher als nur eine saubere Wohnung. Dienstleistungen, die dann auch etwas teurer waren. Ihre nächste Frage klang darum auch mehr nach einem Test als nach einer echten Erkundigung.

«Und wie arbeiten Sie? Ich meine, wie gehen Sie vor? Räumen Sie erst auf, oder lassen Sie alles so an seinem Platz? Sie haben doch sicher ein Schema!»

«Ein Schema? Für was?», fragte Lena irritiert.

Ich sah, wie Maikes Blick plötzlich auf Lenas Händen erstarrte, Händen, die in kunstvoll gestylten Fingernägeln endeten. Langen, sorgfältig ausgefeilten Fingernägeln, die jeden Putzhandschuh binnen kurzem zerfetzen mussten.

«Also, wie ich Opitz verstanden habe, macht sie nur Flächen.» Ich setzte mich geräuschvoll neben Maike, um sie abzulenken. «Wir müssten nur alles freiräumen, und sie wischt dann die Flächen.»

«Ich mache nur die Flächen. Richtig», ergänzte Lena und fächerte ihre Finger auf das unschuldigste auf, «ich bin eigentlich keine Putze. Ich bin eine ... Wische.»

Maike wirkte unschlüssig, möglicherweise dachte sie darüber nach, ob wir nun eine Putze oder eben eine Wische brauchten. Die Zwillinge kamen herein, im Schlafanzug. Überraschend schnell. Maike ließ sich anhauchen. Das Ergebnis war nicht zufriedenstellend. Die Mädchen hatten gedacht, sie würden im Trubel des unangemeldeten Besuchs ohne langweiliges Zähneputzen vor der öden Zahnputz-Eieruhr ins Bett kommen, um sich schneller ihren allerschwerst angesagten «Warriorcats»-Schmökern widmen zu können.

«Wir haben geputzt!», behauptete Julia, und Claudia nickte heftig dazu. Maike sagte, das wolle sie lieber selber sehen, drehte ihre Töchter an den Schultern herum und schob die maulenden Zwillinge aus der Küche ins Bad.

Die Badezimmertür war noch nicht ganz zu, als Lena sich abrupt über den Tisch lehnte und wie wild zu flüstern anfing:

«Es kann sein, dass die Polizei demnächst ...»

«Die Polizei hat schon mit mir ...», fauchte ich zurück.

«Mit der Polizei darfst du auf keinen Fall ... Das macht alles noch viel schlimmer.»

«Was glaubst du, was mir übrig bleibt? Ich arbeite an einer öffentlichen Hochschule. Wenn alles glattläuft, werde ich demnächst sogar Professor! Ich decke doch nicht irgendwelche Verbrecher ...»

Lena riss die Augen auf.

«Nein, du musst dich um ihn kümmern. Er ist in irgendwelche schlimmen Dinge verwickelt. Er braucht dich jetzt. Bitte, Ullischek!»

«Wie soll ich mich denn um ihn kümmern? Ich habe eine Familie, die nichts davon wissen darf. Meine Frau hält mich für die Unschuld in Person. Es würde völlig ihr Bild von mir zerstören.»

«Slawa braucht einen Vater. Er braucht dich als Identifikationsfigur.»

«Ich bin doch keine Identifikationsfigur. Das ist lächerlich. Sogar meine Töchter halten mich für einen Waschlappen.»

«Aber genau das braucht er jetzt! Diese Dinge macht er nur, weil er eine Krise hat, weil er nicht weiß, wer sein Vater ist.»

«Wenn er mich sieht, hat er eine Krise mehr.»

«Richtig. Nur du kannst ihn davon abbringen.» Lenas Stimme wurde sanft. «Du hast so was ... Entmutigendes.»

Es war eindeutig eine Beleidigung, aber als Auszeichnung überreicht. Fast eine Art Berufung. Steh auf, Ullrich Hasselmann, und wandle! Geh zu den Menschen und entmutige sie! Dann langte Lena mit ihren edel manikürten Fingern über den Tisch und ergriff meine Hände.

«Bitte, bitte, bitte! Du muuuuusst ...»

Ihre Lippen machten einen Kussmund. Es klang nach Schokoladenmousse, Mausi und Bussi zugleich. Ob bewusst oder unbewusst, Lena war wieder in den gutturalen Schmuseton verfallen, gegen den ich schon seit Anbeginn unserer Beziehung völlig machtlos war. Deutsche Frauen haben sicher auch Gefühle, aber sie deuten sie nur irgendwie an. Das hier aber war ja ganz großes Theater! Kein Wunder, dass Russland nicht vorankam. Wie sollte man bei solchen Vokalen vernünftig denken?

«Bitte! Bitte!»

In diesem Moment fror mein Gesicht ein, und Lenas Blick folgte meinem zur Tür, wo Maike fassungslos zusah, wie mich die halb über den Tisch geworfene russische Putzfrau an den Händen hielt.

«Bitte!», sagte Lena noch einmal, etwas sachlicher. «Ich brauche den Job!»

«Frau Jefimkina!», ich zog meine Hände unter ihren hervor. «Fünfunddreißig Euro die Stunde sind nun wirklich nicht gerade wenig. Aber ich ... wir werden darüber nachdenken. Schreiben Sie uns mal Ihre Telefonnummer auf! Wir geben Ihnen dann Bescheid.»

Maike ging, sichtlich im Grübeln gefangen, zum Regal, wo zwischen zwei selbstgebastelten Stifthaltern der Notizblock lag. Sie riss mit Verve einen Zettel ab und gab ihn Lena, die was draufkritzelte.

«Geben Sie Bescheid!» Lena erhob sich förmlich. «Und zwar so bald wie möglich. Warten Sie nicht zu lange.»

Ich begleitete sie zur Wohnungstür, um sie zu verabschieden.

Beim Abschied warf Lena noch einen Blick auf die Fotowand und sah rechts unten das Bild, das mich auf der Parkbank stehend zeigte. Sie ging näher und beugte sich und betrachtete es eingehend.

«Das ist ein hübsches Foto. Sie sehen sehr glücklich aus.»

Dann schwenkte ihr Kopf herum, und sie blickte mich mit engen, kurzsichtigen, blauen Augen an.

«Sie sehen fast verliebt aus!»

Auch Maike schaute nun, etwas irritiert, auf das Foto und meinte dann: «Verliebt? Nee, kann ja nicht sein. Das ist doch aus deiner Studentenzeit, nicht?»

Ich sagte, ja, das wäre aus meiner Studentenzeit, ja, das wäre ein Studentenfoto, so eine Erinnerung an die Studienzeit, damit man später weiß, wie man ausgesehen hat als Student, als Student im Park wohlgemerkt. Eine Erinnerung an die Studentenzeit, die ja irgendwo auch eine, wie soll ich sagen, Parkzeit gewesen sei.

«Ein schönes Foto. Wer hat das Foto gemacht?» Lena drehte sich unvermittelt mit dem ganzen Körper zu mir ein. Maike sah mit gerunzelter Stirn ebenfalls fragend zu mir. Sie hatte sich diese Frage nie gestellt.

Da standen meine Vergangenheit und meine Gegenwart nebeneinander und blickten mich an. Aber abgesehen davon, dass man von meiner Gegenwart unmöglich auf meine Vergangenheit schließen konnte und umgekehrt, fand ich es plötzlich irgendwie reizvoll, ein Mann mit einer gewissen

Bandbreite zu sein. Wenn nur mein Herz nicht so schwach wäre …

«Selbstauslöser!», antwortete ich nach einer Pause, die mindestens so lang war, wie ein Selbstauslöser zum Selbstauslösen braucht. Zu meiner Verwunderung klang das Wort gar nicht gesucht und herausgequält, sondern ganz selbstverständlich. Vielleicht waren das gewöhnliche Lügen und das Belügen einer Frau zwei verschiedene Dinge?

Als Maike und ich später im Bett lagen, ereilte mich ein heftiger Triebschub. Maike hatte noch einmal den Auftritt der ominösen russischen Putzfrau rekapituliert, war sich in Mutmaßungen ergangen, ob sie eher durch Diebstähle oder doch durch unsittliche Gefälligkeiten zu ihrem offenkundigen Reichtum gelangt sei, und hatte sich schließlich für Letzteres entschieden.

«Hast du den Zettel gelesen?», fragte Maike. «Sie hat ihre ganze Adresse draufgeschrieben. Nicht nur die Telefonnummer. Nein, die ganze Adresse. Und wie sie dich angefasst hat. Ich weiß ja nicht, was Opitz von dir denkt, aber Putzen tut die nicht …»

Wahrscheinlich war es die Tatsache, dass meine Frau mich für fähig hielt, gewerbliche Unzucht als Möglichkeit in Betracht zu ziehen, die mich so plötzlich in Laune brachte. Man wird ja auch immer ein bisschen zu dem, was die anderen so in einem sehen und einem zutrauen. Ich schob mich auf Maike, die ein altmodisches «Na, hoppla!» von sich gab. Die nächsten anderthalb Minuten gelang es mir, in relativer hoher Frequenz von Maikes Persönlichkeit zu abstrahieren, und ich hatte meine Freude dran.

Schleudertrauma

Als ich am nächsten Morgen erwachte, spürte ich, dass die feste Haltung, mich nicht im Fall meines ungewollten Nachwuchses zu engagieren, feine Risse bekommen hatte. Die Konfrontation im Jugendamt, das Gespräch mit dem Landeskriminalen, Lenas abendlicher Besuch und nicht zuletzt der egoistische Sex, den ich am Abend unverzeihlicherweise auch noch genossen hatte. Es war alles ein bisschen viel.

Doch vielleicht hätte ich meine kostbare Lebensruhe bewahren können, hätte ich nicht an diesem Tag mein Seminar gehabt. Ich war etwas spät dran. Die Zwillinge hatten Wandertag und ihre Brotbüchse daheim vergessen, ich musste deshalb einen Umweg über die Schule fahren, um sie ihnen zu bringen. So kam ich erst zwanzig Minuten nach neun im Institut an. Die Studenten standen vor dem Seminarraum herum, zwei waren schon wieder gegangen. Ich begann verschwitzt zu dozieren, über die Jugendjahre Oktavians, des späteren Kaisers Augustus, und die schwierigen Voraussetzungen für seinen Weg an die Macht. Etwas abwesend verhandelte ich die Quellenlage und die spätere Legendenbildung, dann die politische Konstellation.

«Es steht zu bezweifeln, dass Cäsar selbst in Oktavian seinen wahren Erben gesehen hat. Oktavian war ja nicht nur ohne jede militärische Erfahrung und ohne Vermögen, er war nicht mal ein Spross einer der großen römischen Familien, er war zu alledem auch noch etwas kränklich veranlagt.»

Ich sah meine Studenten an, und meine Studenten nickten. In der Verfassung, in der ich da vor ihnen stand, war ich ein anschauliches Beispiel für «etwas kränklich». Ich musste leise seufzen, bevor ich den nächsten Satz sprechen konnte.

«Alle erwarteten, dass Oktavian dieses Erbe ausschlagen würde. Es war ja gar kein richtiges Erbe, es war eher eine Zumutung. Warum sollte er diese geerbte Zumutung also nicht ausschlagen, Oktavian, dieser kleine, schmächtige Mann vom Lande ...»

Plötzlich traten mir Tränen in die Augen.

Ich hatte einen Sohn. Er war da, er war auf mich gekommen, er hatte Probleme, und ich konnte nicht einfach nichts tun. Wenn ich nichts tat, würde dies mein Leben zerrütten, und zwar schnell. Ich würde es nicht ertragen, dass ich da draußen irgendwo einen Sohn hatte und vielleicht auch bald nicht mehr hatte, also nur gehabt hätte, nur hätte haben können. Einen Sohn, den ich nie gesehen und gesprochen hatte. Viele ferne Väter bekommen ja wenigstens einmal im Leben Besuch von ihren Kindern. Irgendwann, wenn die Kinder erwachsen werden und sich fragen, wer sie eigentlich sind, beginnen sie ihre Väter zu suchen, weil sie glauben, dass gerade dieser Teil ihrer Herkunft, der all die Jahre abwesend gebliebene Vater, eine Antwort auf diese Frage sein könnte. Dann sitzen sie mit ihm in einem Café, und das Gespräch stottert vor sich hin, und am Ende sind sie enttäuscht und werden nie wieder mit ihm reden, obwohl sie ja jetzt sogar seine Telefonnummer haben und einfach mal anrufen könnten. Dabei haben sie in Wahrheit gar nicht ihren Vater getroffen – sondern nur den Mann, der ihr Vater hätte werden können. Aber sie wollten gleich den ganzen Vater haben. Dabei kann niemand, auch nicht der verwandteste und einfühlsamste Mensch auf der ganzen Welt, in ein oder zwei Stunden im Café zu einem Vater werden.

Ich konnte also nicht einfach nichts tun. Denn die Ungewissheit darüber, was für eine Art Vater ich meinem Sohn werden könnte oder irgendwann hätte werden können, würde mich über kurz oder lang umbringen. Diese Ungewissheit war wie ein Gift, und es gab nur ein Gegenmittel. Ich musste handeln!

«Herr Doktor Hasselmann?»

Ich fuhr aus meinen Gedanken auf.

«War das jetzt eine rhetorische Frage, oder warten Sie auf eine Antwort von uns?», fragte mich eine Studentin.

«Welche Frage noch mal?»

«Sie haben gefragt, warum Oktavian das Erbe Cäsars nicht ausgeschlagen hat?»

«Ja, ach ja», fing ich mich wieder. «Warum hat er das Erbe nicht ausgeschlagen, wie ihm seine Eltern, seine Freunde und – nicht zu vergessen – seine Ärzte geraten haben? Das ist ein Rätsel der Geschichtswissenschaft. Wollen Sie wissen, was ich denke? Ich denke, es war Neugier. Oktavian wollte einfach wissen, was geht. Ich weiß, das klingt irre. Aber ich glaube, noch bevor es ein Plan war, war es Neugier. Das römische Cäsarentum ... gründet auf einer Art Neugier.»

Die Studentin, die mich aufgestört hatte, schrieb «Neugier» in Großbuchstaben in ihre Mitschrift und färbte das Wort mit einem Neonmarker ein. Was heutzutage alles Alte Geschichte studiert ...

Plötzlich überkam mich Lust auf eine Zigarette. Ich hatte

das dringende Bedürfnis, Zigarettenrauch zu inhalieren. Tief, bis in die Lungenspitzen.

«Hat jemand eine Zigarette?»

Ein Student sagte, er könne mir eine drehen, aber ich mag nichts Selbstgedrehtes, an dem schon fremde Zungen herumgeleckt haben. Ein anderer kramte in seiner Umhängetasche und gab mir eine American Spirit.

«Sie rauchen?», fragte jemand.

«Bis jetzt nicht», erwiderte ich, «aber gleich.»

Ich beendete das Seminar, vergab eine Hausaufgabe über «Vorzeichen des Erhabenen bei Sueton» und ließ mir beim Rausgehen Feuer geben. Erst paffte ich ein bisschen, aber dann nahm ich mit der Verachtung eines zu allem Entschlossenen, ja Todgeweihten einen tiefen Zug. Schmerzhaft stieß der Rauch in meine schmale Brust. Ich ging zu meinem Fahrrad, stieg darauf – und ich darf sagen: So bin ich noch nie auf mein Fahrrad gestiegen. Nicht mal meinen Helm zog ich richtig fest.

Maike hätte ihren Prostitutionsverdacht gegen Lena mit einem Blick auf die Stadtkarte zerstreuen können. Lena residierte in einer Eigentumswohnung im Parterre eines Dreifamilienhauses in einer Gegend, wo selbst ein Durchradelnder an jedem zweiten Gartenzaun von rosenblütenschneidenden Hausfrauen argwöhnisch beäugt wird.

Ich läutete. Sie war zu Hause, und dieses Zuhause war: Fenster bis zum Fußboden aus schwarzem Schiefer, ein stylischer Kugelkamin im Wohnzimmer, ein pompös-edles, rotes Sofa, ein chromstählerner Couchtisch, neben dem eine Bodenvase eine echte Strelitzie präsentierte, davor drehbare Sitzinseln aus irgendeinem mundgegerbten Leder, ein Flatscreen, etwa so groß wie Rembrandts «Nachtwache», ein

Kronleuchter aus ineinandergeschlungenen Glasröhren. Terrasse mit Teakholzmöbeln. Sie bezeichnete es als Absteige. Keine Ahnung, wie sie vorher gewohnt hatte.

Sie zeigte mir Slawas Zimmer. Der Fernseher stand am Fußende seines Bettes, daneben die X-Box. Ein Schreibtisch, herumstehende Kisten, herumliegende Sachen. Er war hier offenkundig nicht richtig angekommen.

«Eine ganz schöne Schlamperei», sagte ich.

«Ich habe ihm tausendmal gesagt, er soll aufräumen», meinte Lena, «aber er immer nur: Lass mich in Frieden und tschüs.»

«Den hätte ich aber am Schlafittchen genommen», sagte ich, meine neue Vaterrolle anprobierend.

«Du wärst nicht rangekommen. Er hat ein ziemlich hohes Schlafittchen», meinte Lena und sah mich müde von oben an.

«Wo ist er jetzt?»

«Keine Ahnung. Er kommt manchmal. Nachts, tags. Schläft, isst. Dann geht er wieder weg. Das letzte Mal war er vor drei Tagen da. Ich habe geweint. Aber er – nichts. Kein Herz.»

«Er nimmt dir übel, dass er nicht von dem abstammt, den er für seinen Vater hielt?»

«Er sagt, ich bin eine Betrügerin. Er sagt, er hat gar keine Eltern mehr.»

«Hast du ihm gesagt, wer sein richtiger Vater ist, dass ich sein Vater bin?»

«Ja, natürlich. Sogar, dass du Doktor bist an der Uni. Aber er hat geantwortet, wenn seine Mutter achtzehn Jahre nichts wissen wollte von seinem richtigen Vater, dann müsse er jetzt auch nichts wissen von ihm. Ich würde schon Gründe gehabt haben.»

Mir kam in den Sinn, dass sich jetzt eine gute Gelegenheit

bot, Lena listig die mir leider entfallenen Umstände der Zeugung zu entlocken.

«Hast du ihm wenigstens gesagt, wie ... auf welche Weise ... also, wie die Situation war, in der wir ... äh ... wie er gemacht wurde?»

Lena riss die Augen auf.

«Um Gottes willen, nein! Darüber würde ich niemals mit ihm sprechen! Das würde er nicht verstehen! Das war so ...»

Okay. Ehrlich gesagt, auf einmal wollte ich es auch nicht mehr so dringend wissen. Was, verdammt noch mal, war damals bloß passiert, wenn der eine von zwei Beteiligten sich partout nicht mehr erinnern konnte und die andere sich auf keinen Fall erinnern wollte?

«Egal, wir müssen herausfinden, wo er jetzt ist.»

Lena erzählte, dass Slawa eine Freundin hätte. Sie wäre einoder zweimal hier gewesen, um ihn abzuholen. Eine Estin.

Lena war nicht gerade begeistert davon, weil Russen und Esten ... Ob ich wüsste, dass die Esten alle Russen in Estland estnifizieren wollten? Ich wandte ein, dass sei sicher nur eine Reaktion auf die Russifizierung der Sowjetzeit, und außerdem sei Slawa wenigstens zur Hälfte Deutscher, er könne also nur zur Hälfte estnifiziert werden. Lena erwiderte, die Esten hätten die Deutschen in Estland schon lange estnifiziert, und zwar bereits in den dreißiger Jahren. Daraufhin erklärte ich mit steifer Würde, dass grundsätzlich alle Estnifizierungsversuche, am ehesten die von Esten in Dresden, und zwar auch rein gestisch am Teetisch, ästhetisch und ethnisch verwerflich seien. Ich fand das witzig. Ein bisschen krank, aber witzig.

Lena lachte ihr heiseres Lachen. Nicht grundlos, aber doch schön.

«Sie heißt Kaysa. Kaysa Päärvi. Sie geht in seine Klasse.»

Ich sah auf die Uhr.

«Fragen wir sie! In der nächsten Hofpause!»

***

Jetzt ist allerdings eher die Frage, ob Kaysa sich nicht morgen schon nach einem neuen Freund umsehen muss. Ich stehe am Straßenbahnhof Ecke Kirmesplatz. Eine vierspurige Straße macht eine Biegung. Quietschende Straßenbahnen. Amüsiervolk. Gelichter. Hier möchte man nicht wohnen. Tut auch keiner mehr. Das Eckhaus gegenüber dem Kirmesplatz, ein großbürgerlicher Trumm aus der Zeit, als es noch eine Polizeistunde gab, steht leer. Tauben nisten unter dem Dach.

Wir sind nie auf der Kirmes gewesen. Maike mag Fahrgeschäfte aus grundsätzlichen, ja standesgemäßen Erwägungen nicht, und mir wird schon schlecht, wenn ich mich schnell nach jemandem umdrehe. Außerdem besteht die Währung für das Betreten solcher Fahrgeschäfte aus vor lauter Bakterienbefall schon ganz pelzigen Pappkarten. Hinzu kommt, dass es auf der Kirmes entweder nur lächerlich kindische oder halsbrecherische Karusselle gibt. Entweder Feuerwehrautos für sediert grinsende Dreijährige, die in Zeitlupe vorüberziehen, oder Stahlspinnenarme mit bügelstrammen Kampfpilotensitzen, in denen einem im Schleudergang der Magen auf die Harnblase gedrückt wird. Warum gerade einkommensschwächere Menschen, denen das Leben eh schon übel mitspielt, auf die Kirmes kommen, um dergleichen mit sich machen zu lassen, ist mir ein Rätsel. Nippes und Betrug, wohin man sieht. Die Luftgewehre am Schießstand schießen nie dorthin, wohin man zielt, weshalb die Schießbudenbetreiber immer so schnell in der Ecke verschwinden, wenn man anlegt. Und über Zuckerwatte müssen wir gar nicht reden. Zuckerwatte besteht nur aus Nachteilen. Warum sollte man also auf die Kirmes gehen, wenn die Zwillinge für dasselbe Geld und zur selben Zeit bei den «Buntfinken» im soziokulturellen Zentrum unter liebevoller Anleitung lernen können, wie man aus trockenen Blättern tolle Muster kleben oder eigenhändig eine Okarinaflöte aus Ton töpfern kann?

Aber jetzt gehe ich den mannshohen Zaun am Kirmesplatz entlang und spähe durch die Lücken. Die Buden haben geschlossen, und die Fahrgeschäfte stehen still. Das Licht der Laternen spiegelt sich still in Pfützen. Kurz vor Mitternacht hatte es noch geregnet, was die letzten Besucher vertrieb. Unaufgeräumt liegen Schläuche herum, mit dem der Dreck von den Bodenplatten gespritzt wurde, mit denen morgen früh, falls es noch mal regnet, abermals gespritzt wird.

Wo ist Slawa? Komme ich schon zu spät? Soll ich ihn rufen?

In diesem Moment bewegt sich hinter einem Wohnwagen ein Schatten, nein, kein Schatten, ein Mensch. Kommt auf mich zu. Aber nicht so weit, dass ich sein Gesicht sehen kann.

«Guten Abend», sage ich.

«Mache, dassu weiterkommst», sagt der Mensch drohend, aber leise, sehr leise. Slawa ist es nicht. Slawa spricht akzentfrei.

Ich tue unschuldig. Man wird ja wohl noch um zwei Uhr nachts an einem Kirmeszaun entlanggehen dürfen. Die Frage ist eher, was der Mensch eigentlich hier so rumschleicht.

«Aber fix! Sonst gibt Ärger, Alder!», flüstert er. Klingt, als könne er Murats Bruder sein.

Ich zucke mit den Schultern und gehe, ihn im Augenwinkel behaltend, weiter. Er sieht mir nach. Dann schnalzt irgendwer. Es ist kaum zu hören, aber der Mann hinter dem Wohnwagen reagiert sofort. Er reißt den Kopf herum, macht ein Handzeichen, das etwas wie «Gleich!» bedeutet, dann schaut er mir noch mal nach. Ich gehe brav weiter. Gleich darauf drehe ich mich noch mal um. Der Mann kauert im Schutz des Wohnwagens hinter der Ecke und späht in die Hauptgasse.

Dann sehe ich, warum ich weitergehen soll.

Am Ende der Hauptgasse steht hinter einer Bretterwand ein extra langer, etwa zehn Meter messender, messinggeschmückter Wohnwagen. Es ist der König der Wohnwagen. Eine Vierraumwohnung auf Rädern, in der noch Licht brennt. Und auf der Seite der Anhängerkupplung steht mein Sohn. Steht da und horcht hinein. Drinnen gehen Leute hin und her. Slawa hält mit beiden Händen etwas vor seinem Gemächt. Es wird wohl wieder so ein Schießding sein. Er wirkt sehr konzentriert und ahnt nicht im Mindesten, dass ihn wenigstens zwei andere beobachten. Sein Plan, wie immer er genau ist, wird nicht aufgehen.

Er ist mein Sohn. Ich muss was tun. Sie ablenken. Ihn ablenken. Am besten wäre es, einen solchen Aufruhr auszulösen, dass Slawa die Flucht ergreifen muss. Sofort. Ich brauche irgendwas Großes, Starkes, ja Einschüchterndes. Shock and Awe, wie die Amerikaner es im Golfkrieg nannten. Links vor mir steht zwischen einer Losbude und einem Pfefferkuchenhäuschen der zusammengesunkene Krake des «Astro-Jet». Eine Menschenschleuder, deren kreischende Gondel sich in derartige Höhen erhebt, dass man sie noch vom Richard-Wagner-Hain aus sehen kann, wo wir manchmal mit den Mädchen Fahrrad fahren.

Was, wenn ich dieses Ungetüm in Bewegung setzte? Wäre das Shock and Awe genug? Der «Astro-Jet» wird aus einem blechernen Häuschen gesteuert.

Man müsste nur in das Häuschen kommen.

Aber vorher über den Zaun.

Wie komme ich über den Zaun?

Gar nicht. Ich komme nicht über Zäune. Ich kam noch nie über Zäune. Ich kam auch nicht über Eskaladierwände, drei Mann mussten mir bei der Armee immer drüberhelfen. Zwei schoben mich hoch, ein dritter zerrte mich auf der anderen Seite herunter. Manchmal fiel ich auch wieder zurück. Es gab Verstauchungen, umgeknickte Gliedmaßen. Mein Kompaniechef hatte sich das eine Weile angesehen und dann verkündet, dass «der Gefreite Hasselmann beim Überwinden befestigter Stellungen im Ernstfall ohne Wenn und Aber zurückgelassen wird». Es gab Kameraden, die dafür plädierten, mich in einem solchen Fall zu erschießen, damit ich nicht dem Feind in die Hände fiele. Es gab aber auch Stimmen, die meinten, es sei für den Sieg unabdingbar, dass ich dem Feind in die Hände fiele.

Egal. Für das Studium der Altphilologie war das Überwinden von Zäunen keine Zulassungsbedingung.

Etwas weiter vorn, gleich beim Eingang, steht auf dem Bürgersteig ein Heizaggregat. Davor liegt lose der dicke Heißluftschlauch, der durch den Zaun zu einem Zelt führt.

Ein dünner Mann passt durch diesen Schlauch!

In den Kriegen der Vergangenheit mochten Soldaten noch über Wände klettern müssen. Um Wände zu überwinden, gibt es heute Raketen. In den Kriegen der Zukunft wird man durch Schläuche und Rohre krabbeln. Kleine, schmale Soldaten werden ihre muskelbepackten Kameraden leider zurücklassen müssen.

Als ich drüben bin, stelle ich fest: Ich kann mich sogar durch die Fußlüftungsklappe in das Schalterhäuschen des «Astro-Jet» klemmen. Es wird auch langsam Zeit.

Von der anderen Seite her tritt jetzt ein Mann auf die helle Hauptgasse zwischen den Buden, geht an heruntergelassenen Rollos vorbei und auf die Bretterwand zu. Langsam, vorsichtig. Er muss mal große, mal kleine Schritte machen, der Weg ist voller Pfützen. Außerdem liegen dazwischen zwei schwarze Wasserschläuche in großen Schleifen. Als er etwa in der Mitte der Gasse steht, unsichtbar für Slawa, aber sichtbar und in Kontakt mit dem anderen Mann, der hinter dem Wohnwagen am Metallzaun kauert, gibt er ihm ein Zeichen, dass der mitkommen soll.

Neben dem Hauptschalter habe ich drei Knöpfe zur Auswahl: Light & Sound, Lift 1, Lift 2. Ich drücke Light und dann die Zwei. Mit Raketendüsenpfeifen und Sirenengeheul und infernalischem Flackern erwacht der «Astro-Jet» zum Leben. Der Mann in der Hauptgasse dreht sich um. Slawa kann ich nicht sehen, aber diesen Krawall muss er mitkriegen! Hoffentlich rennt er jetzt davon! Eine der Wasserschlauchschleifen auf dem Weg bäumt sich auf und streckt sich wieder. Der Mann in der Hauptgasse schaut verwirrt auf den Schlauch und dann zu seinem Kompagnon hinüber. Dann wirft er sich hin. Ich verstehe nicht, warum. Kein Schuss ist gefallen. Er beginnt zu schreien. Rudert mit den Händen in der Luft, will sich aufstemmen, aber irgendetwas zieht ihn. Ich brauche einen Moment, bis ich begreife, was geschieht.

Sein rechtes Bein hängt in einer Brezelschlinge des Wasserschlauches fest. Der Wasserschlauch ist stramm.

Und jemand zieht an diesem Schlauch.

Zieht ziemlich schnell.

Hinten reißt es jetzt das Ende des Schlauchs vom Wasserhahn.

Den Mann schleift es schnurgerade durch die Pfützen in der Hauptgasse.

Auf den «Astro-Jet» zu.

Also zu mir. Wieso?

Ich blicke mich um. Dann sehe ich es. Jemand hat offenbar nach dem Abspritzen des Metallbodens das Schlauchende über ein Sicherheitsgitter des «Astro-Jet» gerollt. Der langsam anfahrende, sich drehende «Astro-Jet» zieht den Schlauch ganz stramm, zieht ihn mit sich. In der Gasse erscheinen Leute. Kirmesleute, die aus ihren Wagen kommen, vom Lärm geweckt. Geschrei und Gestikulieren. Ich stehe auf und sehe, wie der Mann in der Schlauchschlinge um den «Astro-Jet» herumgeschleift wird. Er versucht jetzt nicht mehr, sich aufzurichten. Er versucht nur noch, sich irgendwo links oder rechts festzuhalten. Ab und zu knallt er gegen einen Papierkorb. Aber es zieht ihn schon so schnell, dass das mit dem Zugreifen nichts mehr wird. Da sieht er mich im Schalterhäuschen, und im Vorbeischleifen trifft sein fassungsloser Blick den meinen.

Eben noch wollte ich den Hauptschalter drücken und wieder ausschalten. Eben noch dachte ich, dass es nun bestimmt genug sei. Dass Slawa schon auf und davon sein müsste. Aber jetzt?

Er hat mich gesehen.

Der «Astro-Jet» heult, seine Startsirene. Die Leute draußen haben es jetzt auch begriffen, fangen an zu laufen.

Ich krieche, so rasch ich kann, durch die Fußlüftung aus dem Häuschen. Schlüpfe durch den Heizungsschlauch vom Gelände.

Auf der anderen Seite des Zauns rapple ich mich auf, flitze auf die andere Straßenseite, laufe in den dunklen Park hinein. Mittlerweile ist die ganze Kirmesbelegschaft wach.

Ich laufe. Mir brennen die Lungen.

Als ich im sicheren Dunkel stehenbleibe und mich umschaue, sehe ich, wie die Krakenarme des «Astro-Jet» sich in die Höhe erheben. Mir wird schlecht. Der gellende Schrei des Mannes, der da am Schlauch hängend herumschleudert, wird lauter und leiser, höher und tiefer, dem Kreisen des «Astro-Jet» folgend. Und der «Astro-Jet» fährt immer höher.

Das Durcheinandergeschrei am Fahrgeschäft ist enorm. Glas splittert. Wahrscheinlich versuchen sie, die Schalterhäuschentür einzuschlagen.

Ich laufe besinnungslos zum Auto.

Ich bin schon weit weg, als der «Astro-Jet» zum Stehen kommt. Das Schreien habe ich schon länger nicht mehr gehört.

An der Guthsmuths-Brücke steht Slawa.

Als ich neben ihm halte und die Tür öffne, erschreckt er sich so sehr, dass ich fürchte, er fällt gleich in Ohnmacht.

«Wieso lebst du?», fragt er fassungslos. Ich zucke die Schultern. Das ist eine sehr grundsätzliche Frage. Man müsste sehr weit zurückgehen, um sie zu beantworten. Dann fährt sich Slawa mit der Hand übers Gesicht und sagt:

«O mein Gott! Sie hatte recht. Mama hatte recht.»

***

Kaysa war ein hübsches Mädchen, aber mit ihrem strohblonden Haar und ihren hohen Wangen erinnerte sie mich ein wenig an die Gretelpuppe aus meiner Kindheit. Ich sann einen Moment darüber nach, ob sie mir an Sohnes Stelle gefallen hätte – aber das war Unsinn, in diesem Alter sind Freundinnen ja noch Zufallsresultate, automatische Ergebnisse eines gemeinsamen Heimwegs oder einer ins Kuschelige aufgelösten Party, die rein gar nichts über den Charakter eines Mannes aussagen. Kaysa stand in einer Gruppe von Jugendlichen, bei denen nicht mehr viel falschlaufen konnte im Leben. Sie standen nämlich auf dem Hof der Rosenstein-Schule, einer Privatschule. Hier war man unter sich. Die Jahresgebühr für einen Schüler war hier höher als das Jahresgehalt eines Lehrers. Und die Lehrer wussten das. Waren höflich, interessiert, ja respektvoll, in dienender Funktion. Hielten ihre Launen zurück. Gaben sich mehr Mühe bei der Benotung als die Schüler beim Lernen. Die Eltern waren alle irgendwie miteinander bekannt, vom Lions Club, vom Golfplatz oder irgendwelchen Charity-Events; und wenn nicht, machte einen allein die Tatsache, dass man für seinen Spross derlei Schulgebühren berappte, schon gesellschaftlich beachtenswert. Eine Welt, die nur guttat, wenn man dazugehörte. Hier galten ungeschriebene Regeln.

Kaysa überlegte denn auch eine ganze Weile, ob sie Jelena Jefimkinas Winken gesehen haben sollte oder nicht. Schließlich siegte ihre gute Erziehung über den Gruppendruck zur Verachtung der Bastardfamilie, und sie kam an die Mauer geschlendert, hinter der wir standen. Eine halbe Frau und der Kopf eines Mannes. Die Mauer war etwa anderthalb Meter hoch.

«Kaysa», sagte Lena mit der Überwindung einer Mutter, die das erste Mal im Leben zugeben muss, dass sie weniger über ihr Kind weiß als andere Frauen, «ich muss dich etwas fragen. Slawa ist seit drei Tagen nicht mehr zu Hause gewesen. Ich mache mir Sorgen. Er geht nicht ans Telefon. Weißt du, wo er ist?»

Kaysa warf einen Blick auf mich und überlegte bestimmt, wer ich wohl sei. Aber so viel Phantasie hatte sie nicht. Ich wäre selbst nicht auf «der Vater» gekommen.

«Er hat Arbeit», sagte Kaysa und drehte sich kurz nach ihren Freunden um, um sicherzugehen, dass sie niemand hörte. «Er arbeitet als … als Hausmeister.»

Lena hob eine Augenbraue der Verwunderung.

«So eine Art Hausmeister.»

Lena hob auch die andere Augenbraue.

«Hören Sie, Frau Jefimkina! Ich weiß nicht, was er da macht. Und ich will das auch gar nicht wissen. Das sind einfach nicht meine Leute. Ich habe ihm gleich gesagt, dass das mit dem Staubsauger keine gute Idee ist. Aber er hat gesagt, damit macht er die dicke Kohle, und dann zeigt er allen den Stinkefinger.»

Die Überlegung, welche Idee eines Hausmeisters mittels eines Staubsaugers zu dicker Kohle führte, ging genau einmal in meinem Kopf herum und setzte sich dann ergebnislos hin. Es läutete zum Pausenende. Die Gruppe der wohlhabenden Abiturienten setzte sich träge in Richtung Schulgebäude in Bewegung. Ein Mädchen rief nach Kaysa.

«Wo wohnt er?», fragte Lena eindringlicher.

«Das sag ich nicht. Wenn er sich nicht bei Ihnen meldet, ist das seine Sache. Ich weiß, dass er heute Nacht einen Job hat. Aber ich kann wirklich nicht mehr ... Sie sind doch selber Russin! Warum fragen Sie nicht die anderen Russen? Ihr Russen seid doch ...»

«Stopp!», sagte Lena streng.

«Wo hat er den Job?», fragte ich, mich auf die Zehenspitzen erhebend, um etwas mehr von mir über der Mauer erscheinen zu lassen als nur mein Gesicht.

«Wer sind denn Sie?»

Ich wurde sofort wieder fünf Zentimeter kleiner, allerdings, weil mir Lena auf den Fuß trat. Offenbar hielt sie die Freundin unseres Sohnes nicht für reif genug, die Wahrheit zu erfahren.

«Mein Chauffeur!», sagte Lena und sah mich kurz scharf an. Rache für die Putzfrau. Dass Frau Jefimkina sich nach der Scheidung einen Chauffeur leistete, schien Kaysa in irgendwelchen Vorurteilen zu bestätigen. Sie wandte sich zum Gehen, sah sich trotzdem aber noch einmal kurz um und sagte:

«Er muss heute Abend arbeiten. In der Bahnhofstraße. In diesem Haus, das da rumsteht. Aber ich an Ihrer Stelle würde warten, bis er von alleine wieder aufkreuzt. Ich glaube, das Letzte, was er da sehen will, ist seine Mutter.»

Als sie weg war, sagte ich zu Lena:

«Du hast gehört, was sie gesagt hat. Das Letzte, was er da sehen will, ist seine Mutter. Ich schlage vor, er sieht seinen Vater.»

Lena war jetzt wirklich gerührt. Sie strich mir über den Kopf.

Dain Fata

Unser Glaube an die Normalität ist der stärkste Glauben überhaupt. Keine Religion kann da mithalten. Ich hatte Maike etwas sehr Relevantes eisern verschwiegen, ich war zum Jugendamt gegangen, als wäre es etwas, was ganz in meinem Belieben stünde, und war verwirrt und erschüttert davongekommen. Und Maike, die wie alle Frauen viel auf ihr Gespür gab, spürte nichts. Ich hatte Maike belogen, als ich ihr Lena als Putzfrau vorstellte – eine lächerliche, improvisierte Notlüge, genauso wie meine erfundene Erklärung, weshalb die Kriminalpolizei bei uns daheim aufgekreuzt war. Und Maike, die ihren Kindern die Unwahrheit an der Nasenspitze ansah, hatte alles hingenommen. Aber ihr jetzt nach all den kleinen Schwiemeleien mit vollem Bewusstsein gegenüberzutreten und sie hinsichtlich meiner Pläne an diesem Abend auf die falsche Fährte zu locken, versetzte dann doch mein Gewissen in Aufruhr. Die Lüge war notwendig, um mir den Eintritt in meine Vaterrolle zu ermöglichen, sie war auch schlüssig und gut vorbereitet, aber dennoch kam ich mir wie ein Schurke vor, der das Vertrauen seiner unschuldigen Frau gröblichst missbrauchen will.

«Maike», sagte ich hölzern nach dem Abendbrot, «ich

habe dir doch von diesem verrückten Iren erzählt, der mich bezichtigt hat, des unirenhaften Verhaltens oder so was. Und mir fiel heute ein, dass ich damals die Vorlesung in Freiburg auf Basis von Opitz' Unterlagen gehalten habe. Er hat angeboten, dass wir seine Materialien durchsehen. Heute Abend. Könnte länger dauern. Warte nicht auf mich.»

Maike schüttelte nur den Kopf, aber sie meinte nicht mein Vorhaben. «Wie kann nur jemand auf die Idee kommen, du würdest irgendjemand oder irgendwas beleidigen wollen. Weißt du, was ich glaube? Das ist eine Intrige. Da will einer nicht, dass du Professor wirst.»

Ich zuckte mit den Schultern.

«Ja, daran habe ich auch schon gedacht.»

«Hast du dir Feinde gemacht?»

War ich der Mann, der sich Feinde macht? Ich war ja noch nicht mal der Mann, der sich Freunde macht. Maike musste mir zustimmen. Ich solle leise sein, wenn es spät würde.

Dann fuhr ich in die Bahnhofsstraße, um meinen Sohn wieder auf den Pfad der Tugend zurückzuführen. Ich stellte mir vor, wie ich mich ihm vorstellte. Ich stellte mir vor, wie ich «Doktor Ullrich Hasselmann» sagte, um ihm gleich klarzumachen, dass er vom Genmaterial her als Schulabbrecher nicht in Frage käme. Ich würde ihn aber auch ausreden lassen, weil ich wusste, dass man Jungs in der Pubertät auch mal ausreden lassen muss. Aber alles in allem hatte ich – Angst. Ich konnte ja sonst nicht mal gewöhnliche Situationen meistern. Wie sollte ich außergewöhnliche meistern? Gut, dass ich mein Kissen eingepackt hatte.

Inmitten der planierten Fläche des noch zu erbauenden Bahnhofscenters stand ein vierstöckiges Haus. Es stand da wie ein letzter Zahn in einer leeren Kauleiste. Das Haus war einmal Teil eines ganzen Straßenzugs gewesen, einer Blockrandbebauung, aber jetzt stand es ganz allein da, die Wände abgebrochener Nachbarhäuser klebten daran, Wände, an denen noch die himmelblauen Kacheln einstiger Badezimmer und die braunkarierten Tapeten alter Wohnzimmer Geschichten von Bratkartoffeln und Kittelschürzen und schnauzbärtiger Sozialdemokratie erzählten. Das einzelne Haus inmitten der glattgeschobenen Sandfläche war ein Rätsel. Zumal, da es bewohnt schien. Im dritten Stock brannte Licht.

Wenige Meter vom Haus entfernt stand ein Bagger.

Nun sind irgendwo abgestellte Baufahrzeuge auf einem Baustellengelände nichts grundsätzlich Ungewöhnliches, trotzdem konnte ich mich des Gefühls nicht erwehren, dass mit diesem Bagger irgendwas nicht stimmte.

Ich ging von der Straße hinunter auf einen Pfad, den vor mir zwei, vielleicht drei andere Fußpaare in den planierten Sand getreten hatten, und auf das Haus zu. Als ich es fast erreicht hatte, wusste ich plötzlich, was an dem Bagger nicht stimmte. Die Schaufel ragte hoch in die Luft. Wurde bei Baggern die Schaufel nicht für gewöhnlich auf die Erde gesenkt, wenn man sie irgendwo abstellte?

Die vor langer Zeit einmal braun lackierte Tür war nicht abgeschlossen, aber trotzdem nur mit Mühe zu öffnen, so schief hing sie in den Zargen. Ich musste richtig dagegentreten. Dann war sie endlich einen schmalen Spalt offen, sodass ich mich hindurchzwängen konnte. Unvorstellbar, dass dieser klägliche Rest einer Mietskaserne von einem wie auch immer qualifizierten Hausmeister betreut wurde. Die Wohnungstüren im Erdgeschoss standen offen. Erhellt von den Straßenlaternen der Bahnhofsstraße, waren an den Flurwänden bleiche Flecken zu erkennen, die Stellen, wo Kommoden und Spiegel gestanden hatten. Eine Ratte huschte von einem Zimmer in den gegenüberliegenden Raum. Ein Anfall von Seuchenpanik schnürte mir die Kehle zu. Wie konnte jemand in so einem Haus wohnen?

Ich blieb stehen, öffnete meine Aktentasche und holte mein Bärchenkissen heraus. Drückte es mir eine halbe Minute auf den Bauch und strengte mich an, ganz bewusst die wohltuende Wärme des Bärchenkissens zu fühlen. Von irgendwo oben fiel ein sehr schwaches Licht herunter in den Flur. Nachdem ich wieder etwas Luft bekam, ging ich langsam die Treppe hinauf. Die ausgetretenen Stufen waren aus Eichenholz und knackten bei jedem zweiten Schritt.

Dann hörte ich es.

Über mir, im dritten Stock, gurgelte jemand. Es war die Art Gurgeln, wie man sie von sehr beflissenen Rachen- und Zahnzwischenraumpflegern kennt. Ich trat noch ein paar Stufen höher, bis ich sah, dass der Lichtschein aus der offenen linken Wohnung kam, und rief nicht sehr laut, aber doch vernehmlich:

«Guten Abend!»

Meine Erwartung, dass dieses beflissene und bis weit hinter die Mandeln reichende Gurgeln nun mit einem Ausspucken beendet werden müsse, wurde enttäuscht. Die Person gurgelte weiter. Schier endlos. Sie schien sich sogar gurgelnd und weitergurgelnd durch die Wohnung zu bewegen. Ich fragte mich, ob es sich hier überhaupt noch um Mundhygiene handelte oder ob die Dauer dieses Gurgelns nicht auf eine besonders schwere, nur mühsam freizugurgelnde, womöglich hochinfektiöse Rachenerkrankung hinweisen könne. Eine Erkrankung, der man besser nicht zu nahe kam.

Ich klopfte vorsichtig an die Tür und rief noch einmal:

«Ich wünsche einen guten Abend!»

Gurgel. Gurgel.

«Einen schönen guten Abend wünsche ich!!», rief ich, etwas lauter.

Statt einer Antwort hörte das Gurgeln plötzlich auf.

«Ich bitte, eintreten zu dürfen!», ergänzte ich mit nachdrücklicher Höflichkeit und war dann auch gleich mal so frei.

Vorsichtig schritt ich in den Flur, durch mondoberflächenartig aufstäubenden Staub, mit der Linken das Bärchenkissen auf meinen Unterleib haltend, und ging in Richtung des Zimmers, aus dem ich zuletzt das Gurgeln vernommen hatte. Als ich das Zimmer erreicht hatte, sah ich es.

Die Person gurgelte nicht.

Die Person war eine alte Frau. Eine alte Frau in einem alten, verstaubten Wohnzimmer. Und die alte Frau kniete. Sie kniete vor jemandem, der sie mit der Linken im Haar gepackt und ihr mit der Rechten eine Pistole in den Mund geschoben hatte.

«Äch gi ä Ageeooo!», gurgelte die Alte mit offenem Mund. Sie hatte ein seltsam heiseres, dunkles, nun ja, südosteuropäisches Timbre.

«Es *gab* ein Angebot! Jetzt gibt es keins mehr!», sagte der Jemand.

Der Jemand war ein riesengroßer Junge mit einer schmalen, spitzen Nase. Ein Haarwirbel über der rechten Stirnhälfte. Der Kopf hängend zwischen den Schultern. Dünne, sehnige Arme. Eine flache Brust. Seine ganze Art hatte ein durch und durch schlenkerhaftes Gehabe, dazu kam die Angewohnheit, bei Aufregung und schwerem Atem die Lippen vorzustülpen.

Es war das erste Mal, dass ich ihn leibhaftig vor mir sah. Meinen Sohn!

Andere Väter dürfen ihre Söhne das erste Mal sehen, wenn

sie mit ihren rosa Ärmchen und Beinchen zitternd der Mutter auf die Brust gelegt werden. Als ich das erste Mal meinen Sohn sah, war das Einzige, was ihm zitterte, der Zeigefinger am Abzug einer Handfeuerwaffe, die er einer alten Frau in den Rachen presste. Ich hatte viele erste Sätze erwogen und geprobt auf dem Weg hierher, aber die Ungeheuerlichkeit dieser Szene ließ mich auf der Stelle ausflippen.

«Stoi, verdammter Malschik!», rief ich in hysterischer Bilingualität. Wenn die Vatersprache ihn nicht stoppen sollte, vielleicht konnte es die Muttersprache!

Die beiden rissen entsetzt ihre Köpfe herum, worauf der Lauf der Waffe der knienden Alten nunmehr schief im Maul zu stecken kam.

«Wie kommen Sie hier…», stotterte mein Sohn, während die Alte unter dem unwillkürlich fester werdenden Griff in ihrem Haarschopf heiser aufgrimmte.

«Atpuskai sie, aber ein bisschen bujstree!», forderte ich, in nach wie vor völlig verdatterter Zweisprachigkeit.

«Wer … zum … Teufel … hat … Sie …», fielen Slawa fassungslose Fragebröckchen aus dem Mund.

«Twaju match!», herrschte ich ihn an.

Das war falsch.

Im Russischen auf irgendeine Frage mit «deine Mutter» zu antworten ist ein schwerer Fehler. Und zwar nicht nur, wenn man einem Russen direkt gegenübersteht. Im Zeitalter der Interkontinentalraketen gibt es eigentlich keinen Ort auf dieser Erde, der weit entfernt genug wäre, um einem Russen irgendwas mit «deine Mutter» zu sagen. Der Grund: Die Wortfolge «deine Mutter» wird im Russischen mit bestimmten Vorstellungen assoziiert, die in Slawas konkretem Fall zwar nun und Gott sei's geklagt absolut den Tatsachen entsprachen – aber wie sollte dieser schmächtige, nervöse Jüngling da vor mir wissen, dass sich in diesem gemeinsten aller russischen Flüche die reine, unschuldige Wahrheit seiner Herkunft verbarg. Ja, es war richtig. Ich hatte seine Mutter ... Ich durfte das sagen. Ich war sein Vater. Aber es war trotzdem falsch.

Denn ich hatte «match» noch nicht ganz zu Ende gesprochen, als die Wange der verwirrt und ängstlich zur Seite glotzenden Alten plötzlich ein Loch hatte. Und am Ende dieses Moments hörte ich, weil das Auge einen Tick schneller ist als das Ohr, den Knall. Im selben Augenblick flog drei Meter weiter eine alte Zeitungskiste wie gesprengt auseinander.

Dann herrschte Stille.

Während Zeitungsschnipsel durchs Zimmer zu rieseln begannen, riss Slawa die Waffe aus dem Mund des alten Weibes, als hätte er sich die Finger verbrannt. Fassungslos riss er die Augen auf, als könne er gar nicht begreifen, dass diese Pistole eine Schusswaffe war. Er starrte sie ungläubig an.

«Scheiße!», sagte Slawa. «Was ist das für Munition?!»

Auch die Alte mit dem roten Durchschuss in der Wange blickte bass erstaunt erst auf die Waffe und dann auf die gesprengte Zeitungskiste, während allerlei Schmauchfähnlein sich bedächtig aus Loch, Mund und Nase der Durchschossenen ringelten. So anmutig und lieblich kräuselten sich die Schmauchfähnlein in die Höhe, dass die schockstarre Alte mit dem offenen Mund für einen Moment wie ein Räuchermännchen aussah. Schließlich sah ich sogar aus ihren Ohren grauen Rauch hervorkriechen. Es war bizarr. Dann ging das Licht aus.

Als ich wieder zu mir kam, blickten mich Slawa und die Durchschossene im Schein einer altertümlichen Schirmlampe an. Die Durchschossene presste ein Taschentuch auf das Loch in ihrer Wange und krächzte mit einer seltsam hohen Helium-Stimme:

«Das ist eine Junkie! Hier komme manchmal Junkie rein!»

Zu meiner Überraschung waren Arm und Hand der Alten stark behaart. Ich wusste zwar, dass Frauen nach der Menopause etwas vermännlichen, aber das hier war noch mal eine andere Nummer.

«Das ist kein Junkie. So sieht niemals ein Junkie aus», sagte Slawa.

Die Durchschossene krächzte: «Dann isse eine Polizeimann, eine Milizionär.»

«Ein Bulle, der umfällt, wenn's knallt? Glaubste doch selber nicht.»

Obwohl mir noch das Blut in den Ohren rauschte, hob ich langsam die rechte Hand zum Zeichen Wortmeldung und sagte mit schwacher Stimme:

«Ich bin dein Vater.»

«Komische Name. Dain Fata», rätselte die stimmwunde Alte, «habe ich nicht schon mal gehört. Isse vielleicht eine Moldawe, von Transnistrien eine Mann.»

«Slawa», stöhnte ich und langte nach ihm, als würde ich mein letztes Sterbenswörtchen sprechen wollen, «ich bin dein Vater. Deine ...» ich konnte gerade noch vor dem Wort «Mutter» stoppen, «Jelena Jefimkina war meine Frau. Meine erste Frau. Vor achtzehn Jahren.»

Slawa besah mich von oben bis unten.

«Halt die Fresse!», sagte er.

«Ich heiße Ullrich Hasselmann», ich rappelte mich auf, noch ein bisschen schwindelig.

«Halt deine verdammte Fresse!», sagte Slawa und richtete die Pistole auf mich.

Ich legte mich sofort wieder hin und klappte die Arme an die Seite. Gut. Ich verstand meinen Sohn. Das alles war schwer zu verkraften. Die ganze Szene, mein plötzliches Auftauchen, der ungewollte Schuss. Dass er nun die Kontrolle wiedergewinnen wollte, war absolut verständlich. Und natürlich gab ihm die Waffe ein wenig Halt in diesem Gefühlschaos.

«Lass es mich erklären, Slawa! Ich bin Altphilologe an der Uni. Ich wollte damals meinen Doktor machen und ...», hob ich noch einmal sehr gefasst an.

«Ich habe ‹Fresse› gesagt!», schrie mein Sohn mich an.

«So spricht man nicht mit seine Baba, Slawa Jefimkin!», hörte ich plötzlich das Krächzen der Alten aus der Zimmerecke. «Ich sitze friedlich in meine Wohnung in der Bahnhofsstraße 7, in diese Wohnung von Haus, wo Bahnhofscenter gebaut wird, und plötzlich kommt so eine Slawa Jefimkin, so eine Russenbengel, herein und schießt mit Pistole auf mich. Und seine Baba ist auch hier, ist Doktor von der Uni. Sagt, heiße Hasemann oder so ...»

Ich drehte, obwohl ich sehr gerade und ganz bewusst deeskalierend auf dem Rücken lag, den Kopf und sah die Alte hinter einem muffigen Sofa hocken. Sie hielt, während sie zu uns sprach und nervös herschielte, ein kleines schwarzes Prepaid-Handy vor dem Mund. Sie hatte noch nicht zu Ende gesprochen, als Slawa bei ihr war, ihr erst das Mobiltelefon aus der Hand und dann auf sie selber einschlug. Ihren Kopf mit den Händen schützend, fiel sie zur Seite. Dann – ich traute meinen Augen nicht – trat Slawa zu. Und nicht nur einmal. Die Alte stöhnte und röchelte im Takt der Tritte vor sich hin.

Wie von selbst sprang ich auf die Beine.

Unnötig zu sagen, dass ich pädagogisch gesehen etwas ratlos war. In der Welt, aus der ich kam, war es auch schon mal vorgekommen, dass meine Kinder ältere, uns bekannte Damen nicht gegrüßt hatten. Ja, dergleichen war vorgekommen, und ich hatte meinen Kindern sofort und unmissverständlich kundgetan, dass sie im Wiederholungsfall auf ihre Gute-Nacht-Geschichte zu verzichten hätten. Aber für das hier wollte mir gar keine Sanktion einfallen. Lebenslanger Stubenarrest? Fernsehverbot bis zum Ende des Universums? War das wirklich mein Sohn? Und was war eigentlich die Steigerung von «schwer erziehbar»?

«Ich seh ja wohl nicht richtig!», schrie ich in einer von mir noch nie gehörten Lautstärke. «Ich bin Gott verdammt noch mal dein Vater, und du hörst sofort damit auf, diese alte Frau …»

«Das ist keine alte Frau!», schrie Slawa und trat noch einmal so richtig zu. «Und du bist nicht mein Vater. Du bist ein Idiot!»

Wenn er nicht schon wieder mit der Pistole, in der sein nervöser Zeigefinger steckte, auf mich gezielt hätte, hätte ich ihn angesprungen.

«Du bist nicht mein Vater. Mein Vater würde nicht wie der letzte Volltrottel hier reinplatzen, umfallen wie so eine Pussy und dieser albanischen Ratte meinen und seinen Namen verraten, damit der es in die Welt hinaustelefonieren kann!»

Das waren unerwartete Neuigkeiten. Ich reagierte, wie ich immer auf unerwartete Neuigkeiten reagierte. Mit Panik.

«Was soll das bedeuten? Was für ein Albaner ist das? Wieso darf er nicht wissen, wie du heißt? Und was hast du mit ihm zu schaffen? Was soll das Ganze hier überhaupt? Kaysa hat mir gesagt, dass du Hausmeister …»

«Jetzt reicht's! Lass Kaysa aus dem Spiel!», schrie Slawa wie von Sinnen und zerrte das überraschend zum Mann ernannte alte Weib hinter dem Sofa hervor. Dann kam er auf mich zu, nahm mir das Bärchenkissen weg und drückte es dem Albaner zusammen mit dem Pistolenlauf auf die Stirn.

Mein Bärchenkissen!

«Wahnsinniger!», schrie ich. «Du willst ihn doch nicht etwa tot...?»

«Ich will überhaupt nicht», antwortete Slawa wütend, «ich muss! Tut mir ja wahnsinnig leid, aber ich muss!»

«Um Gottes willen, was hat er denn getan?»

«Er hat gar nichts getan. Du hast was getan! Du hast gequatscht! Und er hat es gehört. Deswegen, und nur deswegen, muss ich ihm jetzt leider dieses Ding zwischen seinen Ohren wegblasen, wo diese ganzen Namen drin sind ...»

Der Mann krächzte mit fast schon schmerzhaft hoher Stimme unter dem Kissen: «Was isse das für eine Scheißemist! Er hatte dich verraten! Du musse ihn erschießen!» Und: «Du mache dich unglücklich! Es isse nur eine kleine Mietsache!»

Ich hob langsam die Hände und machte eine beschwichtigende Geste. Die Vorstellung, erst von einer Hinrichtung traumatisiert zu werden und mir dann nie wieder mein Bärchenkissen zum Trost auf meinen Bauch legen zu können, brachte mich erneut an den Rand einer weißen Ohnmacht.

«Bitte! Das mit den Namen tut mir leid. Wir sind jetzt hier alle ein bisschen aufgeregt. Aber ich denke, es gibt Alternativen. Man muss nicht immer gleich alles totschießen.»

Slawa ließ mit der Linken das Kissen los, das jedoch von der Pistole zuverlässig auf die Stirn des Albaners gedrückt blieb, und wedelte mit der freien Hand vor dem Gesicht herum.

«Wo kommst du denn her? Das ist ein Albaner! Ich habe ihn angeschossen! Was glaubst du, was passiert, wenn ich den am Leben lasse?»

Der Albaner unter dem Kissen winkte mit den Händen.

«Ach, das isse Propaganda. Albaner isse nicht so gefährlich. Albaner tue nur so. Albaner isse eine herzensgute Mann. Du schenke ihm Leben. Er vergisse das nie. Er verschone deine Frau und vielleicht Hälfte von Kinder. Naaa?»

Ich zeigte auf den Mann.

«Du hast es gehört. Er möchte dein Freund werden.»

In diesem Moment begann es draußen auf der Straße zu lärmen. Autos bremsten, Wagentüren schlugen, Geschrei aus etlichen Stimmen. Ich hielt es für die Polizei, aber Slawa wusste es besser.

«Das ist dein Pack! Aber du hast das letzte Mal telefoniert, du Ratte!», fluchte Slawa, und sein Zeigefinger senkte sich in den Abzugsbügel. Dann machte er einen Schritt nach hinten, musste sich für eine präzise Hinrichtung aber gleich wieder ziemlich weit nach vorn beugen.

Da ging ich hin und nahm ihm das Kissen weg.

Ich nahm ihm das Kissen von hinten weg.

Ich nahm das Kissen von hinten weg, wie ein leise herumgehender Lehrer einem frechen Schüler den Trinkhalm wegnimmt, mit dem er gerade Papierkügelchen auf die Klassenbeste schießen wollte.

Slawa ließ den Abzug wieder nach vorn klicken und sah mich fassungslos an.

«Erschieß ihn», sagte ich, «aber ohne mein Kissen!»

Ich hatte eine Weile gebraucht, um zu begreifen, was das mit dem Kissen eigentlich sollte. Erst mit seinem Schritt zurück hatte ich verstanden, dass er sich vor der Riesensauerei schützen wollte, die sich hier gleich ereignen würde. Dies war eine Geste, die mich zutiefst rührte. Mein Sohn war nicht nur schwerstkriminell, er war auch ein bisschen etepetete. Herrje! Ganz der Vati!

Ein paar Sekunden herrschte Schweigen. Dann hatte es auch der Albaner kapiert.

«Ja, schieße mich. Schieße mich auseinander! Lass diese dumme Schädel explodiere! Wie eben Zeitungskasten!»

Slawa zögerte. Einen Moment zu lange, um noch richtig rasend zu sein. Ich spürte plötzlich ein bisschen Stolz, dass es mir gelungen war, die Situation so trickreich zu entschärfen. Vielleicht hatte Lena ja recht – vielleicht war ich doch der richtige Mann.

Unten wurde an der verklemmten Tür gerüttelt.

«Raus hier! Alle beide!», sagte Slawa, wich gleich drei Schritte zurück und deutete mit der Pistole abwechselnd auf mich und den Albaner. Wir gingen mit erhobenen Händen rücklings aus der Wohnung und halb rücklings die Treppe hinunter, während das Geschrei an der Tür immer schriller wurde. Slawa fuchtelte uns die halbe Treppe hinunter und in Richtung Hinterhof. Doch als wir aus der Hoftür traten, blendete uns plötzlich grelles Scheinwerferlicht. Nur wenig später dröhnte ein Motor auf, und ein Schatten durchfuhr das Scheinwerferlicht. Es war die Baggerschaufel.

Ich begriff, dass der Bagger vor dem Haus auf Slawa wartete.

Er wartete, bis das Haus menschenleer war.

Und das war Slawas Job.

Ich sah zum Albaner, der Albaner sah zu Slawa, und Slawa ruderte mit dem linken Arm, um dem Baggerfahrer ein Zeichen zu geben. Wir stolperten weiter auf die planierte Fläche des zukünftigen Bahnhofscenters hinaus. Der Bagger war jetzt fast am Haus, als von dort plötzlich Frauengekreische ertönte. Ich drehte den Kopf und sah in aufgerissenen Fenstern im zweiten Stock mehrere Frauen, sie schrien, winkten und hielten schüttelnd, ja drohend Kleinkinder in die Höhe. Wir blieben stehen.

Der Bagger stoppte vielleicht einen halben Meter vor der

Außenwand, die er ohne Zweifel einzureißen gedachte. Der Baggerfahrer sprang heraus, sah entsetzt auf die Fenster voller Frauen und Kinder, sah dann zu uns und schrie:

«Was ist das? Ich denke, die Hütte ist leer!!»

Slawas knochige Schultern sackten herunter. Er gab einen Atemlaut äußerster Enttäuschung von sich. Es war alles umsonst gewesen. Slawa machte eine Bewegung mit dem Arm, als wolle er tatsächlich die Pistole in den Kies werfen. In dieser Nacht würde das Haus nicht abgerissen werden. Es würde stehen bleiben. Alt und einsam mitten auf sorgfältig planiertem Baugrund gleich neben dem Bahnhof. Slawa, der «Hausmeister», hatte es verkackt.

Der Spannungsabfall meines Sohnes ließ mich aufatmen. Die Gefahr, dass er sein junges Leben durch eine einzige, unbedachte Tat ruinierte, schien mir leicht gesunken. Ich weiß, es klingt ein bisschen seltsam, aber um jemanden zu töten, muss man auch irgendwie in Stimmung dafür sein. Ich habe jedenfalls noch nie von Fällen gehört, wo Menschen lustlos erschossen wurden.

Und Lustlosigkeit, allerschönste spätpubertäre Lustlosigkeit, war es, die jetzt von meinem Sohn Besitz ergriff.

Er sah zum Haus, zum Bagger, zu uns. Er zog einen Flunsch. Er schlenkerte, hin- und hergerissen, mit der Waffe in der Hand herum. Es war ihm alles zu viel.

«Das ist doch echt Scheiße jetzt!», maulte Slawa.

Es gibt genervte Verkäuferinnen. Genervte Killer gibt es eher nicht. Der Albaner riss die erhobenen Hände noch etwas weiter auseinander.

«Kommt noch was?»

Zu Slawas allgemeiner Lustlosigkeit gesellte sich Entscheidungsschwäche.

«O Leute. Ich hab auch noch was anderes zu tun!»

Na klar, wir standen jetzt hier dumm herum, und Slawa hatte keinerlei Plan, was mit dem mutmaßlich schwerverbrecherischen Albaner geschehen solle, der bedauerlicherweise wusste, wie wir hießen. Mich überkam das Gefühl, dass dies eine gute Gelegenheit sei, mich als väterlicher Ratgeber einzubringen.

«Junge, nun gib doch nicht gleich auf! Lass uns doch mal zusammen überlegen. Umbringen willst du ihn nicht, laufenlassen kannst du ihn auch nicht. Was gibt es denn noch für Möglichkeiten? Na, denk mal selber nach!»

Slawa wandte seinen langen, schmächtigen Oberkörper zu mir.

«Ich weiß nicht, kleiner Mann. Irgendwie mag ich dich nicht.»

Ich überging das. Ich wusste ja, dass meine Art, aufzumuntern, viele Menschen aggressiv machte. Außerdem: Gute Väter nehmen nichts persönlich.

«Einsperren!», sagte ich. «Wir sperren ihn ein, und dann überlegen wir in Ruhe den nächsten Schritt.»

Das Geschrei in den Fenstern des Resthauses schwoll noch einmal an, weil der Baggerfahrer den Bagger wieder in Bewegung setzte, aber diesmal nur, um vorsichtshalber ein paar Meter zurückzufahren. Dann schaltete er ihn aus, kletterte aus der Kabine und begann zu telefonieren.

Slawa registrierte es mit zunehmender Nervosität.

«Einsperren!», höhnte er. «Wo soll ich den denn jetzt einsperren, hä?»

Er hatte recht. Es ist viel leichter, jemanden umzubringen, als ihn einzusperren. Einsperren ist eine Kunst. Nicht umsonst hat man in allen Epochen der Menschheit dafür extra Gebäude errichtet. In die man nicht hineinsehen kann und aus denen kein Laut nach außen dringt.

Etwas später saßen wir in meinem Auto und fuhren durch die Stadt. Der Albaner hockte, gehüllt in eine grobe Decke, die immer im Kofferraum lag, neben Slawa auf der Rückbank. Ich hatte die Decke erst als Schutz für den Bezugsstoff herausgeholt, aber dann hatte mich Slawa darauf aufmerksam gemacht, dass man Gefangene nicht mit offenen Augen in geheime Verstecke fährt. Ich machte mir ein bisschen Sorgen um die Sitze.

«Bluten Sie noch?»

«Was weisse ich?», krächzte der Albaner unter der Decke. Dann forschte er offenbar eine Weile mit der Zunge in seinem Mund herum. «Nein, aber ich kanne Zunge durch Loch stecke. Das musse genäht werden.»

«Das geht jetzt leider noch nicht», sagte ich. «Aber ein Loch in der Wange ist besser als ein Loch im Kopf, das müssen Sie zugeben, Herr …? Ehrlich gesagt, hatte ich Sie erst für eine alte Frau gehalten.»

«Das isse tolle Trick von mir. Ich bin schwache, alte Frau in schwache, alte Haus. Und wenn jemand kommt, denkt, isse bloß alte, schwache Frau – dann zack. Aber Bastard von Slawa Hurensohn hat gehockt still in Ecke und gewartet, bis ich musste ruinieren. Hatte gesehen durch Schlüsselloch, dass ich Mann bin, weil ich ruiniert habe im Stehen.»

Endlich begriff ich, was er meinte. Aber wenn man als Nicht-Muttersprachler in solch einer Ruine urinierte, konnte das schon mal passieren.

«Wie heißen Sie eigentlich?»

«Murat. Du sage Murat zu mir. Du musst nur gehe zu Leute und fragen nach Murat, wenn du wisse willst. Dann weißt du.»

Gut möglich, dass Murat nicht sein wirklicher Name war. Vielleicht war Murat jemand, der er gerne wäre. Aber es spielte auch keine Rolle. Dass er mir nur den Vornamen genannt hatte, schien mir hingegen ein Angebot, ihn zu duzen.

«Es tut mir leid, Murat! Heute Abend ist einiges schiefgelaufen. Ich weiß nicht, was ihr da beide miteinander auszumachen hattet, aber Gewalt ist immer der falsche Weg. Wir werden jetzt alle mal eine kleine Auszeit nehmen, und dann finden wir eine Lösung.»

«Ja, wir finde eine Lösung», krächzte Murat, «Lösung aus Salzsäure.»

Es blieb unklar, ob das jetzt ein Vorschlag in eigener Sache, ein Scherz oder eine Drohung war. In so einem Akzent gehen ja viele Bedeutungsnuancen unter. Nachfragen wollte ich lieber nicht. Slawa starrte aus dem Fenster. Die Pistole lag auf seinem Schoß.

«Slawa», sagte ich, «wir bringen jetzt den Murat irgendwo unter, wo er ein bisschen zu sich kommen und das alles verarbeiten kann. Und dann reden wir beide mal. Wie Männer.»

Ich sah in den Rückspiegel. Slawa rollte die Augen. Ich war ihm peinlich.

«Ja, rede wie Männer! Ich möchte auch mal wieder rede wie Männer!», krächzte Murat unter der Decke. Er hatte recht. Seine Stimmbänder hatten hörbar etwas abgekriegt. Ob man so was operieren konnte? Musste? Wer würde dafür aufkommen? Ich überlegte, ob das durch die elterliche Haftpflichtversicherung abgedeckt war. Aber falls ja, wie sollte man das gegenüber der Versicherungsgesellschaft formulieren? ‹Fand mein noch minderjähriger Sohn in einem nicht abgeschlossenen Abbruchhaus eine geladene Waffe ... stolperte der zufällig anwesende Staatsbürger der Republik Albanien, Murat X., mit seinem offenen Mund auf den Lauf dieser Waffe, wodurch ...› Glaubhaftmachung ist ja auch immer ein ziemliches Stück Arbeit. Andererseits, eine Schusswunde wurde ja doch wohl hauptsächlich durch die Schusswaffe verursacht. Also ...

«Slawa, wo hast du eigentlich die Pistole her?»

«Vergiss es einfach, kleiner Mann!», sagte mein Sohn.

«Ich meine ja nur. Das ist nicht unwichtig. Murat hat eine Schussverletzung. Seine Krankenkasse wird sich möglicherweise weigern, das zu übernehmen, schließlich hat er sich die Schussverletzung nicht selbst zugefügt. Auch wenn wir jetzt mal davon ausgehen, dass es ein Unfall war: Wer immer dir die Waffe gegeben hat, seine Versicherung ist wenigstens zur Hälfte mit dabei ...»

Ich hatte den Eindruck, dass sich Murat unter seiner Decke an den Kopf fasste.

Und zwar mit Schmackes!

Herr Herrmann von der Ausländerbehörde residierte im Zimmer 27 des protzigen Rathauses. Er war ein hagerer Mann Mitte fünfzig und hatte gebräunte, pergamentartige Haut. Er trug ein schwarzes Ledersakko, darunter ein blendend weißes Hemd und einen schmalen Lederschlips. Mit großen, groben Händen an den dünnen Armen gestikulierte er ungewöhnlich geschmeidig, während er uns einlud, Platz zu nehmen. Auf seinem Schreibtisch standen ein Stiftehalter aus schwarzem Marmor und ein kleiner Pokal, auf dem ein Walzerpaar eingraviert war.

Ich hatte Lena gesagt, dass es wohl am besten wäre, Arm in Arm einzutreten, um ein Zeichen zu geben. Notgedrungenermaßen musste ich sie unterhaken, nicht sie mich, wie es Brauch war. Aber ich geleitete Lena zum Stuhl und schob ihn ihr förmlich unter den Hintern. Dann setzte ich mich selbst.

«Also», sagte Herr Herrmann, «wen genau will die Dame noch mal heiraten?»

Ich sagte, dass wir beide, so, wie wir vor ihm säßen, heiraten wollten.

Herr Herrmann beäugte mich aufmerksam mit schrägem

Blick wie ein Raubvogel, ließ seine ledernen Lider halb über die Augen fallen und äugte dann zu Lena.

«Das wird nichts!», beschied Herr Herrmann. «Ich dachte, Sie sind ihr Dolmetscher oder so was!» Er reichte uns die Papiere, die er noch nicht einmal richtig angesehen hatte, über den Tisch zurück.

Mit so einer schnellen und klaren Entscheidung hatten wir nicht gerechnet. Aber egal, ich hatte mir ja vorgenommen, im Fall von Schwierigkeiten festzubleiben und zu insistieren.

«Frau Jefimkina, äh, Lena, und ich lieben uns», sagte ich fest, «und nichts auf der Welt wird uns davon abbringen, hier in Deutschland den Bund der Ehe zu schließen!»

Herr Herrmann, gleichfalls an Widerstand gewöhnt, zog die Papiere gelangweilt zurück und blätterte sie durch. Er las meine Urkunden durch.

«Sie studieren – Altphilologie?»

Ich bestätigte es.

«Was ist das?»

«Alte Sprachen, alte Geschichte. Rom. Athen. Latein. Altgriechisch. Mein Spezialgebiet ist die Versdichtung der späten Kaiserzeit.»

«Das erklärt natürlich einiges», meinte Herr Herrmann müde, «blutjunge Russinnen sind verrückt nach Altphilologie. Vor allem späte ... Dingsda ... Kaiserzeit, da drehen die völlig durch.»

Noch bevor ich ihm meine Verblüffung ausdrücken konnte, schnallte sich Herr Herrmann ein Grinsen ins Gesicht.

«War'n Witz.»

Aber irgendwie schien ihn das Unnütze meines Faches zu rühren. Keine Ahnung, was für Berufe oder Fakultäten sonst vor ihm saßen.

«Na gut: Dann küssen Sie diese Frau jetzt mal», wies Herr Herrmann an, «vor meinen Augen! Und zwar mit Schmackes, wenn ich bitten darf!»

Seine Stimme gab zu verstehen, dass es sich hierbei um eine letzte Chance handelte. Ich sah Lena an, und Lena schluckte mutig ihre Verwirrung hinunter. Ich erhob mich ein wenig, was mein Gesicht ungefähr in die Höhe ihres Gesichtes brachte, und beugte mich zu ihr hinüber. Noch nie war ich ihr so nahe gekommen. Ich war überhaupt noch nie einer Frau so nahe gekommen. Lena roch nicht unangenehm. Frisch und etwas bitter. Ein bisschen wie eine dunkelgrüne Zimmerpflanze. Ich wusste leider nicht, wie man küsst. Aber es war sicher einfach. Ich presste meine Augen zusammen, spitzte meine Lippen und drückte sie gegen die Lenas. Sie waren von grundsätzlich anderer Konsistenz. Interessant.

«Scheinehe, klares Ding! Brauchen wir gar nicht weiter drüber zu reden!», resümierte Herr Herrmann und warf die Papiere wieder über den Tisch. Zu allem Überfluss ahmte er auch noch meinen zarten Kuss nach, tippte sich an die Stirn und meinte: «So sieht doch keine Liebe aus!»

Unlust befiel mich. Ich hatte mich hier offiziell entblößt, hatte ein weiteres Mal die kostbaren ersten Dinge, die ich mir für die Frau, die es wirklich wert war, aufheben wollte, der Lächerlichkeit preisgegeben, und dann wurde ich dafür auch noch verspottet. Ich hätte doch lieber kellnern gehen sollen, um Geld zu verdienen. Kein Kellner würde je so verspottet werden.

«Das ist Liebe!», sagte Lena plötzlich finster neben mir. «Aber Ullrik ist nicht diese Mann, der küsst Frau vor andere Menschen.» Unvermittelt langte sie herüber, packte mich am Nacken, zog mich heran und halb auf sie und begann, mich aufzufressen. Ihre Lippen wellten über meine, und sie gab mir ihre Zunge zu schmecken. Ich weiß nicht, was es war, vielleicht der raubtierhafte Griff in meinen Nacken, vielleicht der Luftmangel, aber es schnitt mir komplett die Sehnen durch, ich brach unter Lenas Kuss quasi auf ihr zusammen. Sie hatte einen harten, muskulösen Körper, auf dem zwei runde, weiche Brüste sich wie Fremdkörper hoben und senkten. Nach gefühlten zwei Stunden hob mich Lena von sich, leckte sich die Lippen blank und stieß mich wieder auf meinen Platz zurück. Sie stammte aus einer Kultur, in der Lethargie und wilde Entschlossenheit in unberechenbaren Abständen aufeinanderfolgten.

«Genau das meine ich», sagte Herr Herrmann, nun doch etwas beeindruckt. «Wir können hier nicht einfach russische Frauen auf gut Glück ins Land lassen. Wir müssen unsere deutschen Männer schützen! Vor solchen Frauen wie Ihnen.» Trotz dieser Worte hatte sich sein Ausdruck irgendwie verändert. Vielleicht hatte er auch nur Lust auf eine Fortsetzung dieser Schmierenkomödie bekommen. Er griff zum dritten Mal nach den Papieren.

«Ich werde die Ernsthaftigkeit Ihres Ehebegehrens in den nächsten Wochen prüfen. Hier in Deutschland heiratet man nicht aus Spaß. Hier geht es um tiefe Verbundenheit und gegenseitige Verpflichtungen. Und, glauben Sie mir, das lässt sich überprüfen.»

«Danke sehr», sagte Lena zufrieden.

Ich sagte nichts. Ich war gerade geküsst worden. Mit Zunge. Es war unglaublich. Kein Wunder, dass Gerd sie gleich heiraten wollte! Warum hatte man mir nicht gesagt, dass das Ausländeramt die Zungenfertigkeit der Aspirantinnen prüfen würde. Wir hätten das doch üben können! Stundenlang üben!

«Kommen Sie bitte nächsten Dienstag noch einmal, und

bringen Sie ein paar Dinge mit, die die Dauer und Intensität Ihrer Partnerschaft belegen können. Fotos, Briefe, Einzelverbindungsnachweise Ihres Telefonanbieters.»

***

Manchmal ist es von Vorteil, wenn man nur zwei Freunde hat. Denn wenn man dann in einem so speziellen Fall wie diesem hier Hilfe braucht, muss man nicht so lange nachdenken. Bei Andy gab es zwar eine Dunkelkammer, die hatte aber leider ein kleines Fenster zum Hof, auch wenn es mit dunkler Folie abgeklebt war. Cornelius hatte keine Dunkelkammer, dafür aber ein Tonstudio, in dem eine kleine, etwa kleiderschrankgroße Sprecherkabine stand. Mit Schaumstoff ausgepolstert, abschließbar und absolut schalldicht. Von außen wie von innen. Wenn Murat wirklich ein albanischer Mafioso war, dann würden ihn seine Kumpane sicher überall in der Stadt suchen – aber niemals in einem Tonstudio, in dem Zeichentrickfilme synchronisiert wurden. Einen kurzen Moment lang plagten mich Skrupel, Cornelius in die Sache mit reinzuziehen. Aber nur einen Moment. Es ging jetzt ja vor allem darum, Slawa zu zeigen, dass sein Vater einen Plan hatte und diesen mit Entschiedenheit durchsetzen konnte. Außerdem: Je mehr Leute man in so was mit reinzieht, umso größer sind die Chancen, dass es gut ausgeht. Nicht umsonst suchen Bedrängte und Verfolgte den Schutz der Öffentlichkeit.

Zehn Minuten später stand ich vor Cornelius' Tür und klingelte. Klingelte. Und klingelte. Es dauerte, bis in der Wohnung endlich «jaja, komme ja schon!» gerufen wurde. Der Dicke war schon im Bett gewesen. Dann öffnete er.

«Entschuldige, dass ich so spät bei dir aufkreuze! Erinnerst du dich noch, wie du mal gesagt hast, dass du immer für mich da bist?»

Cornelius rieb sich ein wenig Schlaf aus den Augenwinkeln.

«Ja, natürlich. Wie man das eben so sagt.»

«Und ich brauche deine Hilfe. Jetzt. Du hast doch diese Kabine in deinem Tonstudio ...»

«Die Sprecherkabine?»

«Ja, genau die. Ich habe unten im Auto einen Albaner, den ich irgendwo schalldicht einsperren muss. Nicht lange. Vielleicht ein, zwei Tage. Bis sich die Lage geklärt hat. Er gehört zur albanischen Mafia. Er ist ein bisschen angeschossen, aber nichts Dramatisches. Er blutet so gut wie gar nicht mehr. Also, du musst dir keine Sorgen machen.»

Während ich auf ihn einredete, fiel Cornelius' Unterkiefer so weit nach unten, wie sein Doppelkinn es erlaubte. Seine fleischigen Lippen wiederholten stumm die befremdlichen Worte «schalldicht einsperren», «albanische Mafia», «ein bisschen angeschossen» und «blutet so gut wie gar nicht mehr». Dann hörte ich ihn kurz schnaufen, und er schloss mir die Tür vor der Nase. Irgendwo auch verständlich. Eine akzeptierbare Wirklichkeit sollte ja zu neunundneunzig Hundertsteln aus Bekanntem, Vertrautem, wenigstens Erwartbarem bestehen, sonst sträubt sich die Seele. Das hier war wahrscheinlich viel zu viel.

Aber ich hatte weder Zeit noch Nerven, um schonende Übergänge zu gestalten. Grimmend drehte ich mich einmal um dreihundertsechzig Grad und hämmerte wütend gegen die Tür. Ein paar Sekunden vergingen, und wieder öffnete Cornelius. So verschlafen wie zuvor. Nur irgendwie verdutzter.

«Ulli? Du? Ich glaub es nicht. Weißt du, was ich gerade geträumt habe? Dass du vor meiner Tür stehst und einen albanischen Mafioso in meinem Studio verstecken willst ...!»

«Genau deswegen bin ich hier.»

«Neee, nicht, oder?»

«Doch. Du musst mir helfen. Du hast es versprochen.»

«Ich habe nie gesagt, dass ich für meine Freunde etwas Saudummes tun würde. Mit so was kannst du kommen, wenn ich Krebs im Endstadium habe.»

Ich wollte ihm klarmachen, dass es überhaupt kein großes Ding sei. Der Albaner habe eine Decke über dem Kopf, der wisse überhaupt nicht, wo er sei. Ich würde ihn auch bald wieder abholen. Und dann wäre alles wie vorher. Cornelius schüttelte immer nur den Kopf.

Alles Reden half nichts. Ich musste zum Äußersten greifen. Ich sah ihm direkt in die Augen.

«So dankst du mir das also», sagte ich bitter, «dass ich dir damals meine Turnhose geliehen habe.»

Die Erinnerung an diesen Gründungsakt unserer Freundschaft verfehlte ihre Wirkung nicht. Cornelius fing an, auf seiner Unterlippe herumzunagen. Es ist für Menschen jüngeren Jahrgangs oder transatlantischer Herkunft, überhaupt für alle, die sich der Idee der universellen Menschenrechte verpflichtet fühlen, schwer zu glauben: Aber wer im Ostdeutschland der siebziger Jahre sein Sportzeug vergessen hatte, musste in Unterwäsche turnen. Und wir sprechen nicht von hippen Boxershorts! Und so erwartete zu dieser Zeit den neunjährigen, aber schon damals etwas übergewichtigen Cornelius das grausame Schicksal, beim Brennball in einem weiten, weißen Schlüpfer über das Feld gejagt und ab und zu unter allgemeinem Gejohle der Jungs und dem Gekicher der Mädchen, inklusive der lieblichen Babette, von einem kiloschweren Medizinball niedergemörsert zu werden.

Kein Wunder, dass er an jenem unvergessenen Tage in Tränen aufgelöst auf der Bank im Umkleideraum saß. Cornelius war in der 3b, mit der meine Klasse seit Anbeginn des Schuljahres verfeindet war, und es bedurfte, nachdem ich in meinem Turnbeutel noch eine alte Langhose aus der Wintersaison entdeckt hatte, all meiner Mitmenschlichkeit, sie ihm rüberzuwerfen. Ich tat es auch erst, nachdem alle anderen schon in der Halle waren. Aber seitdem waren wir Freunde. Der Kleine und der Dicke.

«Na gut», sagte Cornelius schließlich, «bring ihn rein. Aber ich hoffe, du weißt, was du tust!»

Ich ging zum Auto, und mein Sohn und ich brachten, nachdem wir uns sorgfältig umgesehen hatten, den in die Decke gewickelten Murat in Cornelius' Wohnung, in dem drei Räume zum Tonstudio ausgebaut waren. Ich bedeutete Cornelius, der mit großen Augen auf den Vermummten glotzte, nichts zu sagen, in die Küche zu gehen und sich still zu verhalten.

Nach zwei Minuten kam ich zu ihm und übergab ihm die Klinke, die ich an der Innenseite der Tür abgeschraubt hatte.

«Alles geklärt. Wir brauchen nur noch einen Eimer!»

«Wofür braucht ihr einen Eimer?»

«Als Toilette ...?»

Cornelius begann zu schnaufen. Das ginge nun aber wirklich zu weit. Die Sprecherkabine sei kein Abort. Er habe nicht teure Ökomaterialien verbaut, damit irgendjemand darin seinen Darmgestank in den emissionsfreien Schaumstoff dünsten lasse.

«Ich kaufe dir einen Dufttannenbaum!»

Cornelius schüttelte nur fassungslos den Kopf. Ich hätte ja keine Ahnung. Da würden Künstler drin arbeiten! Hochbezahlte Sprecher, Stimmmimosen von Format. Wenn die Latschenkiefer Extrastark oder Lavendel Intense riechen würden, klappten die doch gleich ihre Lesebrille wieder zusammen, und das wär's dann gewesen, kurz und gut:

«Kein Eimer!»

«Na, wie du willst», sagte ich, «auf deine Verantwortung. Dein Risiko.»

Slawa kam aus dem Tonstudio, blieb im Flur stehen und betrachtete seinen Vater und dessen Freund mit unverhohlenem Argwohn. Es war einen Augenblick still, und wenn man sich sehr konzentrierte, konnte man von hinten ein aufs äußerste gedämpftes Gezeter hören. Das Ticken der Küchenuhr war lauter. Beeindruckend, diese Sprecherkabine.

Dann klingelte Slawas Handy. Er zog es aus der Tasche und bedeutete uns, dass er draußen telefonieren werde.

«Wer ist das eigentlich?», fragte Cornelius.

«Das erzähl ich dir, wenn alles wieder vorbei ist», sagte ich.

Cornelius sah mich mit einem Blick an, der mir verriet, dass er nicht daran glaubte, dass etwas, das mit einem blutenden Albaner in seiner Sprecherkabine begann, irgendwann zu Ende sein würde.

«Mach einfach niemandem auf, den du nicht kennst. Und wenn Maike anruft und fragt, ob du weißt, wo ich bin ...»

«Dann werde ich ihr leider die Wahrheit sagen müssen», entgegnete Cornelius zu meiner Überraschung. «Denn ich weiß ja nicht, wo du bist!»

Dann grinste er verschwörerisch und gab mir die Hand. Man braucht gar nicht so viele Freunde, wie die Leute immer denken. Zwei reichen: ein richtiger und dann noch ein Ersatzfreund.

Mir wurde leichter ums Herz. Was für ein Abend! Halb elf. Es war jetzt noch genug Zeit, um Slawa zurück zu seiner

Mutter zu bringen, ihm ein bisschen den Kopf zurechtzurücken, ihm das Versprechen abzunehmen, wieder zur Schule zu gehen und das Abitur zu machen. Er war ja kein schlechter Junge, soweit ich das in der Kürze beurteilen konnte. So ist das eben, manchmal brauchen Jungs in diesem Alter einen kleinen Stups. Morgen würde Jelena das Jugendamt informieren, dass der Stromer wieder ins geordnete Leben zurückgekehrt sei. Die Sache wäre vom Tisch. Man musste noch diese fürchterliche Pistole bei der Hausverwaltung abgeben, und fertig.

Doch als ich aus dem Haus auf die Straße trat, war Slawa verschwunden. Ich sah nach links, ich sah nach rechts, ich sah zurück ins Treppenhaus. Hielt den Atem an, um besser hören zu können, ob er irgendwo telefonierte. Nichts.

Ich konnte es nicht fassen.

Er war wie vom Erdboden verschluckt.

***

Angesichts der kritischen Nachprüfung durch das Ausländeramt zeigte sich, dass Günther doch ein alter Hase im deutsch-russischen Heiratsvermittlungsgeschäft war: Hatte ich doch immer, wenn ich von Jelena Jefimkina aus Tomsk Post bekommen hatte, am nächsten Tag brav, wenn auch etwas automatisch, den jeweiligen Antwortbrief in den Postkasten geworfen, wie Günther es mir angewiesen. In den vierten und in den sechsten Brief hatte ich ihr sogar ein Foto von mir hineingesteckt. Ein Bild von meiner Donaudampferfahrt 1992 und eines, das mich beim Federballspiel zeigte. So war über die Monate bis zu Jelenas Ankunft ein hübscher Briefwechsel zusammengekommen. Ihren ersten und ihren elften Brief hatte ich sogar gelesen. Im ersten stand nur banales Zeug. Im elften standen, wie von Günther geplant, ihre Reisedaten und dass sie sich freue, mich endlich zu sehen. Na gut, es war dann bei der Vorfreude geblieben. Insgesamt war ich aber doch froh, dass ich mir den Schmonzes nicht noch selbst aus den Finger hatte saugen müssen und stattdessen auf Günthers vorgefertigte Briefe zurückgreifen konnte.

Nun saßen wir am angewiesenen Dienstag also wieder vor Herrn Herrmann in Zimmer 27.

«Telefoniert haben Sie gar nicht? Okay. Aber Sie haben geschrieben, oder? Sehr gut. Könnte ich ein paar von den Briefen sehen?»

Herr Herrmann betonte, dass wir ihm den Briefwechsel nicht zeigen müssten, das sei absolut freiwillig. Aber es würde ihm bei der Beurteilung unserer Beziehung natürlich sehr helfen. Das war Erpressung von Amtsseite, aber nichts anderes. Egal. Ich gab ihm Lenas Briefe. Lena gab ihm meine. Wie besprochen. Herr Herrmann blätterte sie durch. Einen gab er mir gleich zurück.

«Der ist noch nicht geöffnet.»

Kein guter Auftakt.

«Den … wollte ich … mir aufheben.»

Nachdem Herr Herrmann die Briefe nach dem Poststempeldatum sortiert hatte, nahm er sich die ersten beiden und las ein bisschen darin herum. Dann begann er zu zitieren.

«Ihre russische Freundin», Herr Herrmann betonte das Wort «Freundin» mit einer gewissen Süffisanz, «schreibt in ihrem ersten Brief, ich zitiere: ‹Ich wohne in Tomsk. Meine Mutter arbeitet in Krankenhaus. Meine Vater arbeitet in Fabrik. Ich habe eine Hund. Sie heisst Lapotschka.› Das ist alles. Mehr schreibt sie nicht.»

«Ich konnte noch nicht gut Deutsch», entschuldigte sich Lena.

«Das ist verständlich. Aber jetzt möchte ich Ihren Antwortbrief vorlesen, Herr Hasselmann: «Liebe Jelena. Dein Brief hat mich sehr gefreut. Was du schreibst, ist sehr interessant. Ich musste lange darüber nachdenken ...»

Herr Herrmann sah vom Brief auf und blickte mich durchdringend an. Warum hatte ich diese Briefe nie gelesen?

«Worüber haben Sie denn so lange nachgedacht?», fragte er.

«Wie das so ist in Tomsk. Im Krankenhaus. In der Fabrik», antwortete ich. «Ich habe mich gefragt, was für eine Fabrik das sein mag. Es gibt ja viele Fabriken, da kann man lange nachdenken.»

«Wenn man sonst nichts zu denken hat ...», räumte Herr Herrmann ein. «Komisch nur, dass diese Gedanken Sie in Ihrem Antwortbrief offenbar nicht weiter beschäftigen. Stattdessen schreiben Sie geradewegs: ‹Vielleicht kannst du mal nach Deutschland kommen. Ich habe mich nämlich in dich verliebt.›»

Das war es also, was Günter mit effektivem Briefwechsel meinte.

«Ja, ich hatte mich verliebt», erklärte ich, «sofort. So eine Frau hatte ich mein Leben lang gesucht.»

Herr Herrmann legte den Brief vor sich ab. «Sie sind jetzt sechsundzwanzig Jahre alt. Sie haben all die Jahre eine Frau gesucht, deren Mutter im Krankenhaus und deren Vater in einer Fabrik arbeitet? War das Ihr einziges Kriterium?

«Ich weiß, das klingt anspruchslos. Aber ich habe gerne ein bisschen Auswahl.»

Herr Herrmann begann, die Utensilien auf seinem Schreibtisch neu zu ordnen. Er wartete offenbar, dass der Schwachsinn da vor ihm endlich Selbstmord beging. Aber ich hatte mehr Entschlossenheit als wirklich gute Ideen.

«Aber sehen Sie, Sie haben das mit dem Hund vergessen. Lapotschka. Das heißt Pfötchen. Der Hund heißt Pfötchen. Ist das nicht niedlich? Ist das nicht zum Verlieben niedlich?»

Mit einem Räuspern vertrieb Herr Herrmann diese Kapitulation des kritischen Menschenverstandes. Dann las er weiter und meinte:

«Ihnen werden die flotten Sprüche schon vergehen. Und zwar zum Beispiel an dieser Stelle. Sie schreiben, wie bereits gesagt, blablabla: ‹Ich glaube, ich habe mich in dich verliebt.› Und dann kommt: ‹Dein ...›»

Herr Herrmann legt seinen Zeigefinger auf das letzte Wort.

«Das ‹Dein› ist übrigens noch mit der Schreibmaschine geschrieben. Dann kommt etwas weiter unten eine gepunktete Linie, und auf der steht Ihre eigenhändige Unterschrift.»

«Da ist eine gepunktete Linie?», erkundigte ich mich mit trockener Kehle. In der Hölle sollst du schmoren, Kuppel-Günther! Die Leberzirrhose soll dich holen!

«Ja, und Sie haben mit ‹Hasselmann› unterschrieben! Sie haben Ihre Liebeserklärung mit Ihrem Nachnamen unterschrieben. Das ist ungewöhnlich, finden Sie nicht? Hier steht nicht ‹Dein Ullrich›, hier steht ‹Dein Hasselmann›.»

Herr Herrmann faltete den Brief zusammen. Erledigt.

Ich Blödmann! «Dein Blödmann» hätte dort stehen müssen. Meine eigene Naivität, der kaukasische Brotschnaps und Günthers leichtsinnig hingetippte Vorlagen hatten mich in diese Lage gebracht. Dabei hätten wir Herrn Herrmann mit diesem monatelang geführten Briefwechsel doch erstklassig überzeugen können!

Schweigen. Herr Herrmann sah in seinen Terminkalender, nach dem nächsten Termin. Er erwartete, dass wir uns still aus seinem Amtszimmer zurückzogen.

«Es ist sein Kosename», fiel Lena plötzlich ein, «alle Freunde sagen so. Ich sage auch Hasselmann zu ihm.» Sie schaute her, klimperte mit den Wimpern und flötete mit der ganzen Kraft ihrer herben Stimme: «Mein Hasselmann. Du bist mein guter Hasselmann!»

«Ach nee», sagte Herr Herrmann trocken, aber auch etwas enttäuscht.

Yippie! Hochzeitsglocken! Ich höre euch schon! Du unerschrockene, verschlagene Russin! In weißen Schleiern werde ich dich ins Standesamt führen, und die Beamtin wird dich fragen: «Wollen Sie diesen Ullrich zu Ihrem Hasselmann nehmen?»

«Trotzdem», Herr Herrmann harkte die auf seinem Tisch verstreuten Briefe wieder zusammen, «dieser Briefwechsel hinterlässt bei mir nicht den Eindruck einer emotional plausiblen Partnerschaft. Das reicht nicht. Ich werde Sie weiter prüfen. Und zwar ...» Er sah Lena scharf an: «In Einzelgesprächen. Sie hören von mir.»

Ein Bleistift mittlerer Härte

Am Nachmittag rief ich Günther an. Ich sagte ihm, dass sich alles äußerst ungünstig entwickle und das Ausländeramt immer weniger von unserer großen deutsch-russischen Liebe überzeugt sei, was nicht zuletzt mit seinen bekloppten Musterbriefen zu tun hätte. Günther überging den Vorwurf, prahlte, damit habe er natürlich gerechnet, das sei überhaupt kein Problem, das komme häufig vor, kein Grund zur Panik. Selbst, wenn bei den ersten Terminen noch nicht das Bild eines romantischen Liebespaars entstanden wäre, sei noch nichts verloren. Das Wichtigste seien nun die persönlichen Einzelgespräche, dort würden es die meisten vergeigen. Wer hier nicht beweisen könne, dass er mit seiner Traumfrau bestens vertraut ist, könne sich den Deal abschminken. Aber er würde mir eine Liste mit Aufgaben und Fragen schicken, die ich mit Jelena Jefimkina abarbeiten müsste. Es wäre eine geheime Liste, und ich dürfte niemandem davon erzählen. Auf ihr stünden all die Punkte, die man wissen müsste, um vor deutschen Behörden jeglichen Verdacht einer Scheinehe zu zerstreuen.

«Ich hoffe, dass diese Liste nicht auf Ihrem Mist gewachsen ist», sagte ich böse. «Ihre Briefe waren der letzte Scheiß.

Wenn Fräulein Jefimkina nicht so geistesgegenwärtig gewesen wäre, säße sie jetzt schon wieder im Flieger nach Tomsk.»

Nein, sagte Günter, diese Liste komme nicht von ihm. Sie sei ein Produkt jahrelanger kollektiver Anstrengung. Sie sei erprobt. Aber sie enthalte zweihundertfünfundsechzig Fragen, und die müssten wir fehlerfrei beantworten können. Kopf hoch. Er drücke mir die Daumen.

In zehn Monaten wollte ich meine Doktorarbeit abgeben. Ich hatte eigentlich keine Zeit für tagelange Rekapitulationen.

«Von so was war nie die Rede», beklagte ich mich am Telefon, «ich sollte sie heiraten, und gut ist.»

«Warum nehme ich wohl nur Hochschulabsolventen? Warum?», bellte Günther zurück. «Machen Sie ein paar von Ihren grauen Zellen frei, und lernen Sie die Verwandtschaft und den ganzen Schmusekram Ihrer Dame auswendig. Und Ihren eigenen Privatkrempel trichtern Sie Ihrer Zukünftigen ebenso ein.»

Am nächsten Morgen lag Günthers Brief im Postkasten.

Zweihundertfünfundsechzig Fragen. Von «Wie heißt die Großmutter Ihrer Freundin mit Vornamen?» bis «Rasiert sich Ihr Freund trocken oder nass?» Es war richtig Arbeit.

Jelena kam aus dem Bad und rubbelte sich die Haare trocken. Sie fläzte sich breitbeinig in meinen Drehstuhl, rutschte damit an die Heizung und breitete ihre Haare zum Trocknen darüber. Ihr Bademantel war an der Brust ein bisschen verrutscht. Ich hatte sie noch nie nackt gesehen. Um genau zu sein: Bis eben war mir noch nicht aufgefallen, dass ich sie noch nie nackt gesehen hatte. Aber jetzt fiel es mir auf. Vielleicht nur, weil sich plötzlich eine Möglichkeit bot, sie eventuell mal nackt zu sehen.

«Hat Günther die Fragen geschickt?», fragte sie.

Ich schob den Brief zwischen meine Unterlagen.

«Nein», log ich, «aber es ist sicher morgen in der Post. Lange wird das nicht dauern.»

Am nächsten Tag tippte ich in der Unibibliothek Günthers Brief fein säuberlich ab, fügte aber ein paar Fragen hinzu. Ich druckte ihn aus, um danach noch seine Unterschrift zu fälschen.

Lena war einigermaßen überrascht, als ich am Abend – «Heute war er schon im Briefkasten!» – die Fragen mit ihr durchging. Sie stutzte des Öfteren, bei Frage zweihundertsechsundsechzig fragte sie ungläubig nach:

«Und das heißt wirklich: Wo hat ihre Freundin ... Leberflecke? Eto schutka.»

Großzügig zeigte ich ihr den Brief. Wenn man keine Fälschung erwartet, sieht man auch keine Fälschung.

«Na ja, ist doch klar», erläuterte ich, «die gehen davon aus, dass wir ein Liebespaar sind. Dass wir schon mal, du weißt schon, was ...»

«Ponjala. Ich habe eine Leberfleck unter der rechten Brust. Kannst du merken!»

So richtig schien mein Plan nicht aufzugehen.

«Du, ich glaube, die wollen, dass ich alle Leberflecke weiß.»

«Alle?»

Lena sah skeptisch an sich hinab.

«Ich habe noch Leberflecke, aber ... wie viele? Vielleicht sind auch welche auf Rücken?»

«Es hilft nichts», sagte ich, «wir müssen nachsehen.» Ich fand das ‹wir› irgendwie versöhnlicher.

Es stellte sich heraus, dass Lena sieben Leberflecke auf dem Rücken hatte. Es war ein schöner, kräftiger Rücken mit winzigen blonden Flaumhärchen, die sich wahrscheinlich wundervoll anpusten ließen. Und sie hatte noch zwei weitere Leberflecke auf dem Hintern. Sie wippte auf den Fußballen auf und nieder, während sich ihr straffes Gesäß, die Kraftquelle ihres furiosen Antritts beim Volleyball, zusammenzog und wieder entspannte. Eine Mischung aus Erregung und Furcht sickerte durch meinen Körper.

«Bei Frage zweihundertsiebenundsechzig wird es leichter», sagte ich. «Hier: Nennen Sie drei erogene Zonen Ihres Freundes.»

Lena, die sich die Hose wieder hochgezogen hatte und gerade den Pullover überstreifte, fuhr herum.

«Waaaas?»

«Erogene Zonen. Also so Zonen, wo man ... erregt wird, wenn man sie ... streichelt», antwortete ich vorsichtig. «Aber sie wollen ja nicht alle erogenen Zonen wissen. Nur drei.»

Lena zog sich die Haare aus dem Pullover.

«Das sind Faschistui. Nicht mal der NKWD wollte wissen so was! Also, Hasselmännlein: Wo sind deine Zonen?»

Ich schwieg so betreten, wie ich konnte.

«Nun was? Hast du Scham? Ich habe dir Rücken gezeigt! Du musst nur sagen. Ich lerne dann auswendig.»

«Also ... ich weiß es nicht.»

«Was bedeutet: Ich weiß es nicht? Du weißt nicht erogenste Zonen? Du musst doch merken, wo du erogenisiert wurdest?»

Ich sagte ihr, dass ich noch nie mit einem Mädchen geschlafen hätte. Lena verstand es nicht. Ich war fünf Jahre älter als sie. Was sollte das? Sei ich schwul? Hatte ich ein voreiliges Gelübde abgelegt, damit Mutti vom schlimmen Schnupfen geheilt wird? War es ein Unfall beim Bockspringen?

«Nein, außerdem habe ich schon mal beinahe eine Freundin gehabt. Genauer gesagt, ich habe sogar schon zweimal beinahe eine Freundin gehabt. Aber es sollte eben noch nicht sein.»

«Zweimal! Beinahe! Mit sechsundzwanzig! Du bist ja ein richtiger ... wie sagt man ... Rumtreiber!»

«Ich hatte ein paar Startschwierigkeiten in der Entwicklung meiner Männlichkeit. Okay? Der Sport war schuld. Normalerweise ist Sport ja nicht so das Hemmnis für die sexuelle Reifung, und auf die allermeisten sportlichen Betätigungen mag das zutreffen. Aber als ich heranwuchs, war mein Sport das Rudern.»

«Rudern? Du warst Ruderer? Wo warst du Ruderer? Bei den Pygmäen?»

«Nein», begann ich meine Erklärung, unsicher, ob ich mich Jelena Jefimkina so weit öffnen solle, «nein, ich war selbst kein Ruderer. Ich war Steuermann eines erfolgreichen Doppelvierers. Eine Idealbesetzung. Klein und leicht. Wenn meine Ruderer mich nach einem Sieg ins Wasser warfen, wie es in diesem Sport Brauch ist, flog ich meterweit, so leicht war ich. Bei Ruderturnieren auf engeren Kanälen mussten sie aufpassen, dass sie mich nicht ans andere Ufer warfen.

Ich muss dir nicht sagen, dass meine athletischen Altersgenossen, die Ruderer meines Doppelvierers, mir in allem voraus waren. Sie rasierten sich täglich. Sie prahlten schon mit vierzehn Jahren mit ihren nächtlichen Besuchen in den Schlafsäcken ihrer Sportkameradinnen bei auswärtigen Wettkämpfen. Sie lachten, schwitzten und schnauften, während ich am Ende des Bootes saß und das halbe Jahr über fror. Wir trainierten nämlich, sobald und solang das Wasser frei war, vom März bis zum November.

Hinzu kam noch ein besonders erniedrigendes Detail: Die Bestimmungen der Sportbootverordnung sahen vor, dass in den dunkleren Monaten das Boot mit einer von allen Seiten gut sichtbaren Leuchte auszustatten sei. Und diese Leuchte trug ich auf dem Kopf. Es war ein Lämpchen auf einer Flachbatterie, die von einem Bändchen gehalten wurde, das unter meinem Kinn zusammengeknotet wurde.

Lass es mich mal so sagen: Wenn man in Richtung Geschlechtsreife unterwegs ist, sollte man kein Lämpchen auf seinem Kopf tragen, das von einem Bändchen unter dem Kinn gehalten wird. So sollte man in der Pubertät einfach nicht aussehen. Es war kein Wunder, dass ich mich nicht als ein männliches Wesen begriff. Niemand tat das.

Ich war schon fünfzehn, als im Sommertrainingslager Disco war. Etwas Einsameres kann man sich gar nicht vorstellen als einen kleinen Steuermann in einer Rudererdisco. Du sitzt einfach da und starrst in einen Wald von Beinen. Doch dann spielten sie ‹Hiroshima› von Wishful Thinking. Langsame Runde. Alles fiel sich gegenseitig in die Arme, um sich die Halsbeugen zu beschnuppern, und schwenkte umher. Da habe ich mir ein Herz gefasst und bin zu Fritzi rüber. Fritzi war die Steuerfrau bei den Mädchen und noch viel kleiner als ich. Obwohl sie klein war, oder vielleicht gerade weil, hatte sie ein ziemlich freches Mundwerk, und ich fürchtete mich ein bisschen vor ihr. Aber diesmal hatte ich Glück. Alle waren auf der Tanzfläche, keiner da, vor dem sie sich beweisen musste. Sie meinte ‹na gut› und kam mit.»

«Sie hat gesagt ‹na gut›? Hattest du wieder deine Lampe auf dem Kopf?»

«Nein, natürlich nicht. Mach dich nicht lustig über mich. Es war der Wahnsinn. Sie legte tatsächlich die Arme um meinen Hals und schwenkte los mit ihren Hüften. Du kannst dir nicht vorstellen, wie das ist, wenn man zum ersten Mal in seinem Leben ein Mädchen anfassen darf. Ich hatte meine Hände an ihrer Taille und durfte fühlen, wie sie sich bewegte. In dieser ganz speziellen Weise. So nachlässig oder vorsichtig – ich weiß es nicht –, aber unvergleichlich geschmeidig. Frauen können ja gar nicht anders als sich weiblich bewegen. Schon verrückt, oder?»

«Du erzählst, als wenn es Höhepunkt gibt in der Geschichte.»

«Ja, nach einer Weile tanzten wir Wange an Wange. Ich hätte mich nur ein bisschen zu ihr eindrehen müssen, und meine Lippen wären auf ihren Lippen gewesen.»

«Hätte ... gewesen? Willst du sagen ...?»

«Ja, ich habe zu lange gezögert. Kennst du ‹Hiroshima›? Der Sprecher im Hintergrund fing schon an zu sprechen, der Chor sang immer wieder ‹Hiroshima›, dann war das Lied vorbei. Und Fritzi setzte sich wieder hin.»

«Das ist alles? Und du? Du hast dich auch wieder hingesetzt?»

«Ja, ich habe dann die ganze Zeit auf die Gelegenheit gewartet, noch mal eine langsame Runde mit ihr zu tanzen, aber es kam keine mehr. Ein halbes Jahr später musste ich Schluss machen mit dem Rudern. Ich hatte mir im Herbst eine Nierenentzündung geholt.»

«He, was? Du hast gemusst ihr hinterherlaufen. Du hast gemusst vor ihrer Tür stehen. Du hast gemusst sie einladen.»

«Nein, so was kann ich nicht. Das ist mir zu zwanghaft. Fritzi hat doch gespürt, dass ich etwas von ihr wollte. Ich war schon mindestens drei Zentimeter ihre Wange entlanggerutscht!»

«Ach, Frau und gespürt. Frau spürt spät! Du musst kommen wie Jesus. Du musst retten die Frau vor andere Männer. Du musst sein deine eigene Religion! Mission, Mission!»

«Ja, bis zur Missionarsstellung. Nein, Lena, ich glaube an

die große Liebe. Ich glaube daran, dass es beide sofort wissen, wenn die Liebe da ist, dass es sofort um beide geschehen ist.»

«Aber das ist dumm. Die Menschheit stirbt aus, wenn alle Männer sind wie du.»

«Nein, das ist nicht dumm. Ich werde mich keiner Frau aufdrängen! Nicht mal drei Zentimeter dicht! Nie wieder!»

«Was willst du? Eine Brief von Rechtsanwalt? Von Notar? Bekunde offiziell meine Wille, dass kleine Herr Hasselmann mich anfassen kann! Ullischek-saitschik!

«Mach deine Witze! Ich werde es erleben. Ich glaube an die Liebe. Macht ihr doch alle, was ihr wollt. Möchtest du das zweite Mal wissen?»

«Ist das auch so spannend? Nachher kann ich nicht schlafen.»

«Sie hieß Jana. Sie war eine Kommilitonin, die mich um Rat gefragt hatte. Sie hatte Probleme mit einem Palimpsest.»

«Damit hätte ich auch Probleme. In Russland kommst du in Gefängnis, wenn du machst Palimpsest!»

«Du meinst Inzest, Lenotschka. Ein Palimpsest ist ein Pergament, das ausgekratzt und wieder überschrieben wurde. Wie auch immer, ich hatte gleich das Gefühl, dass sie nicht nur meine Hilfe schätzte. Wir trafen uns ein paarmal in der Mensa, dann begleitete ich sie einmal heim, und sie schüttete mir ihr Herz aus. Ihre Beziehungsprobleme, dass ihr Freund sie wie den letzten Dreck behandelte, die schwere Erkrankung ihrer Mutter, die Teilnahmslosigkeit ihres Vaters, die schwierige Beziehung zu den Schwestern, die jede für sich um die Liebe der Eltern buhlten und sich gegenseitig bei der jeweils anderen anschwärzten, sie erzählte mir alles, sogar intime Dinge, was ihr Freund von ihr beim Sex wollte und so. Ich war völlig baff. Wir waren unterdessen bei ihr zu Hause angelangt, und sie redete einfach weiter, die Treppe hoch, in ihr Zimmer hinein, wir saßen auf ihrem Bett, an verschiedenen Enden natürlich, aber doch irgendwie ... Sie lachte, sie regte sich auf, sie weinte, und es war echt schon spät geworden. Dann, als sie einen besonders heftigen Weinkrampf bekam, habe ich sie in den Arm genommen und gestreichelt. Sie ließ es geschehen.»

«Komm, Ullischek! Das kann nicht schiefgehen! Wie kann das schiefgehen? Ist das Haus umgefallen?»

«Als sie wieder ruhiger wurde, habe ich versucht, sie zu küssen. Ich war mir völlig sicher. Die Mensa, der Spaziergang, das Bett. Wohin wollte sie denn noch mit mir? Unter die Dusche? Natürlich durfte ich sie küssen. War doch klar!»

«Du hattest Erlaubnis. Du hast so lange zugehört! Du hast dir Kuss verdient. Mit deinen Ohren hast du Kuss verdient.»

«Aber sie? Sie entzog sich mir, hob ihre Hände und sagte: ‹Sorry, Ullrich, das geht nicht! Dafür kennen wir uns mittlerweile zu gut!› Verstehst du? Sie hat nicht etwa gesagt: Dafür kennen wir uns noch nicht gut genug. Sie hat gesagt: ‹Dafür kennen wir uns mittlerweile zu gut.›»

«Das hat sie gesagt? Das ist Trauma! Und dann du bist gegangen, aber mit Türknall?»

«Nein, wir haben weitergeredet, so bis halb eins. Dann musste ich gehen, weil ihr Freund angerufen hat und vorbeikommen wollte.»

Lena stand da, an meinen Schreibtisch gelehnt, die Arme vor der Brust verschränkt.

«Du hast schlechte Prognose. Du hast nicht viel Geld, nicht viel Ehre, nicht viele Hormone. Vielleicht schläft ja mal Mädchen aus Mitleid mit dir.»

Ich erklärte ihr, dass es mir nicht darum gehe, einfach nur so mit irgendeinem Mädchen zu schlafen. Ich saß auf dem

Bett, und Lena kam und hockte sich vor mich hin. Sie umfasste mit beiden Händen meine Knie.

«Glupuisch! Du musst wissen, wie Sex ist, wenn die große Liebe kommt! Wenn deine große Liebe dir zeigen muss, wie Sex ist, wird sie nur noch sein kleine Liebe. Denk nicht an Liebe, denk an Sex!»

Sie rieb mit ihren Händen an meinen Knien herum, bis ich sie festhielt.

«Ich bin kein Dummerchen! Ich will nur nicht mit einer Frau ins Bett gehen, die ich nicht liebe. Das wäre egoistisch. Und ich will nicht mit einer Frau ins Bett gehen, die mich nicht liebt. Nachher lacht sie mich aus.»

«Mit einer Frau ins Bett gehen», wiederholte Lena. «Marsch! Marsch! Deutsche müssen immer gehen. Geh mal auf Rücken, Hasselmännchen!»

Auf ihren Pragmatismus war Verlass. Lena sagte, sie werde jetzt nach meinen erogenen Zonen suchen. Aber sie werde aufhören, sobald sie drei gefunden habe. Und ich solle nichts Falsches hoffen, denn sie werde dazu einen Bleistift benutzen. Ich habe nur zu befolgen. Und zwar mit Augen zu und Schweigen.

Halten wir das mal fest: Das erste Mal, dass mich eine Frau intim berührte, war mit einem Bleistift. Ein Bleistift, der mit dem stumpfen Ende in meinen Socken, Hosenbeinen und meinem Hemd herumfuhr. Hin und wieder kam es zu einem Aufstand in meiner Hose.

«Innenseite Mitte rechte Fußsohle, fünfter Lendenwirbel, rechte Brustwarze», resümierte Lena.

«Was ist mit der linken Brustwarze?», hob ich den Kopf.

«Ich brauche nur drei Zonen!», sagte Lena.

«Ach, komm!», bettelte ich. «Bei Behörden kann man sich nie sicher sein. Nachher stellen sie dir noch eine Zusatzfrage!»

«Drei!», beschied Lena und erhob sich. Ich hatte eine Hosenpyramide erhabenen Ausmaßes. Von wegen keine Hormone! Lena legte den Bleistift mit einer gewissen Betonung zurück auf den Tisch. Es war ein Koh-i-noor Hardtmuth, Härte HB. Ich werde es nie vergessen.

Du musst mich übergehen

Ich hatte Slawa schon aufgegeben und schloss gerade meinen Wagen auf, als ich am Ende der Straße ein anderes Auto aus der Parkreihe ausscheren sah. Und obwohl ich auf die Entfernung nichts erkennen konnte, war ich mir sofort sicher, dass Slawa in diesem Wagen saß. Es gibt Gegenden, wo ein schwarzer BMW X 5 einfach nicht hinpasst. Und dies war so eine Gegend.

Ich sprang ins Auto und fuhr ihm hinterher. Als ich hinter ihm an einer Ampel hielt, sah ich, dass mich mein Gefühl nicht getrogen hatte. Slawa, zwischen zwei anderen auf der Rückbank sitzend, ahnte es wohl auch, drehte sich um und sah mich durch die Heckscheibe an. Ich sah in seinem Blick, dass er sich fragte, was seine Mutter mit diesem Mann, der da hinter ihm in einem VW Polo am Lenkrad hing, zusammengeführt hatte. Ich sah, dass er hoffte, dass es nicht wahr sein möge. Ich sah, wie ihm langsam aufging, dass er den geplatzten Traum von seinem erfolgreichen Unternehmervater gegen einen Albtraum von biologischem Vater eingetauscht hatte. Dann drehte er sich wieder um. Aber ich war entschlossen. Laut sprach ich gegen die Windschutzscheibe die Bibelworte: «Ich lasse dich nicht, es sei denn, du segnest mich!»

Slawa machte derweil seine Mitfahrer auf mich aufmerksam. Sie warfen ebenfalls einen Blick durch die Scheibe, entschieden aber sichtlich, dass es ihnen egal sei, ob ich hinter ihnen herfuhr oder nicht. Offenbar fühlte man sich in diesen Kreisen nicht von einem VW Polo verfolgt.

Der BMW fuhr in den Osten, in ein altes Industrieviertel, in dem heute hauptsächlich Amüsierbetriebe ihr Domizil hatten. Wir fuhren vorüber an aufreizenden Neonreklamen, die alte Werkshallen zierten, und bogen in eine Nebenstraße ein. An der Mauer eines Gebäudekomplexes am Ende der Straße befand sich eine billige Plastiktafel, auf der «IS-Hausverwaltung» stand. Der Wagen hielt kurz an der Toreinfahrt, und während die Schranke hochging, stieg der Mann rechts neben Slawa aus. Ein bulliger Mann mit einem gutsitzenden, schwarzen Glanzsakko. Er stellte sich vor die Schranke, während ich am Straßenrand parkte.

«Ich bin der Vater von Slawa Jefimkin», eilte ich auf ihn zu, «und mein Sohn ist eben mit irgendwelchen Ihrer – ich sag jetzt mal – Kollegen hier auf dieses Betriebsgelände gefahren!»

Als ich vor ihm stand, bekam ich einen Schubs, der mich auf die Straße torkeln ließ. Ich zog Hose und Jacke zurecht und ging langsam, aber entschlossen wieder auf ihn zu. Ich deutete auf das Schild der Hausverwaltung.

«Ich weiß mit einiger Sicherheit, dass mein Sohn heute Abend für diese Hausverwaltung im Einsatz war, und dabei sind Dinge geschehen, die ich mit einem Verantwortlichen …»

Diesmal war der Mann im schwarzen Glanzsakko mir einen Schritt entgegengekommen und hatte mich erneut geschubst, aber nicht frontal, sondern an der linken Schulter, sodass ich mich beim Fortgeschleudertwerden zweimal um die eigene Achse drehte und erst an einer Straßenlinde Halt fand. Als ich mich wieder halbwegs orientiert hatte, sah ich, wie ein Streifenwagen, der an der Einfahrt zur Nebenstraße gestanden hatte, sich jetzt langsam in Bewegung setzte und zu uns einbog. Die Anwesenheit einer Polizeipatrouille flutete mich mit Mut. Also ging ich diesmal hurtig auf den Mann zu, gerade so, als würde ich mir an seiner rechten Seite vorbei den Zugang zum Hof verschaffen wollen, aber nur, um dann kurz vor ihm scharf umzuschwenken und links an ihm vorbeizuhuschen. Doch der Mann war flinker, als seine massige Gestalt vermuten ließ. Mitten in meinem Schwenk sprang er vor und schubste mich derart heftig vor die Brust, dass mein linkes Bein meinem rechten Bein ein Bein stellte. Nur heftiges Armrudern bewahrte mich davor, in den Rinnstein zu stürzen.

Der Streifenwagen hielt und ließ kurz ein Signal aufheulen, dann stieg auf der Beifahrerseite ein Polizist aus, der seine Unerschrockenheit in diesem Milieu mit einem markigen «Was soll'n das werden, wenn's fertig ist?» kundtat. Er machte ein paar Schritte in unsere Richtung, sagte seinen Namen und seinen Dienstgrad auf und zeigte mit seinem Zeigefinger auf das Gesicht des Torhüters.

«Ich habe gesehen, dass Sie diesen Mann mindestens dreimal geschubst haben. Beim letzten Schubsen wäre er fast hingefallen.»

Mister Glanzsakko stand unbewegt. Dann sprach er mit der festen Stimme eines Mannes, der ohne größere Umwege im Bildungswesen zu seiner Berufung gefunden hatte:

«Ja und? Is' hier Schubsverbot, oder was? Das ist Betriebsgelände. Wenn der hier rein will, schubse ich ihn raus. Und ich schubse den so oft, wie ich will. Ich schubse den bis Paris, wenn er es drauf anlegt.»

Der Polizist griff in einer ersten Regung an seinen Gummiknüppel, um irgendwas «ein für alle Mal» klarzustellen, dann aber schob er den Unterkiefer hin und her, als kaue er unhörbar auf dem Wort «Grauzone» herum. Die letzte diesbezügliche Schulung lag wohl schon etwas länger zurück.

«Sie bleiben hier stehen», sagte der Polizist. «Ich bin gleich wieder bei Ihnen.»

Er ging zum Streifenwagen zurück und sprach mit seinem Kollegen. Hin und wieder hörte man «Tätlichkeit» und «Strafgesetzbuch» und «Grundstücksgrenze» und «Schengenraum ist Quatsch». Dann kam er zurück.

«Also, das geht in Ordnung. Sie dürfen den Mann schubsen. Aber, mein lieber Freund, nur von hier ...», er schritt einen kleinen Weg vor der Einfahrt zum Gelände ab, «... bis hier! Sie dürfen ihn eben nicht einfach kreuz und quer durch die Gegend schubsen! Damit wir uns da richtig verstehen: Sie dürfen ihn ganz bestimmt nicht», die Stimme des Polizisten ging höhnisch in die Höhe, «bis Paris schubsen!»

Mister Glanzsakko nahm es ungerührt entgegen. Der Polizist wirkte unzufrieden. Dass er hier extra ausgestiegen war, nur um einem eher verdächtigen Typen zu bestätigen, dass er grundsätzlich richtig handelte, wurmte ihn. Er wippte ein bisschen auf den Schuhspitzen hin und her. Er überlegte sichtlich, ob nicht doch noch irgendwie eine förmliche Belehrung erteilt werden könne.

«Und geschubst wird überhaupt nicht so, wie Sie das machen ...»

Der Polizist winkte mich mit knapper Geste zu sich und bedeutete mir, ihm die Brust zu bieten. Dann drückte er mich mit beiden Händen langsam von sich weg und stieß mich erst im letzten Drittel der Bewegung fort. Der Druck war wesentlich schwächer, und ich stolperte nur anderthalb Schritte nach hinten Richtung Einfahrt.

«Wie jetzt?», fragte Glanzsakko und schubste mich wieder vor, etwas sachter als bisher, aber immer noch so kräftig, dass ich wieder völlig aus dem Lot geriet. Der Polizist riss die Hände auseinander.

«Hallo? Genau das meine ich! Wollen Sie ihm das Genick brechen?»

Er schubste mich noch einmal, so, wie es richtig war. Es wirkte fast chiropraktisch, als hätte er eine Art Heilschubsen erfunden.

«Das Schubsen», betonte der Polizist jedes Wort, «muss ohne Verletzungen und ohne Beeinträchtigung des Wohlbefindens vonstattengehen. Es dient ausschließlich der Abwehr des unbefugten Betretens. Haben wir uns da verstanden?»

Der Mann im Glanzsakko zuckte unschlüssig mit den Schultern und schubste mich noch mal probeweise. Weniger aggressiv, eher beiläufig.

«Schon besser», sagte der Polizist und schubste mich zu Übungszwecken noch einmal zum Torhüter zurück. In den Betriebsgebäuden, im linken Flachbau, entdeckte ich nun Slawa und drei Typen am erleuchteten Fenster. Sie schauten stumm, vielleicht auch ein bisschen irritiert herunter und beobachteten, wie ich in der Toreinfahrt zwischen dem Polizisten und Glanzsakko hin- und hergeschubst wurde. Ich winkte Slava, um ihm zu bedeuten, dass mit mir alles in bester Ordnung sei. Kurioserweise winkte er zurück. Nein, im Hin und Her des Geschubstwerdens täuschte ich mich: Nicht Slawa, der Mann neben ihm war es, er hatte das Fenster geöffnet und winkte. Er winkte kurz, wie ein Mann winkt, der hier als einziger Irgendjemand was zu winken hatte. Er winkte mich, er winkte uns hinein.

***

Lena und ich waren in den entscheidenden Wochen nicht die Einzigen, die sich akribisch auf die Einzelgespräche vorbereiteten. Herr Herrmann, der Mann, der es sich zur Lebensaufgabe gemacht hatte, naive, redliche deutsche Männer vor gerissenen russischen Frauen zu retten, bereitete sich ebenso vor. Er tat etwas, womit ich nie gerechnet hätte. Er machte sich ein Bild von unserer Zweisamkeit, noch bevor es diese überhaupt gab. Ich erfuhr es von Gerd und Ludger. Die standen nämlich eine Woche später in meinem Zimmer und eröffneten mir, dass wenige Stunden zuvor, als ich in der Uni war, ein Mann vom Ausländeramt vor der Tür gestanden habe. Er hätte sie gefragt, ob wir befreundet wären und welchen Rufnamen ich hätte.

«Wir sind keine Freunde, das war euch doch hoffentlich klar, oder?», fragte ich zögernd.

Der Mann hätte sich aber vor allem nach meiner russischen Bekannten erkundigt, hätte allerlei Fragen nach ihrem und meinem Tagesablauf gestellt, hätte sich umgesehen, und …

«Wie umgesehen? Wo umgesehen? War er in meinem Zimmer?», fragte ich fassungslos.

Gerd erklärte, er hätte einen Ausweis gehabt.

«Ich habe auch einen Ausweis!», redete ich mich in Rage. «Was ist denn das für ein Untertanenscheiß? Demnächst lasst ihr das Grünflächenamt hier rein, um meine Topfpflanze zu kontrollieren.»

Ludger meinte, ich solle mich abregen und lieber endlich mal erklären, was es mit dieser Russin auf sich habe, wenn sich jetzt auch noch das Ausländeramt so für sie interessiere. Da sei doch irgendwas nicht koscher. Die wohne seit Wochen hier. Käme spätnachts oder erst morgens heim. Schlafe in der Küche. Die sei angeblich krank oder verseucht. Gerd desinfiziere zwei Mal am Tag sein Zahnputzzeug. Er hätte sogar einen Geigerzähler aus der Uni mitgehen lassen und ihn nachts über die schlafende Lena gehalten, allerdings ohne Befund. Jedoch ...

Ich unterbrach ihn mit einer wilden Geste:

«Was wollte der Typ vom Ausländeramt eigentlich wissen?»

«Ob ihr ein Paar seid.»

«Und? Was habt ihr gesagt?»

Die Wahrheit, meinte Gerd. Wir seien kein Paar, wir wären bloß Brieffreunde.

Ich sackte zusammen. Günther hatte recht. Um eine russische Frau nach Deutschland hineinzuheiraten, brauchte man Akademiker. Strategen. Intelligenzbestien. Ich dagegen war ein Versager. Ich wollte einfach bloß zehntausend Deutschmark, aber dafür tun wollte ich nichts.

Lena kam wie meistens kurz nach Mitternacht heim. Als sie an meine Zimmertür klopfte, um sich ihr Schlafzeug aus dem Koffer zu holen, erzählte ich ihr vom Besuch des Ausländeramts. Sagte, sie solle wieder in meinem Zimmer schlafen, und überhaupt müssten wir von nun an alles gemeinsam unternehmen.

«Aber du unternimmst nichts! Du machst nur immer deine komische Doktorarbeit!», sagte Lena.

«Doch, ich spiele jeden Dienstagnachmittag Federball! Also heute. Da kannst du gleich mal mitkommen!»

Federball wurde nicht unsere gemeinsame Aktivität.

Die Gründe dafür kann man in der «Zeitschrift für Sportmedizin», Ausgabe 12/1995, nachlesen, auf Seite 27 bis 29. Die Überschrift lautet: ‹Erstmalige Dokumentation einer medialen Klavikulafraktur durch Nylon-Shuttlecock-Impact im Hallenbetrieb›.

Lena war sicher nicht die beste aller sibirischen Volleyballerinnen. Es gab wahrscheinlich etliche, die ihr an Koordination, Ballgefühl und spielerischer Raffinesse überlegen waren. Aber es war nicht ohne Grund, dass Jelena Jefimkina in der Bezirksliga den Spitznamen «Puschka» hatte. Dass es dennoch Menschen im sibirischen Volleyball gab, die bereit waren, sich diesen Schmetterbällen entgegenzustellen und sie auch noch anzunehmen, sagt viel über die Todesverachtung der russischen Menschen aus. Oder über ihre unterentwickelte Risikowahrnehmung.

«Was jetzt?», rief Lena nach dem Aufschlag und sprang hin und her. «Was du stehst da? Warum du hast nicht reagiert? Wirf rüber Federball! Ich darf noch mal!»

Ich hatte reagieren wollen, aber ich hatte nicht reagiert und konnte jetzt nicht mehr reagieren. Der Schläger rutschte mir aus der rechten Hand. Mein Arm baumelte kraftlos an der Seite.

Der Arzt, der meinen Fall behandelte und dann publizierte, war der Meinung, ich hätte großes Glück gehabt, dass nur mein Schlüsselbein zertrümmert worden sei. Nicht auszudenken, wenn der Federball mein Auge oder gar den Solarplexus getroffen hätte. Nach seinen Berechnungen musste der fünf Gramm schwere Federball auf ungefähr vierhundert Stundenkilometer beschleunigt worden sein, halb so schnell wie eine Pistolenkugel.

«Sie dürfen nur mit Spielern Ihres Leistungsstandes spielen», riet mir der Arzt behutsam und ließ seinen Blick zu dieser außerirdisch großen Russin wandern, die ein altmodisches Frotté-Stirnband trug. Lena saß etwas betreten neben mir im Behandlungszimmer und drehte den Schläger in ihren Händen.

«*Er* wollte Federball spielen!»

Der Schlüsselbeinbruch stellte sich dennoch als das Beste heraus, was uns in der bisherigen Abfolge von Katastrophen passiert war. Durch ihn wurde Lena meine rechte Hand. Im wahrsten Sinne des Wortes. Da ich in der Schlinge, die meinen Arm halten und mein Schlüsselbein stabilisieren sollte, unfähig war, mir Essen zu machen, mich an- und auszuziehen, zu schreiben oder zu tippen, musste Lena dies für mich erledigen. Und Lena tat es, denn sie hatte Schuldgefühle. Ich hingegen entdeckte das Vergnügen, morgens ihr dunkelblondes Haar in mein Gesicht wehen zu sehen, wenn sie sich über mich beugte, ihre schlafwarme Haut zu fühlen, wenn sie an mir herumsteckte, ihren Atem um mich zu haben, die Bewegungen ihrer langen Arme, den Griff ihrer großen Hände, wenn sie den Rucksackverband strammzog. Sie hatte diese nette ruppige Art, die man von Großmüttern kennt. Ich liebte es, wenn sie beim Frühstück die Brotscheiben absäbelte, mich «Nu, schto chotschesch? Käse ili Quark?» fragte, und abends musste ich, im Schlafanzug auf dem Bett sitzend, echt mit mir kämpfen, um sie nicht zu fragen: «Liest du mir noch eine Geschichte vor?» So kindliche Gefühle eben.

Dachte ich.

Aber eines Morgens war Lena nicht da.

Bis neun Uhr rannte ich im Schlafanzug herum. Musste mich bei Ludgers Müsli bedienen und bekleckerte mich endlos beim Löffeln mit der Linken. Wo war Lena? Sie hatte mich kaputt gemacht, sie musste mich auch wieder gesundpflegen. Ich hatte ein Recht auf ihre Hilfe. Endlich ging die Wohnungstür auf, und Lena kam aufgelöst herein.

«Verzeih mir, ich habe andere Platz übernachtet und sehr geschlafen!»

Ihr Gesicht war gerötet, ihre Augen glänzten auf eine Art,

die nicht allein von «Russki Standard» verursacht sein konnte. Sie wirkte auf ungewohnte Weise müde, aber entspannt. Fast glücklich. Als ich sie so sah, brach irgendwas in mir völlig zusammen. Ich schrie sie an, was ihr denn einfalle, woanders zu übernachten, und sie müsse mir überhaupt nichts erzählen, ich könne mir ja denken, dass sie bei einem Kerl übernachtet hätte, und was für ein unverschämtes Weibsstück sie sei, mich schon zu betrügen, bevor wir überhaupt verheiratet seien.

«Ich muss nicht sein verschämt», meinte Lena patzig. «Denkst du, wir sind Liebespaar? Ich habe bezahlt für dich. Ich kann schlafen, wo ich will.»

Die schroffe Antwort brachte mich erst richtig in Rage. Natürlich waren wir kein Liebespaar. Aber deswegen durfte Lena mich noch lange nicht so explizit darauf hinweisen.

«Ihr Russen denkt immer, wenn ihr Geld rüberschiebt, reicht das», schrie ich, «aber das hier ist Deutschland. In Deutschland kann man Behörden nicht kaufen. Jedenfalls nicht als Einzelperson. In Deutschland kann man Behörden nur was vorspielen. Und du bist gerade mächtig aus der Rolle gefallen. Was glaubst du, was passiert wäre, wenn dieser Herr Herrmann zum Beispiel heute Morgen hier aufgetaucht wäre, um zu gucken, wie wir verliebt miteinander turteln?»

Lena meinte, darauf könne sie keine Rücksicht nehmen. Die Behörden seien meine Aufgabe. Sie müsse vorarbeiten. An die Zeit nach der Scheidung denken. Sie müsse jetzt den Mann suchen, den sie heiraten könne, wenn die Sache mit mir durchgestanden sei.

«Durchgestanden?», ich schnappte nach Luft. «Ist es so widerlich, ein paar Monate mit mir zu verbringen? Du hast mich zum Krüppel gefederballt, und jetzt bin ich dir lästig bei deinen ... deinen ...», ich wollte etwas sehr Gemeines sagen, aber ich wusste, dass Lena sehr impulsiv handeln konnte, und mit einem gebrochenen Kiefer samt Brillen-Hämatom zum zerborstenen Schlüsselbein hätten wir vorm Ausländeramt vermutlich gar keine Chance mehr, «... nächtlichen Unternehmungen?»

Ich stand in meinem bekleckerten Schlafanzug mit dem Arm in der Rucksackschlinge in der Küche und war so gekränkt, dass mir schlecht wurde. Aber ich war selber schuld. Ich hatte Opitz' Ratschlag, meine Emotionen aus dem Geschäft herauszuhalten, nicht beherzigt, ich hatte mir zarte Neigungen, ja Hoffnungen erlaubt, und Lenas berechtigte Zurückweisung war die Quittung.

«Willst du heute ganzen Tag bleiben im Schlafanzug?», fragte Lena, immer noch genervt von meinen Ansprüchen an ihre Person. «Oder soll ich jetzt helfen?»

«Ja, ich bitte drum», sagte ich.

Im Zimmer fing Lena an, mich auszukrempeln, und während sie, wo nötig, ihr Gesicht schamvoll abwandte, erzählte sie mir, dass sie gestern einen Allfinanzmakler kennengelernt hätte, der ihr einen doch sehr vielversprechenden Eindruck mache. Na, wunderbar. Allfinanzmakler! Dafür musste ich nun mit links löffeln!

«Dann kannst du auch mit mir verheiratet bleiben», sagte ich.

«Er hat eine BMW! Hast du eine BMW?», fragte Lena. «Er hat eine Eigentum-Wohnung. Hast du eine Eigentum-Wohnung? Mit Eingebaut-Küche?»

Ich erklärte Lena lässig, dass sei doch alles Pillepalle, jeder Klempner habe heutzutage einen BMW und eine Eigentumswohnung mit Einbauküche. Wenn sie in Deutschland richtig auf die Füße kommen wolle, müsse sie dringend mal ihr Beuteschema überprüfen.

«Du meinst, er ist nicht wirklich reich?», fragte Lena lauernd.

«Nein, das ist ein Blender! Du wirst noch mit jeder Menge Blender schlafen müssen, fürchte ich.»

Lena verzog skeptisch den Mund.

«Wie erkennt man wirklich reiche deutsche Männer?»

Ich sah der verschlagenen Russin, die vor mir hockte, geradewegs in die Augen.

«Das möchtest du wissen, wie?»

Lena bejahte mit einem Taubengurren, das ich gerne als Tinnitus gehabt hätte.

«Pass auf, Jefimkina! Ich helfe dir jetzt, einen richtig reichen Mann zu finden, aber du behandelst mich bis zur Heirat, ach was, bis zur Scheidung, wie einen echten Freund, einen Geliebten! Und zwar nicht nur, wenn die Ausländerbehörde um die Ecke guckt! Panjatno?»

Lena knöpfte mir das Hemd bis zum letzten Knopf zu, wie ich es gerne hatte. Aber sie drehte dabei den Kragen etwas ein, sodass ich keine Luft mehr bekam.

«Du willst mich erpressen? Willst du vielleicht … dass wir beide … ins Bett?»

Ich presste ein «Nein, wie kommst du darauf?» hervor, dass ich aber auch nicht wie der letzte Dreck behandelt werden wolle. Sie solle nur einfach lieb und nett zu mir sein, dann könne sie von mir aus übernachten, wo sie wolle. Nur möge sie bitte vorher Bescheid sagen.

«Tu einfach so, als wenn du mich lieben würdest.»

So tun, als ob. Mehr würde ich nicht von ihr kriegen, aber immerhin bestand die Aussicht, die nächste Zeit mit ausgesuchtem Wohlwollen von einer Frau behandelt zu werden, deren Wohlwollen mir mittlerweile leider viel bedeutete.

Fortan gingen wir zu meiner großen Freude in der Öffentlichkeit immer Hand in Hand. Zum Beispiel beim Shoppen. Lena hatte herausgefunden, dass deutsche Verkäuferinnen nicht pampig reagierten, wenn man einen Wunsch äußerte, und sich sogar entschuldigten, wenn sie ihn nicht erfüllen konnten. Und sie war süchtig danach geworden. Stundenlang zog sie durch die Geschäfte, probierte Klamotten und fragte in herbem Ton, ob es das auch in Grün gäbe oder drei Nummern größer, nur um sich daran zu erfreuen, wie die Verkäuferinnen «Tut mir leid» oder «Wir kümmern uns sofort drum» katzbuckelten.

Bei diesen Streifzügen machte ich meinerseits eine Entdeckung. Während Frauen sich auf der Straße oft kichernd nach uns umdrehten, verrieten die Blicke der Männer überraschenderweise Anerkennung und Respekt. Für sie war klar, dass ein derart langbeiniges Etwas sich niemals mit mir eingelassen hätte, wenn ich nicht steinreich oder irgendwas Wichtiges in Politik und Gesellschaft wäre. Zudem trug ich noch zwei Wochen lang den heldenmäßigen Verband für mein Schlüsselbein. Es sah aus, als hätte ich dieses Riesenweib als Preis für einen siegreichen Freefighter-Wettbewerb bekommen.

Eines Abends saßen wir im Park und sahen den Stockentenmännchen zu, wie sie sich um ein Weibchen stritten, aufflogen und zurück ins Wasser raschelten. Der weiße Mond wurde langsam gelb.

Lena meinte, wir müssten gehen, und fügte kategorisch hinzu: Abends trieben sich im Park immer Verbrecher herum. Ich entgegnete, dass wir in Deutschland seien, und außerdem würde ich sie beschützen.

«Du mich beschützen?», meinte Lena. «Du könntest mich nicht beschützen. Du könntest nur, wie sagt man, opfern.»

«Gut, ich würde mich für dich opfern, damit du Zeit gewinnst.»

«Aber du bist ein kleiner Mann. Du bist in einer Sekunde geopfert. Du würdest mir eine Sekunde schenken. Das ist lieb von dir! Prawda!»

Ich sagte ihr, dass wir jetzt mal wieder kuscheln müssten, für den Fall, dass wir beobachtet würden. Lena machte sich lang und legte ihren Kopf in meinen Schoß. Ich strich ihr über den Haaransatz. Was, wie ich gelesen hatte, bei Frauen eine erogene Zone sein sollte. Ein bisschen hoffte ich wirklich, es würde sie erregen. Aber ich wusste noch nicht viel von weiblicher Erregung. Ich dachte, wenn man immer schneller und stärker streichelt, stellt sie sich ein. So, wie Eingeborene Feuer machen. Und küssen wollte ich sie sowieso. Aber ich traute mich nicht. Lena lag da, schaute nach oben und sagte: «Ich weiß, warum ihr Deutsche euch so groß fühlt! Weil der Himmel hier so klein ist. Man stößt ja fast an. In Russland ist der Himmel viel größer und weiter. Ein Mensch ist nicht so viel unter russischem Himmel.»

Dann zückte Lena einen Fotoapparat, den sie sich gerade gekauft hatte, und machte ein paar Bilder. Als ein freundlicher älterer Herr mit einer riesigen, hochbeinigen, sabbernden Deutschen Dogge vorbeikam, überwand sie ihre Furcht, bestohlen zu werden, gab ihm die Kamera und bat ihn, uns zusammen zu fotografieren. Erst hatte ich keine Lust, aber dann stellte ich mich auf die Bank und legte meinen Arm um ihre Schulter, denn nun war ich einen Kopf größer als sie. Es war ein cooles Gefühl, sie von oben anzuschauen. Sie sah ganz anders aus. Richtig zum Knuddeln.

Ich fasste sie am Kinn und drehte sie sacht zu mir.

«Kopf hoch, Baby!», sang ich. «Lehn dich an mich! Es wird schon irgendwie gehen.»

Der Mann knipste.

Lena bedankte sich und machte noch ein Foto von mir, wie ich ohne sie auf der Bank stand. Immer noch groß und stark und selbstbewusst und glücklich. Schönes Bild.

Die anderen habe ich alle zerrissen.

Eines Tages weinte Lena. Ich saß in meinem Zimmer und überprüfte einigermaßen konzentriert die Quellenangaben in den Fußnoten meiner Doktorarbeit, als ich ein seltsames Geräusch aus der Küche hörte. Ich hatte noch nie eine Frau weinen gehört. Es klang fast wie Lachen. Wie ein bitteres Lachen in heftigen, zitternden Atemstößen. Wahrscheinlich sind Lachen und Weinen Geschwister. Ich brauchte eine Weile, bis ich begriff, dass es Lena war und dass sie weinte. Also ging ich zur Küche und sah sie am Tisch sitzen, mit dem Rücken zur Tür, die Hände vorm Gesicht.

Ich dachte, es wäre Liebeskummer.

«Weinst du wegen diesem Kerl?», fragte ich. Lena antwortete nicht. Stattdessen schluchzte sie etwas lauter weiter, weil sie sich nun keine Mühe mehr geben musste, es vor mir zu verbergen.

«Nun wein doch nicht, Lenotschka», sagte ich, weil ich wusste, dass Russen emotional gut auf Kosenamen ansprechen. «Das ist er doch nicht wert. Du bist eine tolle Frau. Sportlich, schlank und so. Du bist wahrscheinlich sogar klug. Du kannst jeden Mann haben.»

Sogar mich, dachte ich plötzlich, als wäre ich die beste aller Möglichkeiten, die Krönung des männlichen Geschlechts. Und tatsächlich hegte ich wie alle Männer, die einsam vom Rand dem Paarungsbetrieb zusahen, insgeheim die Vorstellung, dass die hochaufgeschossenen, gerade gewachsenen, schlanken, dass die selbstbewussten, gewinnend lächelnden und lachenden, anstrengungsfrei charmanten, dass die vermögenden, potenten und einnehmenden Männer einen sich schließlich offenbarenden Makel besäßen. Den Makel der Flachheit. Diese Männer hatte keine Tiefe. Diese Männer wussten nicht, wie das Leben wirklich ist. Diese Männer konnten eine Frau nicht wirklich lieben, nicht im innersten Innern verstehen. Und irgendwann würde die Frau das merken und ihren Blick von den flachen Strahlemännern abwenden und woanders hinblicken.

Nach unten.

Wo unglaublich verständnisvolle, einfühlsame, liebevolle, nur eben kleine Männer darauf warteten, ihre so lange vernachlässigten Bedürfnisse zu stillen.

Das war natürlich Quatsch. Große Männer konnten ebenso verständnisvoll, liebevoll und zugewandt sein, genau wie kleine Männer widerliche Egomanen, Tyrannen und Narzissten sein konnten. Große Männer konnten ohne weiteres alle Vorzüge der menschlichen Natur besitzen und diesen letzten, allerletzten auch noch dazu.

Aber das Bewusstsein meiner geringen Größe war nicht anders zu ertragen als durch den Gedanken, dass die Natur mein äußeres Wachstum gehemmt hatte, um meine inneren Werte ins Wunderbare wachsen zu lassen. Alles andere wäre ja ein böser Scherz. Werk eines abscheulichen Schöpfers, der kleine Männer zur Welt kommen lässt, um sich an ihrem Elend zu ergötzen.

Lena erhob sich langsam und etwas krumm.

«Ich habe Rückenschmerz», schluchzte sie. «Diese Wohnung unterm Dach ist schlecht für mich. Ich muss immer gucken. Ich muss immer ducken. Verstehst du?»

Ich verstand sofort. Gelobt sei, was krumm macht! Denn sicherlich musste sie massiert werden. Und auf alle Fälle musste sie ohne Pullover massiert werden. Sie musste großflächig eingeölt werden. Auf blanker Haut. Von oben bis unten. Denn Rücken war ja quasi alles.

Ich fragte vorsichtig, ob ich sie massieren solle.

«Nein, das hilft nicht», jammerte Lena, «aber du kannst helfen was anderes.»

Sie ging voraus in mein Zimmer und legte sich bäuchlings auf den Läufer vorm Bett.

«Du musst mich mal übergehen!»

Ullrich Hasselmann – ratlos. Ich war zwar schon oft übergangen worden, aber noch nie hatte mich jemand ausdrücklich dazu aufgefordert, ihn zu übergehen.

«Hallo! Übergeh mich mal!»

Lena drehte ihren Arm auf den Rücken und wanderte mit den Fingern die Wirbelsäule hinunter, so gut es ihre Schmerzen zuließen.

«Ohne Schuhe aber bitte!»

Jetzt, wo ich es langsam begriff, hätte ich sie eigentlich sofort verbessern müssen. Aber ein kleiner Kitzel hieß mich, Lenas missverständliches Deutsch zu meinem Vergnügen auszuweiten.

«Ach, du meinst, ich soll dich besteigen?»

Lena, bäuchlings am Boden, winkte mich mit ihren Händen auf den Rücken und lernte gleich artig dazu.

«Ja, besteige mich! Bitte, Ullischek! Das ist Einziges, was hilft! Besteige mich von oben bis unten!»

Ich zog mir grinsend die Hausschuhe aus und stellte mich vorsichtig auf ihren Rücken, zwischen die Schulterblätter. Lena stöhnte. Ich balancierte Fuß vor Fuß über die muskulöse Hinterseite der sibirischen Volleyballerin. An verschiedenen Stellen ihres Rückens entlockten meine Tritte Lena so unglaubliche Geräusche, dass mir ganz anders wurde. Ich fragte mich fast schon bang, was für Laute sie von sich geben würde, wenn es um Besseres als bloß Schmerzerleichterung ging. Fünf Minuten lang barfüßelte ich auf Lena rauf und runter. Verweilte wippend mit geschlossenen Augen an den geräuschvollsten Stellen. Während im Dunkeln meines Hirns ein anderer Film zu diesem Sound ablief. Ein Film, den ich mit Ferse und Ballen zu einer Art dramaturgischem Höhepunkt treiben konnte, bis Lena heiser «Jaja, genau so. Genau da. Mach weiter so! Hör nicht auf! Oh, das ist so gut!» rief.

Hoppelpoppel

Mein Argwohn gegen diese Hausverwaltung hin oder her, auf der rechten Seite des Hofes, über den wir jetzt gingen, standen unübersehbar Nutzfahrzeuge, Rasenmäher, Schneefräsen und Kehrmaschinen in ordentlich schräger Reihe unter einem Vordach. Sie standen da wie Mustergeräte auf einer Hauswirtschaftsmesse. Lack und Glas glänzten im Licht dreier Scheinwerfer, die vom Haus her den Hof beleuchteten. Insgesamt sehr sauber. Womöglich sogar unbenutzt.

Ich folgte dem Mann im Glanzsakko, der sich räuspernd vor die Tür stellte und dann einen Moment lang nach oben schaute. Dann surrte es, und die Tür ging auf. Ich selbst hatte die Kamera gar nicht gesehen. Ein schmaler Flur führte zu einem Büro am Ende des Ganges, und aus der offenen Tür hörte ich jemanden mit Slawa sprechen.

«Ich kenne keinen, der dir so weit entgegengekommen wäre wie ich. Das wirst du selbst sagen müssen. Du wirst selbst sagen müssen: Er ist mir wirklich weit entgegengekommen. Für die Riesenscheiße, die ich gebaut habe. Er hat mir die Gelegenheit gegeben, alles wiedergutzumachen.»

Glanzsakko stoppte mich vor dem Betreten des Zimmers. Offenbar bedurfte der Zugang einer Erlaubnis. Aber ich konnte hineinsehen. Slawa stand vor einem gedrungenen Mann mit fahler, von kleinen Narben zerfurchter Gesichtshaut, dichtem, grauschwarzem Haar und einem ebensolchen Schnauzer, der hinter einem Schreibtisch aus rötlichem Buchenholzfurnier saß, die Hände ineinandergelegt, wobei er sie hin und wieder zur Bekräftigung eines Wortes auseinanderklappte.

«Das wirst du selbst sagen müssen», wiederholte der Mann. «Also: Sag selbst!» Seine rechte Hand hob sich fordernd gegen Slawa.

«Sie sind mir wirklich weit entgegengekommen, Herr Swanidse», antwortete Slawa denn auch, «für die Riesenscheiße, die ich gebaut habe. Sie haben mir die Gelegenheit gegeben, alles wiedergutzumachen.»

Was immer der Grund für das Gespräch war, es behagte mir nicht, meinen Sohn in diesem unterwürfigen Ton zu jemandem reden zu hören. Und schon gar nicht zu jemand Fremdem. Ich wollte mich an dem Kerl im Sakko vorbeidrängen, aber er hielt mich derart am Unterarm fest, als wolle er Elle und Speiche miteinander verschmelzen.

«So muss man es sagen», fuhr Swanidse fort. «Dir ist Gelegenheit gegeben worden. Er war allein. Das erste Mal seit drei Wochen. Das ganze andere Pack war beim Feiern auf dem Kirmesplatz. Wie gesagt, es war eine ganz hervorragende Gelegenheit. Nun ist es keine mehr. Dabei hättest du ihn nur hinauskomplimentieren müssen.»

«Hatte ich ja fast», murrte Slawa. «Aber da ist was dazwischengekommen ...»

Slawa zeigte, ohne sich umzudrehen, mit dem Daumen über die Schulter nach hinten. Die Erkenntnis dieser weiteren Ähnlichkeit öffnete mir stumm den Mund. Was für ein Daumen!

«Ach ja, unser Besuch!», sagte der Mann namens Swanidse, blickte an Slawa vorbei zu uns und gab uns einen Wink, hereinzukommen. Glanzsakko drehte sich, sah mich streng an und fasste mir unvermittelt in die Jacke. Er zog mein Portemonnaie heraus und reichte es einem weiteren Mann, der es wiederum Swanidse gab.

«Wieso seid ihr nur zu zweit? Wo ist der Polizist, Jaschik?», sagte Swanidse, während er in aller Ruhe meine Börse untersuchte. «Ich dachte, du bringst den Polizisten mit. Von hier sah es so aus, als ob ihr da draußen Freunde geworden wärt, du und der Polizist. Ich habe eben gesagt, und hier stehen meine Zeugen, die werden noch richtig Freunde. Dann fragte ich: Hat er nicht genug Freunde? Sind wir jetzt nicht mehr seine Freunde? Sucht er neue Freunde? Was sollen seine alten Freunde davon denken? Und denkt unser guter Jaschik überhaupt noch irgendwas?»

Der Mann im schwarzen Glanzsakko presste die Lippen aufeinander.

«Hab die Bullen nicht gesehen. Dachte, der hier kapiert's beim ersten Mal.»

«Nun, Jaschik ...», fuhr Swanidse fort, aber das ging mir nun wirklich zu weit. Ich hatte schon während seiner vorherigen Worte ein paarmal mit einer Fingermeldung anzudeuten versucht, dass ich etwas sagen wollte, aber er hatte nicht reagiert. Nun brach es aus mir heraus:

«Herr Swanidse, das können Sie mit Ihren Mitarbeitern alles später klären», fuhr ich barsch in seine Ausführungen. «Ich bin hier, um meinen Sohn mitzunehmen, der allem Anschein nach von Ihnen mit Dingen betraut wurde, die weder jugendfrei noch rechtens sind.»

Das Schweigen, das auf diese Erklärung folgte, schien mir ein außerordentlich abruptes und vollumfängliches Schweigen zu sein. Es schwiegen die Münder, die Gesichter, es schwiegen der Atem und die Gliedmaßen, möglicherweise sogar für eine Weile der Herzschlag einiger, die hier im Raum waren. Herr Swanidse hob das Schweigen wieder auf. Er tat es mit der Mühe eines Mannes, der sich nicht mehr daran erinnern konnte, wann man ihn das letzte Mal unterbrochen hatte und was aus dem Unterbrecher geworden war.

«Wie kommen Sie zu dieser Annahme ... Herr Doktor Haselmann?», fragte er, bedächtig aus meinem Uniausweis vorlesend.

«Mein Sohn ... wurde von mir ... angetroffen, wie er ... in einem Mietshaus ... auf dem Bahnhofsgelände», erklärte ich, umständlich mit der Linken gestikulierend, während ich mit der rechten Hand heimlich versuchte, die Pistole aus meiner Hosentasche zu ziehen. Was aber nicht klappte, da sich die Pistole entweder mit dem Lauf oder dem Handgriff im Tuch verhakt hatte. Swanidse und seine Männer starrten erst interessiert und dann, als die Form der Pistole in meiner Hosentasche sichtbar wurde, zunehmend entgeistert auf mein Tun. Endlich hatte ich sie herausgefummelt und hielt sie hoch in die Luft, damit alle sie sahen. Unruhe kam auf.

«... wie er, also mein Sohn, mit dieser Pistole, die er ja offensichtlich von Ihnen hat, einem Mieter durch die Wange schoss! Und zwar im Rahmen einer Tätigkeit für Ihre Hausverwaltung!»

Swanidse blickte auf die Pistole, dann blickte er auf den Mann hinter mir, den er Jaschik genannt hatte.

«Woher sollte ich das wissen ...?», stotterte Jaschik.

Ich trat vor und legte die Pistole sehr bestimmt auf den Tisch, hinter dem Swanidse saß. Dieser rutschte ruckartig zur Seite, langte dann vorsichtig nach vorn und drehte die Pistole ein wenig, sodass der Lauf nicht mehr direkt auf ihn gerichtet war.

«Dieser Junge hier, Slawa Jefimkin, ist mein Sohn», fuhr ich erregt fort. «Ich weiß es leider erst seit zwei Tagen, deswegen konnte ich mich bislang nicht so um ihn kümmern, wie es nötig gewesen wäre. Aber jetzt bin ich ja da, und ich muss sagen, gerade noch rechtzeitig.»

Swanidse hörte mir gar nicht richtig zu, sondern betrachtete eingehend die vor ihm liegende Waffe. Schließlich schob er einen kleinen Riegel am hinteren Ende der Pistole nach vorn.

«Ich habe die mal gesichert, Herr Doktor Hasselmann», sagte Swanidse. «Sie war ungesichert. Sie hätten sich da schlimm was wegschießen können.»

Ich dachte an das umständliche Gezerre mit der Pistole in der Hosentasche vor einer Minute und wurde rot. Swanidse nutzte den peinlichen Moment, um mir mein Portemonnaie zurückzugeben.

«Schlimm genug», kehrte ich wieder zur Tagesordnung zurück, «jedenfalls bin ich hier, um meinen Sohn mitzunehmen und Ihnen zu sagen, dass Slawa keine weiteren Dienste für Ihre Hausverwaltung übernehmen wird.»

«Das ist nicht mein Vater, Herr Swanidse», sagte Slawa. «Das ist ein Spinner, der mich schon den ganzen Abend verfolgt. Ich weiß nicht, was der von mir will.»

«Und ob ich dein Vater bin. Ich habe ... wer's nicht glaubt ... zum Beispiel ... denselben Daumen. Ich habe denselben Knickdaumen. Slawa, knicke mal bitte deinen Daumen nach hinten!»

Slawa fächelte sich mit der Hand vorm Gesicht herum.

«Knick deinen Daumen nach hinten, Slawa!», sagte Swanidse.

Slawa tat es. Der rechte Daumen klappte nach hinten, wie er wollte. Ich zeigte dasselbe an meinem Daumen. Slawa sah mich weniger verblüfft als vielmehr mitleidig an. Er schüttelte leicht den Kopf.

«Sieht nicht gesund aus. Das ist eine Erbkrankheit, oder?», fragte Swanidse.

«Vererbt ist es auf jeden Fall», antwortete ich.

«Papa?», sagte plötzlich ein bislang schweigender Mann, der hinter Swanidse an einer Kommode lehnte und erst auf seinen ebenfalls weit nach hinten geknickten Daumen und dann zu mir sah. Alle brachen in Gelächter aus. Auch Slawa prustete und schniefte vor sich hin – sodass mir wegen neuerlicher Übereinstimmung bald verstohlene Tränen in die Augen traten. Mein Sohn – mein Lachen. Zwei Lachkrüppel.

«Sehr lustig», entgegnete ich. «Es gibt noch einiges mehr an Ähnlichkeiten, die für meine unzweifelhafte Vaterschaft sprechen ...»

Swanidse hob die Hand gegen mich, um mir zu bedeuten, dass ich ihn mit weiteren Beispielen verschonen möge.

«Sie sind sein Vater. Wer würde jetzt noch daran zweifeln», befand er. «Und wenn Sie nicht sein Vater wären, müsste man Sie dazu ernennen. Dieselben seltsamen Ideen, dieselbe Unfähigkeit, derselbe Hang, sich in Schwierigkeiten zu verstricken.»

Ich meinte, dann wäre das ja endlich klar, denn deswegen sei ich hier. Um meinen Sohn aus seinen Schwierigkeiten zu befreien.

«Das geht leider nicht», sagte Swanidse und räumte die Pistole in eine Schublade, die er dann sorgfältig verschloss. «Ihr Sohn ist hier noch nicht ganz fertig.»

«Jetzt hören Sie mir mal zu!», ich trat so forsch an den Tisch, dass Swanidse ein kleines Stück zurückwich. «Mein Sohn ist minderjährig. Und schulpflichtig. Er darf ohne Einwilligung eines Erziehungsberechtigten und ohne Ausnahmegenehmigung des Amtes für Arbeitsschutz überhaupt nicht nach zweiundzwanzig Uhr arbeiten. Und es ist jetzt schon sehr weit nach zweiundzwanzig Uhr. Und schon gar nicht darf er mit Schusswaffen arbeiten! Oder haben Sie eine Ausnahmegenehmigung?»

Unruhe kam in die Männer im Raum. Es war, als warteten sie auf irgendein Zeichen. Aber Swanidse guckte nur nach unten. Beschämt, dachte ich zunächst.

«Nein, wir haben keine Ausnahmegenehmigung.»

Dann stand er auf. Mit einem Ruck.

«Aber Ihr Söhnchen hatte auch keine Ausnahmegenehmigung, als er viele unschuldige, nichts Böses ahnende Menschen vergiftete.»

«Was hat er?»

«Menschen vergiftet! Junge Menschen; junge Menschen, die nur ein bisschen Spaß haben wollten.»

Ich sah zu Slawa, und Slawa zog eine Grimasse, der man entnehmen konnte, dass er die Sache so vielleicht nicht formuliert hätte, dass Swanidses Behauptung aber wiederum auch nicht derart unhaltbar absurd war, wie sie klang. Swanidse ging um den Tisch herum und stand nun näher bei mir.

«Wollen Sie immer noch sein Vater sein? Ihr Sohn hat Menschen betrogen und vergiftet. Er hat sie für etwas bezahlen lassen, für das sie schon bezahlt hatten. Und zum Dank dafür hat er sie vergiftet. Und er hätte es weiterhin getan, wenn wir ihn nicht daran gehindert hätten. Wie hört sich das für Sie an?»

Für seine bedächtige Art war Swanidse ziemlich laut geworden. Die Männer nickten zu seinen Worten, ruhig und bestimmt. Ich konnte Swanidses sauren Raucheratem riechen. Slawa stand da mit harten Zügen und knetete seine Finger.

Ich erinnerte mich an Kaysas rätselhafte Bemerkung über den Staubsauger und Slawas Phantasien vom schnellen Geld.

Swanidse genoss die Verwirrung in meinem Gesicht. Was, wenn er recht hatte? Was kann man schon von einem Menschen wissen, den man erst seit einer Stunde kennt? Vielleicht war mein Sohn nur einfach ein verwirrter junger Mann. Aber ein verwirrter junger Mann, der Leute betrog und vergiftete? Vielleicht war er ein Psychopath. Ein Psychopath mit meinem Knickdaumen, meinem Krampflachen, meinen Reinlichkeitsbedürfnissen. Ich musste mir eingestehen, dass das Einzige, was ich von ihm wusste, dasjenige war, das ich von mir selbst kannte. Und ich war kein Psychopath. Die Frage war also: Traute ich meinen Genen so etwas zu? Oder Jelenas Genen? Gewiss, sie war eine materialistische Russin. Aber sie hatte doch Seele. Materialismus mit Seele – das war Russland.

«Hast du was dazu zu sagen, Slawa?», fragte ich meinen Sohn.

«Nichts, das Sie angehen könnte», antwortete er. «Noch einmal, Herr Swanidse, das ist nicht mein Vater. Schicken Sie bitte diesen Typen weg, damit wir weitermachen können.»

Swanidse antwortete nicht, wandte sich um und nahm wieder hinter seinem Schreibtisch Platz. Er bückte sich bedächtig zur linken Seite, holte ein Gerät aus einer unteren Schublade und legte es vor sich auf den Tisch. Es war ein akkugetriebener Tischstaubsauger.

«Unser kleiner Slawa wollte gern ein großer Drogendealer sein», sprach Swanidse und tippte dabei auf den Akkustaubsauger.

Slawa atmete genervt aus, wie Jugendliche eben genervt ausatmen, wenn für sie eine Sache eigentlich schon lange erledigt ist und sie gar nicht verstehen können, wieso die Erwachsenen immer noch so ein Trara drum machen. Ich zuckte mit den Schultern. Ich konnte keinen Zusammenhang zwischen einem Akkustaubsauger und dem Verbrechen des Drogenhandels erkennen.

«Leider hatte er keine Drogen zum Dealen», fuhr Swanidse fort. «Aber unser Slawa ist ja ein ganz Cleverer. Er besorgte sich diesen kleinen Akkustaubsauger und ging damit ins Diamond. Falls Sie von diesem Ort noch nichts gehört haben sollten: Es ist ein Klub, eine Discothek. Nicht weit von hier. Wenn Sie mal richtig Spaß haben wollen. Ich kann Ihnen diese Örtlichkeit nur empfehlen. Kalte Getränke, heiße Mädels. Da kann man richtig Geld loswerden. Nebenbei: Unsere Verwaltung sieht dort nach dem Rechten. Sie werden sich fragen: Was, um Gottes willen, macht mein Sohn mit einem Akkustaubsauger in einem Klub? Will er dort was abstauben?»

Die anderen Männer schmunzelten alle zum Zeichen eines äußerst gelungenen Scherzes.

«Und was will denn unser Slawa dort abstauben? Ich sage es Ihnen, und geben Sie gut acht. Er ging auf die Toiletten und saugte dort Staub. Auf den Waschtischen. Auf den Toilettenbrillen. Sogar auf den Bodenfliesen. Hat man so was schon gehört? Nun, es gibt reinliche Leute, die immer ihr Tüchlein mit Desinfektionsmittel dabeihaben! Aber Staubsaugen? Wozu soll das gut sein? Es hat ein paar ausgiebige Unterhaltungen mit Slawa gebraucht, bis er es uns verraten hat. Es war der Drogenstaub, auf den er es abgesehen hatte. Staub von quasi all dem Zeug, das junge Menschen sich so zu ihrem Vergnügen auf Toiletten durch die Nase ziehen. Fragen Sie mich nicht, welche Substanzen am Ende eines solchen Vorgangs in diesem Akkustaubsauger zusammengemischt waren. Tatsache ist aber, dass Ihr Sohn diesen Dreck in kleine

Tütchen verpackt hat, um sie am nächsten Tag unseren Gästen zu verkaufen, die sich das nichtsahnend zuführten.»

Ich gelangte abrupt zu der Einschätzung, dass mir bei Licht besehen alle Informationen, die mir über Slawa seit dem Jugendamtsbrief zur Kenntnis gelangten, unwillkommen waren. Ekel krümmte mich unter der Vorstellung, wie sich junge Menschen einen Puder aus Fäkalkeimen, Reinigungs- und Betäubungsmittelresten auf die Schleimhäute schnieften. Wer jetzt keine Herpesbläschen bekam, würde nie welche bekommen. Einer der Männer zitterte mit den Nasenflügeln, als durchzucke ihn die Erinnerung. Offenbar waren nicht nur Gäste betroffen gewesen. Ich überlegte einen Augenblick ernsthaft, meine Vaterschaft noch auszuschlagen.

Slawa war doch einfach nur eine Sau. Er hatte mein Bärchenkissen nicht verdient!

Aber ich steckte schon zu tief in allem drin.

«Gut, das ist ... nicht schön», ermannte ich mich. «Aber rein formal nichts anderes als Soljanka. Restessen. Hoppelpoppel, nur eben mit Drogen.»

Swanidse, der gehofft hatte, ich würde voller Entrüstung auf seine Seite wechseln, griff erbost mit beiden Händen an die Tischkante.

«Sie würden nicht so daherreden, wenn Sie gesehen hätten, was in diesem Haus vor sich ging, nachdem Slawa seinen Dreck an ahnungslose Partygäste verkauft hatte. Krankenwagen, Polizei. Der Ruf des Klubs – beschädigt. Es gab Untersuchungen, es gab Ermittlungen. Fragen, ob wir als Hausverwaltung unseren Laden nicht im Griff hätten. Ob wir in den Handel mit Drogen verwickelt wären. Fragen, ob wir als Hausverwaltung überhaupt noch in Frage kämen. Es war existenzbedrohend. Viele Männer ernähren ihre Familien, indem sie für uns arbeiten. Es stand plötzlich so viel auf der Kippe. Und das alles ist die Schuld Ihres Sohnes, und diese Schuld muss …»

«Nun machen Sie aber halblang!», unterbrach ich zum zweiten Mal Swanidse, der dabei zusammenzuckte, als würde ihn die Unterbrechung körperlich schmerzen. «Wenn dieser Klub, den Sie da ansprechen, nicht von Drogen zugestaubt gewesen wäre, wäre Slawa überhaupt nicht auf die Idee gekommen. Kehren Sie erst mal vor Ihrer eigenen Tür! Was sind Sie eigentlich für eine Hausverwaltung? Ihr Klub muss ja ein feiner Laden sein, wenn da Betäubungsmittel rumliegen wie Späne im Sägewerk!»

Die anderen Männer sahen sich gegenseitig an, als wollten sie einander vergewissern, dies jetzt zu erleben. Slawa blickte stirnrunzelnd zu mir. Er versuchte, in meinem Gesicht zu lesen, ob ich einfach nur verrückt sei oder ob ich einen Plan hatte. Ich dagegen wedelte weitere mögliche Ausführungen Swanidses, der noch nach Luft schnappte, mit einer Handbewegung weg.

«Also, über Schuld kann man hier trefflich streiten! Es war ein Dummejungenstreich, und basta! Slawa macht gerade eine schwierige Phase durch. Haben wir in diesem Alter nicht alle mal irgendeinen Unfug angestellt, für den wir uns später geschämt haben?», wandte ich mich an die Anwesenden. Aber die Männer gaben mir mit regungslosen Mienen zu verstehen, dass sie sich weder für irgendetwas von früher schämten noch vorhatten, sich für irgendwas zu schämen, was in Zukunft passieren würde. Es war eine Gruppe von Nichtschämern. Slawas entgeisterter Blick verriet mir, dass er inzwischen überzeugt war, ich sei verrückt.

Swanidse sah nach draußen. Swanidse sah auf die Uhr. Er seufzte. Es sah aus, als müsse er sich zu etwas durchringen, wozu er absolut keine Lust hatte.

«Nun gut», sagte er schließlich. «Ich hatte gehofft, bei Ihnen Verständnis zu finden dafür, dass Slawa diese Schuld abarbeiten muss. Wir wollten das mit Slawa so regeln, wie man das in meinem Land unter Männern regelt.»

«Aber er ist noch kein Mann!», rief ich dazwischen. «Er ist ein großes Kind. Wenn Sie ein Problem mit ihm haben, klären Sie das bitte mit mir!»

«In Ordnung», sagte Swanidse kalt.

«Er kann nichts dafür, dass er mein Vater ist. Er wusste das gar nicht», warf Slawa jetzt plötzlich und fast schon etwas weinerlich ein. «Er war einfach nur ein nützlicher Idiot. Meine Mutter brauchte damals bloß eine Aufenthaltsberechtigung für Deutschland. Das war schon alles. Ich weiß nicht, warum sie ihm jetzt plötzlich alles gesagt hat. Ich weiß nicht, warum er dieses Theater macht, Herr Swanidse. Schmeißen Sie ihn raus!»

Ich schloss kurz die Augen. Die Beleidigung war herb. Ich hatte gedacht, mein Sohn und ich hätten schon fast so etwas wie eine Beziehung aufgebaut. Ich hatte in den vergangenen drei Stunden wie ein Vater von edelstem Geblüt gehandelt. Ich hatte Slawa von einer sehr großen Dummheit, ja einem Mord abgehalten. Ich hatte ihm Zeit gegeben, sich zu überlegen, wie er mit dem Albaner verfahren wollte. Ich hatte die Pistole ohne viel Aufhebens seinem Arbeitgeber zurückgegeben. Ich hatte Dinge für ihn geklärt. Warum nahm er das alles nicht an? Gut, es war vielleicht ein bisschen viel in so einer kurzen Zeit. Ich hätte mir auch einen etwas ruhigeren Auftakt gewünscht.

«Jetzt ist es also doch dein Vater?», fragte Swanidse. Das war grammatisch korrekt, aber ich fand, dass er das «es» zu stark betonte.

«Ja, aber nur mein biologischer Vater. Er hat diese fixe Idee, dass er sich um mich kümmern muss. Aber ich kenne ihn gar nicht. Ich habe ihn heute das erste Mal gesehen. Außerdem kommt er zu spät. Ich brauche keinen Vater mehr.»

«Das», sagte Swanidse mit deutlichem Spannungsabfall in der Stimme, «denke ich auch.»

«Nein, so meine ich das nicht», sagte Slawa verzweifelt. Trotz aller eben noch in mir herumwütenden Kränkung – genau diesen verzweifelten Ton ertrug ich nicht. Vielleicht entsprang mein Schutzinstinkt gegenüber meinem Sohn den eigenen Erfahrungen. Vielleicht hatte ich zu oft als Kind mit dieser erstickten, weinerlichen Stimme gesprochen, wenn mich mal wieder ein älterer Schüler auf dem Heimweg von der Schule am Ranzen festgehalten und hochgehoben hatte, um seinen Freunden zu zeigen, was man mit so einem Winzling alles anstellen konnte.

«Schluss jetzt!», sagte ich barsch. «Es ist halb zwölf, und Slawa kommt jetzt mit mir mit, und damit hat es sich. Sollten Sie das hier noch weiter verzögern, werde ich mir, das sage ich ausdrücklich, weitere Schritte vorbehalten!»

Vielleicht, weil mich Swanidse so unbeeindruckt ansah, zückte ich nun meinen größten Trumpf.

«Ich habe mir nämlich», ich kramte wieder in meiner Hosentasche, «auf diesem Zettel die Nummer der Pistole aufgeschrieben. Zur Sicherheit, falls diese Nachtschicht meines Sohnes irgendwelche juristischen Folgen haben sollte ...»

Alle blickten auf den kleinen gelben Zettel, den ich zwischen den Fingern hielt.

«Tja! Was soll man dazu sagen? Sie haben uns in der Hand!», sagte Swanidse müde, während sich der Mann links neben ihm verkrampft in die Faust räusperte, ein weiterer hielt sich erschrocken die Hand vor die Augen. «Ich glaube, wir müssen Sie und Ihren Sohn ziehen lassen.»

«Na sehen Sie! Muss man immer erst mit dem Äußersten drohen?», meinte ich schon frohgestimmt und blickte Slawa aufmunternd an. Ich wedelte noch mal mit dem Zettel.

«Die haben deinen Vater unterschätzt!», zwinkerte ich ihm zu. Aber Slawa schüttelte nur den Kopf. Er sah weg, als wolle er so wenig wie möglich von mir im Gedächtnis behalten.

Dann wies Swanidse zur Tür. «Kossew! Jaschik! Bringt die Herrschaften raus!»

Er sah Jaschik an und erhob die Hände zum Gebet. «Aber bitte, bitte diesmal so, dass Herr Doktor Hasselmann keinen weiteren Anlass zur Beschwerde hat.»

Ich dachte, er meinte das Schubsen.

Kossew, ein älterer, hagerer Mann in einer zu weiten, unangenehm riechenden Lederjacke, schlurfte hinaus. Ich wollte Slawa vorgehen lassen, aber Jaschik, der Mann im schwarzen Glanzsakko, trat zwischen uns und drängte mich in den Flur. Vor der Tür bog Kossew nach links ab, ich hingegen strebte in Richtung Vordertür. Jaschik hielt mich an der Schulter fest.

«Wir gehen hinten raus.»

Wir traten in den schmalen, unbeleuchteten Teil des Hofes, wo linkerhand der Schuppen stand. Ich wandte mich um und sagte zu Jaschik:

«Wenn die Hintertür gleichzeitig auch der Notausgang ist, dann muss sie mit einem grünen Piktogramm deutlich sichtbar beleuchtet sein.»

Jaschik brummte:

«Danke. Machen wir. Gleich morgen.»

«Und das nennt sich Hausverwaltung! Einfach nur lächerlich!», sagte ich.

Am Ende des Schuppens blieb Kossew vor mir stehen, schloss eine Tür auf und ging hinein.

«Bitte zu warten. Ich muss erst gucken.»

Ich drehte mich um, Slawa war hinter Jaschiks breiten Schultern kaum zu sehen. Ich winkte ihm zu, aber er sah wohl auf den Boden.

Dann erschien Kossew in der Schuppentür.

«Bitte eintreten. Ist alles gut.»

Drinnen standen Regale. Darin Baumaterialien. Rollen mit Dachpappe, Plastikrohre, Metallschienen, Kabel, Kabelbinder, Farbtöpfe, Eimer.

Als Letztes erinnere ich mich, das Wort «Blitzzement» gelesen zu haben.

Ich sollte erst wieder in einem See zu mir kommen.

Ich sehe was, was du nicht siehst

Beim dritten Besuch im Ausländeramt, bei der Nachprüfung gegenseitiger intimer Kenntnis, waren wir besser vorbereitet. Ich musste mich als Erster beweisen. Jelena Jefimkinas Eigenarten («Zehennägel im Waschbecken schneiden» – für sie natürlich kein Ding, ich hätte dafür Spagat hochkant beherrschen müssen) und Marotten («Leuten, die gähnen, urplötzlich einen Finger in den Mund halten» – was ich im Übrigen für ein Relikt stalinistischer Folterkeller hielt) zu rekapitulieren war noch leicht. Die Verwandtschaftsbeziehungen waren schon etwas schwieriger im Gedächtnis zu behalten. Lenas Großmutter war halb Tschuwaschin, halb Mordwinin und sang Kinderlieder auf Ersjanisch und Mokschanisch, was ihr Großvater, der eine russische Mutter, aber einen unbekannten, wahrscheinlich chantischen oder mansischen Vater aus dem Gebiet Chanti-Mansisk hatte, nicht leiden konnte, weil er selbst nicht mit chantischem oder mansischem Brauchtum aufwarten konnte. Lena hielt derlei Empfindlichkeiten für eines Chanten oder Mansen unwürdig und ihren Großvater väterlicherseits eher für einen Baschkiren. Zumindest, was sein Verhalten bei Brettspielen betraf. In Gelddingen sei er hingegen von der Art der Kalmücken gewesen.

«Von der Art der Kalmücken», echote Herr Herrmann, der meinem minutenlangen Vortrag mit auf die Faust gestütztem Kinn gefolgt war. «Was soll denn das sein?»

«Was ist das für eine Frage? Wo kommen eigentlich Sie her?», fragte ich zurück.

«Ebersbach», antwortete Herr Herrmann, wobei er versuchte, das R nicht zu einem Kloß zusammenzurollen.

«Dachte ich es mir doch», erwiderte ich. «Ihre Frage hatte so etwas zutiefst Oberlausitzhaftes, fatal Niederschlesisches.»

Damit hatte er es verstanden.

Ich heiratete nicht etwa eine Russin. Ich heiratete den letzten Spritzer aus dem Zusammenprall gewaltiger Binnenmigrationswellen des russischen Kolonialreiches, eines ethnischen Riesen-Unwetters, das im zwanzigsten Jahrhundert über Eurasien hinweggerollt war und noch den letzten Hinterwäldlerstamm ins Vielvölkergebräu eingestrudelt hatte.

Das Problem war Lenas Vater, Semjon Jefimkin.

Über ihn gab es nichts zu berichten. Alles, was von ihm zu wissen war, hatte schon im ersten Brief gestanden. Er arbeitete in einer Fabrik. In Tomsk 7.

«Sie sind mit Jelena Jefimkina jetzt mehr als ein halbes Jahr zusammen. Nach Ihren Angaben wohnen Sie zusammen, essen und schlafen Sie zusammen. Und Sie wissen nicht, in was für einer Fabrik Ihr zukünftiger Schwiegervater arbeitet? Und was er da macht? Was sein Beruf ist? Wissen Sie wenigstens, wie er aussieht?»

«Nein. Er musste bei Fotos immer was vors Gesicht halten.»

Herr Herrmann senkte die schweren, ledrigen Lider wieder halb über die Augen und schnalzte mit der Zunge über seine Zähne.

«Haben Se nicht gelernt, was? Habe ich Sie erwischt, was? Geben Sie es zu! Wenn Sie es zugeben, sehe ich von einer Strafanzeige ab!», lockte er.

«Ich weiß es einfach nicht. Lena weiß es nicht. Es ist eine Fabrik in Tomsk 7. Kennen Sie Tomsk 7 nicht? Wenn ich es wüsste und Ihnen sagen würde, müsste ich Sie danach erschießen. Und zwar zu Ihrem eigenen Schutz!»

Herr Herrmann drehte den kleinen Pokal mit dem Walzerpaar auf seinem Schreibtisch ein bisschen hin und her. Er erwog, sich mit diesem Geheimvermerk abzufinden. Aber das wäre etwas leicht, das wäre ja eine Antwort auf praktisch alles. Da es ihm aber heute wohl zum ersten Mal passiert war, schickte er sich schließlich drein. Er blätterte noch mal durch die Fragen, war aber wohl doch von der sonstigen Genauigkeit meiner Antworten beeindruckt.

«Was lieben Sie eigentlich an dieser Frau?»

«Wir ergänzen uns. Sie sieht Dinge, die ich nicht sehe.»

«Wie romantisch.»

«Staub auf dem Küchenschrank zum Beispiel.»

«Ach das.»

«Ja, wir ergänzen uns pragmatisch. Lachen Sie ruhig. Sie wissen wahrscheinlich nicht, wie das ist, wenn man im Supermarkt die Mousse au Chocolat im obersten Regal entdeckt und sie nicht einfach herunterholen kann.»

«Vielleicht steht sie ja nicht umsonst so weit oben? Vielleicht sollen kleine Leute keine Mousse au Chocolat essen?»

Herr Herrmann freute sich kindisch über seinen Witz. Lömmer hatte vielleicht doch recht. Humor war grundsätzlich unfair.

«Ich liebe an Jelena Jefimkina, dass sie, wie ich, nicht zur Norm gehört. Ich glaube, nur eine sehr große Frau kann einen sehr kleinen Mann wirklich verstehen.»

Herrn Herrmann war das entschieden zu philosophisch. Die meisten Männer, die vor ihm saßen, lobten unverdächtige Körperteile wie Haare oder Augen ihrer Geliebten. Liebe sollte immer ein Element des Irrationalen enthalten, sonst würde sie ja nie vergehen können. Praktische Arbeitsteilung, wie ich sie angesprochen hatte, konnte kein Grund für Liebe sein.

«Na ja», sagte Herr Herrmann, «dann schicken Sie mir mal das Fräulein Jefimkina rein!»

Als Lena nach einer guten halben Stunde wieder herauskam, sah sich Herr Herrmann immer noch nicht zu einer endgültigen Entscheidung motiviert. Lena hatte eingedenk ihrer Krankenpflege-Erfahrungen zwar vieles aus meinem Leben richtig wiedergegeben, hatte Herrn Herrmann aber am Ende beim großen Liebes-Warum mit der Aussage: «Ich liebe es, wenn er auf mir herumtrampelt!», verwirrt. Lena hatte dann geduldig und unschuldig erläutert, dass ich sie aus gesundheitlichen Gründen etwa alle drei Tage besteigen müsse. Sie halte es sonst nicht in der Wohnung aus. Und als wäre das noch nicht genug, hatte Lena sich am Ende dann erkundigt, ob Herr Herrmann nicht noch meine drei erogenen Zonen wissen wolle.

«Wie wird nun der Bescheid lauten?», drängte ich.

Herr Herrmann flimmerte kurz mit den Augenlidern.

«Das weiß ich noch nicht. Es ist schwieriger zu beurteilen, als ich dachte. Möglicherweise haben Sie beide eine intensive körperliche Beziehung, aber mir scheint das so ... technisch. Gedulden Sie sich. Was ein ganzes Leben halten soll, kann sicher ruhig noch ein paar Tage warten. Irgendwie ergibt das alles noch kein Bild.»

Ungeduldig fassten wir nach. Lena meinte, ihr Visum laufe ab.

«Und ich bin zwei Monatsmieten im Rückstand!», setzte ich hinterher. Lena sah mich entsetzt an. «Fällt mir gerade so ein», stotterte ich.

Herrn Herrmanns Mund wurde zu einem Strich.

Drei Tage später löste ich mein Versprechen ein, Lena beim Suchen und Finden des richtigen, reichen deutschen Mannes zu helfen. Cornelius hatte damals seinen ersten großen Auftrag als Toningenieur abgeschlossen, er war Assistent bei der Synchronisation eines Actionthrillers gewesen. Ich habe den Titel vergessen, aber es war einer dieser Filme, wo kernige Männer in schmutzigen Unterhemden einfach ruhig weitergehen und sich nicht umdrehen, wenn hinter ihnen ein Tanklaster explodiert. Cornelius hatte alles gegeben, hatte ganze Nächte durchgemischt, Kaffee literweise getrunken – und lag pünktlich zur Premierenfeier mit einer schweren Grippe im Bett. Im Büro der Verleihfirma lagen zwei Karten auf seinen Namen bereit, eine für mich gedacht, denn Cornelius hatte mir seine schicke Filmwelt vorführen wollen. Jetzt hatte ich seine Karte übrig.

«Sehr gut», sagte Lena, «ich brauche Kleid. Ballkleid.»

Da hatte sie, dachte ich ruhig, zweifellos recht. Aber Lena riss erwartungsvoll die Hände auseinander und die Augen auf.

«Nun, was?»

Ich hatte tatsächlich einen Augenblick gedacht, das hätte nichts mit mir zu tun.

«Ich soll dir ein Ballkleid kaufen, damit du einen anderen Mann aufreißen kannst?»

Dreister ging es ja wohl nicht mehr. Vielleicht war der Alkohol doch nicht die einzige Ursache für die Gewalt in russischen Ehen.

«Vergiss es!», sagte ich mutig.

Lena verlangte von mir auf Russisch, ich möge den Geschlechtsakt mit mir selbst vollziehen. Dann ging sie aus dem Zimmer und war schon im Begriff, die Tür zuzuknallen, als mir einfiel, dass die Tür besser nicht mit einer Geschwindigkeit von mehreren hundert Stundenkilometern zugeschlagen werden sollte.

«Ich kaufe dir kein Ballkleid, ich miete dir höchstens eins», rief ich schnell.

Am Nachmittag besuchten wir einen Kostümverleih in der Südstadt, und bald raschelte Jelena in der Umkleidekabine mit einem roten Paillettenkleid herum. Es erwies sich als etwas zu kurz geschnitten – was bei Lenas Größe aber nicht zu vermeiden war. Darüber hinaus fand ich es deutlich zu eng.

Lena meinte: «Wenn der Reißverschluss geht zu, Kleid ist nicht zu eng.»

«Außerdem sieht man so viel von deiner ... Oberweite ... dem Busen», sprach ich etwas sprachlos. Die Monate nach dem Ende ihrer aktiven Sportlerlaufbahn hatten ihr irgendwie gutgetan.

«Ich habe schöne Busen, also muss ich zeigen», pflaumte Lena und drückte ihr Dekolleté vor dem Spiegel zurecht. «Wenn mehr Unterweite ist als Oberweite, höre ich auf zu zeigen.»

Ich erklärte, dass deutsche Frauen ihre Vorzüge nicht so direkt herausstreichen würden.

«Ja, ich weiß», stöhnte Lena genervt, «deutsche Frau will geliebt werden wegen ihrer Innereien. Deswegen läuft rum wie aus Kleidertonne.»

Das sei ja nicht falsch, erwiderte ich, dass man bei der Partnerwahl auf innere Werte, auf gemeinsame Interessen achte.

Lena war anderer Meinung. «Gemeinsame Interessen?

Wenn ich gerne Kaninchen züchte und du gerne Kaninchen züchtest, was ist das dann? Eine Ehe? Nein, das ist eine Kaninchenzüchterverein! In Ehe Interessen müssen nicht gleich sein, in Ehe Interessen müssen sich ergänzen. Wenn Mann einnimmt viel Geld, er braucht eine Frau, die kann ausgeben viel Geld.»

«Aber dann ist das Geld bald alle, Jelena Ilsebill!»

«Das ist Unsinn, Ullischek. Frau muss zeigen der Welt, wie reich Mann ist. Dann kommen alle und wollen Geschäfte machen mit Mann, und Mann wird noch reicher.»

Die Dame vom Kostümverleih kam, musterte Jelena kritisch, aber nicht ohne Wohlwollen, und erklärte, sie hätte noch andere, weniger aufdringliche Modelle, die auch nicht so teuer seien wie dieses. Lena sah mich fragend an, die Dame vom Kostümverleih sah mich gleichermaßen fragend an. Was, wenn das stimmte mit dem reichen Mann? Was, wenn es da oben, bei den Reichen, wirklich so einfach zuging? Was, wenn die Armen nur deswegen arm blieben, weil sie sich alles furchtbar kompliziert vorstellten?

«Ach», sagte ich, «billig ist jetzt nicht sooo wichtig.»

Zur Filmpremiere marschierte ich also mit Jelena Jefimkina im Schlepptau auf, was dann doch nicht ganz so effektvoll war wie gedacht, da die Fotografen am roten Teppich mir immer zuriefen, ich solle mal ein paar Meter von der Frau weggehen, damit sie sie in Ruhe fotografieren könnten. Lena drehte derweil ihren Sportkörper ein, als hätte sie nie etwas anderes gemacht.

Wir stellten uns ans Buffet und beobachteten die Bussi-Orgie, die die Menschen der Filmwelt veranstalteten. Da ich vor Aufregung etwas Sodbrennen hatte, ließ ich mir vom Kellner einen Tee bringen, und während ich den Teebeutel im heißen Wasser auf und nieder schweben ließ, fragte ich Lena, welchen der hier anwesenden Männer sie für reich hielt und welchen sie sich aussuchen würde. Lena meinte, der Hauptdarsteller mit der Machoglatze könnte ihr schon gefallen. Der sei ein Prachtexemplar und habe sicherlich Geld. Ich machte sie darauf aufmerksam, dass sie sich mit ihrem rauen Charme unmöglich in den Kreis von entzückt kreischenden Fräuleins einschleichen könne, die den Schauspieler umschwärmten, sobald er auch nur eine Minute irgendwo stehenblieb. Dann deutete Lena auf den ziegenbärtigen Regisseur, der seinen Hut aufbehalten hatte und mit ein paar Leuten sowie einer älteren Schauspielerin etwas gestenreicher als nötig diskutierte, um das Gefühl mangelnder Beachtung auszugleichen. Lena sagte, der sei bestimmt gut im Geschäft und hätte auch was im Kopf. Die Dame an seiner Seite wäre in spätestens einer Stunde kein Problem mehr, da sie keinen Alkohol vertrüge, wie man unschwer sehen könne.

«Die trinke ich ins nächste Taxi!», sagte Lena kampfeslustig.

Ich schüttelte den Kopf. So würde das nichts. Ihr Raster sei grundfalsch. Wir würden jemanden zum Heiraten suchen. Was Solides. Schauspieler und Regisseure seien Künstler, von Natur aus labil, sie neigten zu Krisen und wären berufshalber stets von Frauen umgeben, die für Abenteuer empfänglich seien. Dann, erklärte Lena, würde sie den stillen Mann im Frack da hinten nehmen, der die ganze Gesellschaft zurückhaltend beobachte. Das sei der Chef vom Catering, erläuterte ich, der brauche eher noch Geld, als dass er es ausgeben könne.

Etwas abseits standen drei behäbige Männer ohne Krawatten an einem Stehtischchen und tranken Bier. Einer hatte einen Hund dabei, einen Labrador, der matt zu seinen Füßen lag, als sei er des Premierenpartygewusels schon seit Jahren überdrüssig. Hin und wieder kam jemand an den Tisch und schüttelte kräftig die Hand des Hundebesitzers, klopfte ihm auf die Schulter oder machte eine andere Transportarbeitergeste.

«Siehst du den da drüben? Den mit dem Hund?», fragte ich Lena. «Das ist unser Mann.»

«Der Dicke? Das ist nicht dein Ernst!»

«Das ist der Produzent, Lena. Ich habe mich informiert: Das ist der reichste Mann im ganzen Saal. Egal, was aus dem Film wird, seine Rechnung ist schon bezahlt. Und er ist eine leichte Beute. Er trägt keinen Ring, also ist er nicht verheiratet …»

«… vielleicht er hat ihn abgelegt.»

«Quatsch. Ein Produzent ist kein Regie-Schlawiner. Das ist sittlich gesehen eine andere Rasse Mensch. Wenn ein Produzent verheiratet ist, trägt er einen Ring. Also, der ist unverheiratet und hat einen Hund. Was sagt dir das?»

«Er mag Hunde lieber als Frauen.»

«Nein, er sucht Anschluss. Er ist allein. Er hat sich diesen Hund zugelegt, damit er mit jemandem sprechen kann. Nach Drehschluss gehen die Stars mit den Mädels nach Hause, und er geht mit seinem Hund spazieren. Dieser Hund ist sein Seelenpflaster. Dieser Hund ist wie eine Bitte um Partnerschaft.»

«Gut, dann geh ich los und lache ihn klar.»

«Klarmachen, wenn schon, denn schon», verbesserte ich sie.

«Nein», sagte Lena. «Ich lache ihn fertig.»

«Bitte, verwende nur Redensarten, die du auch verstehst. Das ist sonst total peinlich.»

Lena gurgelte mit ein bisschen Sekt und massierte ihre Lippen aufeinander, damit das Rot gleichmäßiger wirkte.

«Professor Doktor Ullischek», sagte sie dann hochmütig. «Es gibt aber im Deutschen eine Redeart, die heißt ‹sich jemanden anlachen›. Das werde ich tun. Ich zeige dir, wie Mann funktioniert. Ich geh hin und stelle einfach mein Sekt auf sein Tisch ab und ziehe Pumps aus. Sage, ich müsse mich mal kurz festhalten an Tisch. Tu aber so, als wäre nicht interessiert. Kümmere mich schön um meine Schuh. Und dann, wenn er was zu seinen Kumpels sagt, ich lächle. Lächle, als hätte ich gerade was Witziges gehört und müsse jetzt unbedingt ganz schön lächeln.»

«Was, wenn er nichts Witziges sagt?»

«Ist egal. Er wird schon sagen irgendwas. Es geht um Reaktion. Ich bin eine russische Blondine. Ich kann ganz gut Deutsch verstehen. Und muss plötzlich lächeln. Jeder Mann kriegt eine Hormonflash, wenn er zum Lächeln bringt eine Frau wie mich. Produzent mit Zuhörhund erst recht. Das wird ihn mutig machen, wird versuchen, noch so eine Witz zu machen. Er wird testen, ob ich ihn wirklich finde witzig. Und ich? Lächle wieder, lach vielleicht ein bisschen. Aber ich gucke ihn nicht an, kram mit meine Pumps und lächle fein wie Nastenka aus Märchenfilm. Und jetzt pass auf: Bei allen anderen lächele ich nicht, egal, was sie für Brüller sagen. Dann weiß er, dass heute sein Glückstag ist! Er ist der dicke Junge, der nie Mädchen kriegt, aber ich, ich habe reagiert auf seine Witz und Charme. Ich bin Lottogewinn! Er wird mich einladen.»

Lena zwinkerte mich siegessicher an, aber ich zog eine verächtliche Grimasse.

«Du glaubst nicht, dass funktioniert?»

«Doch. Schon.»

«Du guckst aber nicht so, Ullischek! Warum glaubst du?»

Ich drückte meinen Teebeutel am Tassenrand aus und legte ihn auf die Untertasse. Dann hob ich meinen Blick und sah Lena etwas traurig an.

«Weil ich ein Mann bin.»

«Ja, stimmt», sagte Lena gedehnt, als fiele es ihr wieder ein, «du bist ja auch ein Mann.»

Und stöckelte los.

Ich hasste sie. Ich liebte sie.

Hansi Feichtenbeiner, Produzent von «Nur über eure Leichen» und «Der Bulle und die dumme Kuh», sagte eine Minute später zu Sigge Krahl vom Nordostdeutschen Medienboard, in dem Moment, als Lena ihr Sektglas wie zufällig auf dem Stehtisch abstellte und, sich an der Tischkante festhaltend, die Pumps auszog: «Ich möchte mal einen Caterer erleben, dessen Stehtische nicht wackeln.»

Lena, den Blick halb nach unten auf ihre Pumps gesenkt, lächelte, still und fein, als koste sie das erste Mal im Leben von der Männer Gegenwart.

Dann sagte Hansi Feichtenbeiner: «Ich glaube, die stellen die schon wacklig her, damit die Gäste ihre Gläser schneller austrinken.»

Lena fummelte an ihren Pumps und lächelte etwas breiter.

Sigge Krahl entgegnete zwinkernd, es wäre sehr gut, dass endlich mal jemand die wackligen Tische «feststellt». Das war eindeutig zweideutig, doppelsinnig und objektiv witzig.

Lenas Mund schnurrte zusammen. Nicht lustig.

Da nahm Hansi Feichtenbeiner einen ordentlichen Schluck aus seiner Biertulpe und sagte: «Früher hat ein Bierdeckel gereicht, heute musste mindestens drei unterschieben. So'ne Tische stellen die heute auf. Da steckt die Bierdeckelindustrie dahinter.»

Lena, den Oberkörper leicht gebeugt, prustete erheitert in

ihr Dekolleté. Hansi Feichtenbeiner wischte sich den Schaum von den Lippen und starrte sie begeistert an.

«Sie haben ja kaum noch Sekt im Glas, junge Frau», meinte er und schnipste nach dem vorbeieilenden Kellner, der sofort umdrehte. Er war tatsächlich der Einzige, der hier schnipsen durfte. Lena erhob sich wieder und stand strahlend vor ihm.

«Ich bin der Hansi», seine Hand streckte sich ihr entgegen.

«Sie nennen mich bitte Lena!», hauchte Jelena Jefimkina so rauchig wie eine sibirische Lagerfeuernacht.

Ich drehte mich um, ging fort und setzte mich auf ein Sofa zu einer älteren Dame, die in den sechziger Jahren ein Fräuleinwunder des DEFA-Films gewesen war. Sie erzählte mir, wie man sich in einer Dreier- oder Vierergruppe stellen musste, um keinen Schatten im Gesicht zu haben. Dann fragte sie mich, was ich so mache, aber sie verstand meine Antwort nicht richtig. Zu viele Stimmen, zu schlechtes Gehör.

«Altpädophilie», sann sie mit Stirnrunzeln, «das kann man studieren?»

Lena am Stehtisch lachte und gackerte, während Hansi Feichtenbeiner immer gestenreicher Anekdoten aus der Produktion des Films zum Besten gab. Irgendwann kurz nach zwölf verabschiedete sich Lena, und Hansi Feichtenbeiner bestand darauf, dass sie seine Karte nahm. Doch dann erbat er sich die Karte zurück und schrieb unter augenzwinkernden Erläuterungen noch etwas hinzu. Lena gab Luft-Bussis und stolzierte, ihr Kopf über den Köpfen der anderen, durchs Gedränge ab. Zu mir.

«Siehst du. Ich habe ihn klargelacht», Lena ließ sich neben mir in die Loungecouch fallen, «war aber nicht mein Typ!»

«War der Allfinanzmakler dein Typ?»

«Ach, Typ. So ist das nicht bei Frau, Ullischek!», sagte Lena und stellte ihr leeres Sektglas zu ihren Füßen ab. «Manchmal muss sein bei Frau. Manchmal ist diese Tag, wo sein muss. Ich weiß auch nicht, warum. Dann ist fast egal, welche Typ! Und Allfinanzmakler musste eben sein.»

Die Auskunft, dass Frauen nicht unbedingt einen Typ hatten und dass auch untypische Männer an bestimmten Tagen vielleicht eine Chance hatten, erwärmte meine Seele.

«Wann ist so ein Tag?», platzte es aus mir heraus.

Lena sah mich kritisch an.

«Ich meine, es interessiert mich vom wissenschaftlichen Standpunkt aus. Rein biologisch. So chronobiologisch.»

Lena sah mich noch kritischer an.

«Liebe Jelena Semjonowna, ich würde es niemals jemandem verraten. Oder gegen dich verwenden.»

Lena, die schon ein bisschen beschwipst war, zögerte eine Weile, grübelte, ob oder ob nicht, lehnte sich aber schließlich zu mir hinüber und flüsterte:

«Na gut, weil du mein Freund ist. Weil du mir verraten hast, wie man reiche Mann erkennt. Es ist der Winterblusentag, es ist der dreimal aufgeknöpfte Sommertag.»

Das fand ich wenig hilfreich. Es war wie eine Zuckerspur im Schnee.

Wir trollten uns und machten uns auf nach Hause.

Draußen zog Lena ihre Pumps aus und ging auf der Straße, ich blieb auf dem Bürgersteig. Aber sie war immer noch ein bisschen größer.

Niedlich. In der Tat.

«Ich habe noch eine Idee», sagte ich, als Lena zu Hause auf dem Boden im Schlafsack lag, «erinnerst du dich an den Schreibtisch von diesem Menschen vom Ausländeramt?»

Lena schüttelte den Kopf. Für bestimmte Details war sie noch nicht assimiliert genug.

«Da stand ein Tanzpokal. Er ist irgend so ein Tänzer. Das ist seine Achillesferse. Da können wir ihn emotional zu packen bekommen. Lass uns einen Tanzkurs machen!»

«O bitte, nichts mit Bücken!», sagte Lena.

«Aber Tanzen», sagte ich, «ist der Paarsport überhaupt. Wenn ich richtig liege und Herr Herrmann dem Turniertanz frönt, dann wird er das in dieser Stadt schnell mitkriegen. Hier gibt es nicht so viel Tanzkreise.»

Lena warf sich ungnädig auf der Matte herum.

«Komm, Lenotschkaleinchen! Wir tanzen! Wie ein Liebespaar!»

«Wir werden niemals heiraten», schnaufte Lena mürrisch in ihren Schlafsack. «Wir werden eher Preis kriegen für längsten Versuch, Scheinehe in Deutschland einzugehen! Wir werden mit Alter von siebzig Jahre geschenkt bekommen Ehren-Scheinehe-Schein von Bundespräsident!»

Ich pfiff ihr leise «Ich hätt' getanzt heut' Nacht» in den Nacken.

Dann meinte sie: «Jaja, ladno!»

***

Toni, eigentlich Antonia Da Silva, war mit ihrem Partner Lars Hagedorn 2002 sogar mal Vizemeisterin in den Lateinamerikanischen Tänzen gewesen. Jetzt betrieb sie eine Tanzschule. Sie war von einer makellosen Schlankheit, wie es sie jenseits der fünfunddreißig eigentlich nicht mehr gibt, hatte eine scharfe Nase und trug ihr schwarz gelacktes Haar im Nacken zu einem Knoten gebunden. Zehn Jahre Tanzunterricht mit Hunderten tapsig herumrumpelnden Erwachsenen hatten sie didaktisch etwas ausgeleiert. Die Aussicht, ein so absonderliches Pärchen wie uns in Schwung zu bringen, ließ sie sichtlich aufleben.

«Deutscher Mann, russische Frau – das tanzt doch von selbst», meinte Toni und zählte sofort ein ganzes Dutzend Profipaare auf, die in dieser Kombination über die spiegelversiegelten Parkette dieser Welt schleuderten. «Außerdem ist es immer von Vorteil, wenn die Dame etwas mehr» (ihre Augen wanderten einmal die ganze Jelena Jefimkina hinauf) «... Präsenz hat. Da kann Männe auch mal danebenhopsen!»

Sie lachte ein silbernes Spieluhrlachen und stupste mich kokett an der Schulter.

Wir waren es ja längst gewöhnt, angestarrt zu werden, also machte es uns auch nichts aus, als wir uns beim Tanzkurs vorstellten. Es dauerte trotzdem Gott sei Dank nicht sehr lang, denn der Unterricht forderte von allen sehr bald unerbittlich Konzentration auf sich selbst. Und da Lena doch ganz gut auf mein beschränktes Schrittmaß achtete, ergaben wir wider Erwarten sogar ein ganz passables Tanzpaar.

Wenn wir denn tanzten. Denn wir kamen immer nur sehr mühsam vom Fleck. Manchmal standen wir eine geschlagene Minute zwischen um uns herschweifenden Paaren, während ich versuchte, zählenderweise den Rhythmus auf einem Takt zu erwischen.

«Der Mann führt», rief Toni, die ein Führungsproblem vermutete.

«Aber dieser Mann will nicht führen», rief Lena zurück. «Dieser Mann will nur zählen.»

Toni kam heran, wedelte mich davon und nahm meine Position bei Lena ein. Die Frauen sprachen leise miteinander, dann sagte Toni: «Herr Hasselmann, tanzen Sie einfach los, wann Sie wollen! Die Dame folgt Ihnen dann schon.»

Das Ergebnis war, dass ich lostanzen wollte, sobald ich glaubte, lostanzen zu müssen – und Lena mich zugleich mit einem eisernen Volleyballerinnengriff festhielt, als wäre sie ein Cyborg, und mich erst freigab und wirklich tanzen ließ, wenn der Takt kam. Überraschenderweise funktionierte das wunderbar.

Wir brillierten beim Quickstepp, beim Walzer ergaben sich Momente vollendeter Harmonie, auch wenn Lenas Arm auf meinem lastete wie ein Oberschenkel. Nur eins bekamen wir nicht hin: die Drehung der Partnerin unter der Hand des Mannes bei der Rumba, beim Chacha und Jive. Ich kam im Traum nicht so hoch, und wenn Lena mit gebeugten Knien unter meinem Arm hinwegzuschleichen versuchte wie Kinder beim ‹Ziehe durch, ziehe durch, durch die Goldene Brücke›, kamen wir völlig durcheinander.

Bei der Samba schließlich konnte Toni Da Silva es nicht mehr mit ansehen.

«Herr Hasselmann, so geht das nicht weiter. Sie übernehmen jetzt den Damenpart. Sie tanzen bitte bei der Botafogo voraus! Frau Jefimkina hält Ihnen das Händchen!»

Es war die einzig vernünftige Lösung. Aber Vernunft und maskuline Identität begannen in mir zu streiten.

«Wär doch schade drum», lockte Toni. «Sie haben die Samba im Blut. Ja, und im Hintern auch.» Dann musste sie leider lachen, weil die abgefeimte Jelena Jefimkina hinter meinem Rücken mein Powackeln nachgemacht hatte.

«Prasti, Ullischek», meinte Lena, «aber es ist so niedlich.»

Das war zu viel. Meine Männlichkeit, die in diesem Tanzkurs ohnehin schon erheblich unter Druck geriet, war nicht unendlich belastbar. Ich fuhr herum und zischte sie grimmig an:

«Sag das nicht noch einmal ...»

Die Tänzerin des Paares neben uns beugte sich und flüsterte: «Es sieht aber wirklich niedlich aus.»

Ihr Mann bestätigte knapp, das sei niedlich. In der Tat.

Durch diese Bemerkungen wurden jetzt weitere Tanzpaare darauf aufmerksam, und auch sie begannen sich dafür auszusprechen, dass meine Gesäßbewegungen bei der Samba niedlich seien. Befreundete Tanzpaare pflichteten ihnen bei. Eine besonders mütterliche Natur forderte mich auf, ich solle mich nicht so haben, Niedlichkeit sei doch nichts Schlechtes.

«Ich ... tanze ... nicht ... niedlich!», erwiderte ich mit aller verfügbaren Selbstbeherrschung.

Schräg gegenüber im Saal trat nun ein Mann mit einem blütenweißen Hemd und einer schwarzen Brille vor, der offenbar professionelle Kompetenzen vorzuweisen hatte.

«Sie blockieren sich ja völlig. Stehen Sie doch zu Ihrer Niedlichkeit. Versuchen Sie mal, sie nicht abzukapseln, sondern gehen Sie ganz bewusst in Ihre Niedlichkeit hinein.»

Es war unfassbar. Ich stand da, die Arme starr und die Fäuste geballt, als würde ich gleich ohne Helm durch die Decke geschossen.

«Musik! Lasst die Trompete zur Pauke sprechen!», beendete Toni die Szene. «Samba, jetzt mit Promenade und Botafogo!»

Dann tanzte ich beleidigt die Botafogo vor Lena herum, während die Großrussin gnädig ihr Händchen über mich hielt. Aber die Sache bei Samba ist ja, dass man sofort vergisst, wie lustig es von außen aussieht, wenn man selber tanzt. Nach zwanzig Sekunden vergisst man eigentlich alles und prallt nur noch begeistert mit dem Arsch wackelnd durch den Saal. Irgendwann begann ich sogar, wie eine Flitter-Latina die Hände zu spreizen und den Arm zu recken. Und bei eben dieser Rio-de-Janeiro-Promenade an dem Abend glaubte ich, jemanden in der linken Saaltür stehen zu sehen.

Mein Glaube gewann an Zuversicht, als mir Gerd am selben Abend mitteilte, dass der Mann vom Ausländeramt heute wieder da gewesen sei und er ihm gesagt hätte, dass wir wahrscheinlich wieder mal beim Tanzen wären. Der Mann sei sehr erstaunt gewesen und hätte sich ausgiebig erkundigt, seit wann und wo wir denn tanzen gingen.

Und schließlich wurde mein Glauben zur Gewissheit. Nämlich, als Herr Herrmann uns beim letzten Termin eine Woche darauf ohne weitere Inquisitionen darlegte, dass das Ausländeramt eine unbefristete Aufenthaltsberechtigung für Jelena Jefimkina auszustellen gedenke und damit einer Heirat auf deutschem Boden keine weiteren Hindernisse entgegenstünden. Als wir uns unter überschwänglichen Dankbezeugungen verabschiedeten, hielt mich Herr Herrmann noch kurz zurück, während er Lena bedeutete, draußen zu warten.

«Wollen Sie meine ehrliche Meinung hören, Herr Hasselmann?»

Ich wiegte unschlüssig den Kopf.

«Ich denke, dass Sie beide tatsächlich versucht haben, die Ausländergesetze der Bundesrepublik zu hintergehen», eröffnete mir Herr Herrmann. «Solche Fälle habe ich ständig vor mir sitzen, und glauben Sie mir, dass Sie keine Chance gehabt hätten, wenn ... ja, wenn Sie nicht so chancenlos gewesen wären. Irgendwie hat es mich gerührt, wie Sie so dasaßen, Sie, entschuldigen Sie bitte, Wurzelzwerg und diese Prachtrussin. Aber Sie haben nicht aufgegeben. Und das hat mir ein bisschen imponiert. Deswegen habe ich Ihnen ein Dutzend Mal die Chance gegeben, dass Sie von selbst hinschmeißen, dass Sie sich hinstellen und sagen, gut, dann eben nicht. Es ist alles gelogen. Eigentlich wollte ich nur sehen, wann Sie aufgeben. Und dann habe ich Sie beide tanzen sehen ...

Und das hat mich wirklich umgehauen. Sie müssen wissen, ich tanze seit meiner Jugend. Ich bin seit zwanzig Jahren Wettkampfrichter beim ADTV. Ich habe viele Paare tanzen sehen, die dann auch so ein Paar wurden, was beim Tanzen nun mal schnell passiert. Und ich kann Ihnen sagen, ich habe es immer sofort gesehen, wenn ein Paar beim Tanzen kein Paar mehr war. Ich habe es oft früher gesehen, als diese Paare es selber wussten. Wenn man ein Gefühl für Harmonie und die Bewegung miteinander hat, erschließt sich auch der innere Zusammenhalt eines Paares sofort. Und ich sehe auch, wenn Menschen ein Paar sind, ohne dies zu wissen. Bei Ihnen habe ich fast so was wie Verschmelzung gesehen. Sie gehen auf diese Frau ein, und sie reagiert auf Ihre kleinsten Bewegungen. Profitänzer kriegen das manchmal nicht so hin. Das kann man nicht türken.»

«Türken sagt man nicht mehr!»

«Sie haben völlig recht. Aber noch einmal: Sie tanzen, als hätte eine höhere Macht Sie zusammengefügt. Ihnen ist das möglicherweise nicht bewusst. Aber Sie und diese Russin – sind ein Paar! Nehmen Sie meinen Segen, und heiraten Sie sie! Und um Gottes willen, tanzen Sie!»

Ich fragte ihn, ob das eine Aufforderung sei, dass wir uns dem deutschen Tanzsport anschließen.

Herr Herrmann zögerte.

«Das will ich damit nicht gesagt haben. Wissen Sie, möglicherweise sind wir noch nicht so weit. Es gibt ja noch so was wie ästhetische Normen. Aber es kommt Bewegung in die Sache. Schon gibt es Wettbewerbe für schwule und lesbische Tanzpaare. Warum nicht eines Tages auch für kleine Männer mit großen Frauen?»

Er klopfte mir aufmunternd auf die Schulter. Ich lächelte matt. Ganz am Ende, wenn alles auf dieser Welt emanzipiert ist, ganz zum Schluss, wenn man sich fast schon fragt, ob es denn überhaupt noch etwas zu emanzipieren gibt – dann werden kleine Männer mit großen Frauen anerkannt werden. Ganz zum Schluss.

Zwei Blumen aus Blut

Es gibt Orte der Ruhe und Besinnlichkeit in dieser Welt, die man in ihrer tagtäglichen Betriebsamkeit nicht dafür halten würde. Orte, in denen unerhebliche Einzelgeräusche von vertrauten Geräten, kleinteilige Geschäftigkeiten hinter Tresen und Regalen vom Frieden einer zivilisierten Welt künden. Ein solcher Ort ist eine Hamburgerbude um zwei Uhr nachts. Eine helle Insel in finsterer Nacht. Für Vater und Sohn.

«Weißt du, diese Vaternummer. Das muss nicht sein», meint Slawa, während ich in seinem Gesicht nach irgendetwas suche, was mich an mich erinnert. «Aber die Albanersache, die ist wichtig. Wegen dem Bahnhofscenter – da geht jeden Tag, wo nicht gebaut wird, viel Geld flöten. Das Haus kommt weg. Ohne die Zecken. Kein Ding. Die raffen das bald. Und ich mach das. Ich hab es versprochen.»

Slawa sitzt vor seiner Cola und starrt auf meine wunden Handgelenke. Ich ziehe die Hemdsärmel drüber. Komisch, irgendwie ist es mir peinlich, dass mich jemand hat ermorden wollen.

«Du hast vorhin gesagt, deine Mutter hätte recht gehabt. Was hat dir deine Mutter über mich erzählt?»

«Nicht viel. Sie hat eigentlich nur einmal was gesagt. Als

wir uns gestritten haben. Die Polizei war gerade da gewesen. Wegen Anzeige, wegen diesem Zeug. Und dann die Schule und Kram und so.»

Obwohl ich weiß, dass die Stilistik in der Pubertät generell ein bisschen durchhängt, empfinde ich sein Ausdrucksvermögen als verwahrlost. Gut, die Mutter ist Fremdsprachlerin, aber der Vater hätte doch wenigstens ... na ja, Baustoffhändler.

«Mama hat gesagt, wenn ich mich weiter mit den Bissnissmen», er meint die Hausverwaltung, «einlasse, sagt sie's meinem Vater, meinem richtigen Vater.»

Kostbar sind die Momente, in denen man erfährt, was andere über einen reden. Doch wahrlich erquickend sind jene, in denen man erfährt, dass sie gut von einem reden.

«Ich habe gesagt, oh, habe ich aber Angst. Und sie so: Das solltest du auch. Und ich zu ihr: Kommt der dann und haut mich, oder was? Und denn ist Mama zu mir und hat mich so angeguckt ...»

Slawa kann sie wirklich gut nachmachen. Er blinzelt aggressiv und kurzsichtig über den Tisch.

«‹Dein richtiger Vater›, hat sie gesagt, ‹kann es nicht gut sein lassen.›»

«Was meinte sie damit?»

«Hab ich sie auch gefragt. Und sie, wa: ‹Du und deine Bissnissmen, ihr habt die große Fresse. Aber ich schick dir deinen richtigen Vater. Das wünschst du dir nicht. Es gibt die Ängstlichen, die kann man leicht einschüchtern. Dann gibt es die Mutigen, die kann man nur sehr schwer einschüchtern. Und dann gibt es die Nixmerker, die kann man überhaupt nicht einschüchtern.›»

«Ich kann nicht erkennen, was das mit mir zu tun haben soll.»

Slawa zutscht im Rest seiner Cola herum.

«Du bist so … klein. Mama und du … kann ich mir überhaupt nicht vorstellen.»

«Ich auch nicht.»

Slawa macht ein fragendes Gesicht.

«Mein Sohn», hebe ich an, «ich weiß nicht, wie du zustande gekommen bist. Ich weiß es einfach nicht. Es muss irgendwie passiert sein, aber ich habe keine Erinnerung.»

«Aber Mama weiß es?»

«Ja, und sie wird es mir sagen, wenn das hier vorbei ist. Sie hat es versprochen.»

«Was soll hier vorbei sein? Glaubst du, Swanidse lässt dich jetzt in Ruhe? Denkst du, der sagt: Na gut, wenn er nicht gekillt werden will, dann eben nicht. Swanidse ist eine Awtoritet! Der hat schon Leute wegen weniger ausgeknipst. Glaubst du, du kannst da noch mal einfach so reinspazieren und Friede, Friede, Friede rufen?»

«Ja, was soll ich denn sonst tun? In Frauenkleidern außer Landes fliehen? Ich habe Familie, meine jetzige Frau, deine beiden Halbschwestern.»

Slawa wird munter.

«Ich habe Schwestern?»

«Willst du ein Umgangswochenende?», frage ich, erstaunt, welch warmes Interesse diese Tatsache in ihm weckt.

«Nee, lass mal. Ich denke ja sowieso, du gehst jetzt zur Polizei.»

«Ich werde nicht zur Polizei gehen. Was soll ich denen sagen? Der alte Mann im Kiessee mit den beiden getrennten Hirnhälften wollte mich eigentlich umbringen, hat sich aber ein bisschen vertan? Das albanische Mannweib mit dem Loch in der Backe, das bei meinem Freund in einer schalldichten Sprecherkabine steckt, hat sich bloß erschrocken, als es auf einer Pistole herumkaute …»

«Mach, wie du willst. Ich denke, du bist bald tot. Kossew war vielleicht ein bisschen zu alt für den Job. Aber die schicken dir demnächst Gurjakin auf den Hals, und Gurjakin ist schneller, als du ‹schnell› sagen kannst. Oder Jaschik. Der macht dich platt. Hat mich gefreut, deine Bekanntschaft gemacht zu haben.»

«Das ist alles?»

«Ich habe eben kein Glück mit Vätern, wie es aussieht! Geht aber auch so.»

Das klingt sehr sarkastisch. Was habe ich erwartet? Dass er mir um den Hals fällt?

Aber ich habe doch wenigstens erreicht, dass es eine kleine Chance gibt. Nach allem, was heute Nacht geschehen ist, kann ich mir sicher sein, dass sich die organisierte Kriminalität in dieser Stadt ein paar selbstkritische Fragen stellen muss. Und morgen würde ich mit Murat sprechen. Und mit Herrn Swanidse. Ich bin überzeugt, dass es eine Lösung gibt. Man muss nur im Gespräch bleiben. Auch für Danzig hätte es eine Lösung gegeben.

Wir brechen auf. Slawa will aber nicht nach Hause, sondern bittet, zu Kaysa gefahren zu werden. Ich verstehe, denn wie alle russischen Mütter kann Jelena Jefimkina wahrscheinlich sehr theatralisch werden. Aber ich bestehe darauf, dass er seiner Mutter eine SMS schicke, dass es uns beiden gutgehe und ich mich morgen bei ihr melden würde.

Slawa klemmt sich in den Polo. Seine Knie stehen am Armaturenbrett an.

«So ein Unijob bringt nicht viel ein, was?»

«Man sitzt im Trocknen, und ich kriege Geld dafür, die Texte von Menschen zu lesen, die nicht wussten, dass ihre Welt bald untergehen würde. Das ist spannend. Es ging um alte Gewohnheiten und eine neue Religion aus dem Osten.

Es ist wie heute. Mit dem Vorteil, dass man weiß, wie es ausgeht.»

«Aber wollteste nicht mal der totale Chef sein?»

«Ich bin der totale Chef. Es gibt niemanden auf dieser Welt, der sich besser in der Verslyrik der späten Kaiserzeit auskennt. Ich bin der totale Chef der Verslyrik der späten römischen Kaiserzeit.»

Slawa macht ein Geräusch, das andeutet, dass er unser Gespräch innerhalb dieser Thematik nicht weiterführen will.

«Was ist mit Herrn Göbel, deinem falschen Vater? War der der totale Chef?»

«Aber wie. Er war mein Held. Er hatte den Blick. Alle Göbels haben den Blick!»

Slawas Coolness taut etwas auf. Er dreht sich zu mir, ich habe die Hände in der empfohlenen Viertel-vor-drei-Stellung am Lenkrad und schaue fest nach vorn.

«Weißt du: Er hatte am Anfang nur einen alten Laster mit so einem Kran drauf. Den hat er mit einem Kredit von seinem Vater gekauft. Ein Kredit vom Vater, aber richtig mit zehn Prozent Zinsen. Damit er gleich weiß, dass das kein Spaß ist. Aber Pap-, also na ja, mein Stief-Vater, hatte den Blick. Er war der Blickige. Der ist Anfang der Neunziger im Osten durch die Städte gefahren mit seinem Kranlaster und hat geguckt, wo Altbauten saniert werden. Dann ist er rein und hat gefragt: ‚Mensch, Leute, soll ich euch den Abfall wegfahren? Hier, das ganze Zeug, die alten Kacheln, Badewannen, die Dielen, die alten Geländer, Zaunfelder. Den ganzen Kram? Und die, wa: Ja klar, Alter, nimm mit den Scheiß! Das waren Prolls. Die hatten den Blick nicht. Das waren sauteure Delfter Kacheln. Art-déco-Badewannen. Eichenholzparkett. Zäune aus Jugendstil, schmiedeeisern. Er hat einen alten Gewerbehof gemietet und einen Handel mit historischem Bauzeug aufgezogen. Die sind aus ganz Europa gekommen, wegen Kachelöfen mit Löwenköpfen und so was. Die hat er versteigert. Riesenkohle hat er gemacht, mit nichts. Das war sein Ding. Mein ... der ... Stiefvater hatte Spaß an Gelegenheiten. Er hat immer gedealt. Ich war noch klein, da ist er mit mir im Porsche rausgefahren zu einem Bauern und hat den gefragt, ob er ihm sein Feld verkauft. Da wäre Sand drunter. Er wolle eine Kiesgrube draus machen. Aber der Bauer wollte nicht richtig. Da hat Papa», Slawa hat sich heißgeredet, der korrekte «Stiefvater» entgleitet ihm, «dem Bauern den Porscheschlüssel auf den Tisch geschmissen und gesagt: ‹Den gebe ich dir sofort dazu, wenn du unterschreibst.› Und das war kein lausiger Porsche. Ein Spitzenmodell. Einfach so, hingeschmissen und Scheiß auf Porsche. Da hat er unterschrieben. Und wir sind mit dem Bus zurückgefahren. Hat drei Stunden gedauert. Ich dachte, der spinnt total.

Ein paar Tage später kam die Planung für den neuen Flughafen raus. Und das Land hat die Flächen gekauft. Unser Feld auch.

Dann hatten wir wieder einen Porsche und Mama noch einen Touareg dazu. So sind die Göbels. Und ich dachte, ich wäre auch einer. Einer mit dem Blick. Ich habe meinen Stiefvater bewundert. Ich habe zu ihm aufgeblickt.»

Ich schweige betreten und blicke noch gerader nach vorn als eh schon.

«Tut mir leid», sagt Slawa. «War nicht so gemeint.»

Ich frage mich, ob sich Slawas tolle Idee, mit einem Akkustaubsauger gesammelte Drogenreste an Discobesucher zu verkaufen, einem stiefväterlich geprägten Gespür für Gelegenheiten oder einem biologisch vererbten Hang zum Desaster verdankt. Und ich beginne zu überlegen, ob die Gegenwart des leiblichen Vaters dem Aufwuchs wohl wirklich immer dienlich ist. Sicher, Musiker stammen aus Musikerfamilien. Aber es stammen auch Neurotiker aus Neurotikerfamilien. Das darf man nicht vergessen. Und schließlich ist Hausmusik auch so eine Art Neurose, wie man an Maike und den klavierspielenden Zwillingen sehen kann.

Aber es ist drei Uhr nachts. Ich sollte bei der Frau sein, die mich gerettet hat. Ich setze Slawa vor Kaysas Elternhaus ab, und mein Sohn springt über den Zaun. Einfach so. Es sieht toll aus. So unkompliziert. Gleich wird er zu Kaysa ins Bett kriechen und mit seinen großen Händen in ihr makellos estnisches Haar fahren. Das Verklemmte hat sich anscheinend rausgekreuzt. Lena sei Dank.

Zu Hause ist alles still und friedlich. Maike schläft längst. Warum auch nicht? Was soll schon sein? Ich wollte nie eine Frau, die wach bleibt und auf mich wartet. Ich wollte nie ein Leben, in dem eine Frau wachbleiben zu müssen glaubt, bis ihr Mann zu Hause ist. Ich stecke meine Sachen in einen Beutel und stopfe ihn im Wohnzimmer in den Schrank unterm Aquarium. Dann dusche ich mich, schleiche ins Schlafzimmer, ziehe mein Nachtzeug an und lege mich ins Bett, auf den Rücken. Die Hände auf der Brust. Wie aufgebahrt. Mein Herz klopft immer noch anders. Beinahe hörbar anders. So seltsam rhythmisch. Was soll das bedeuten? Ich liege neben Maike, und Maike schläft ruhig und atmet gleichmäßig. Mein Ziel war es immer, Maike nicht zu beunruhigen.

Für heute habe ich es geschafft. Aber morgen? Was wird morgen sein. Frieden? Ich habe eine russische wie eine albanische Gruppe von sehr einseitig tötungsorientierten Männern gegen mich aufgebracht. Innerhalb von nur fünf Stunden. Ich träume vom Frieden. Ich muss Frieden machen, aber ich weiß nicht, wie. Ich kenne mich weder im Vermietungsgeschäft noch im Entmietungsgeschäft aus. Für mich persönlich gibt es keine Alternative zum Dialog.

Ich glaube ja, in Swanidse den Willen zum Frieden gesehen zu haben, aber irgendwas stand da auch dagegen. Er wirkte müde, als er sich entschloss, mich verschwinden zu lassen. Als wäre es ihm aufgezwungen worden von irgendeiner sonderbaren Logik. Wahrscheinlich musste er vor seinen Leuten Härte und Durchsetzungskraft demonstrieren. Wenn ich es schaffen könnte, einmal mit ihm unter vier Augen zu reden ... Ich würde ihn geradeheraus fragen, wie er sich denn an meiner Stelle verhalten hätte. Das funktioniert eigentlich immer. Man nennt es Perspektivenübernahme. Vielleicht versteht er dann, dass er auch seinen Anteil daran hat, dass ich so handeln musste. Es wäre schön, wenn er sich ein bisschen schuldig fühlen würde. Wahrscheinlich ist dieses ganze Morden nur seine unbeholfene Art, die Kontrolle zu behalten. So war es wenigstens bei Oktavian. Es hat sich wenig geändert in den letzten zweitausend Jahren.

Aber was soll ich den Albanern sagen? Männern, die nur aus Ehre bestehen? Wie kann man diesen Racheautomaten den Stecker ziehen? In Deutschland rächt man sich ja seit Jahrhunderten nicht mehr persönlich. Deutschland ist das Land der indirekten Rache. Man rächt sich über Bande, indem man dem Bauamt einen Tipp gibt, der Unteren Naturschutzbehörde oder der Gleichstellungsbeauftragten. Hier prallen zwei Rachekulturen aufeinander. Es wird schwierig.

Und was soll ich Herrn Strüwer vom LKA mitteilen? Dass ich das Sorgerecht bereits übernommen habe? Vorfristig, kurzfristig. Nein, ich werde ihn da raushalten. Slawa ist mein Fehler, und ich bin verantwortlich. Keine Behörde kann einen Vater ersetzen. Außerdem würde Herr Strüwer mich entweder verhaften lassen oder mir Polizeischutz geben. Beides könnte ich Maike nicht erklären. Mein Herz macht einen kleinen Sprung und galoppiert dann weiter. O mein Gott.

Wenn man es genau nimmt, geschah alles, was in den letzten Stunden passierte, nur, weil ich Maike nicht beunruhigen wollte. Bei Licht betrachtet, ist Maikes Ruhe unglaublich teuer. Sie kostet Menschenleben.

Am nächsten Morgen herrscht in meiner Familie erschreckende Normalität. Und wie sollte es auch anders sein? Julia zeigt Claudia beim Frühstück, wie man sich mit einem Löffel bei offenem Mund auf die Wange klopfen und damit Töne erzeugen kann. Claudia hat sofort «Alle meine Entchen» im Angebot. Julia kontert mit Beethovens Fünfter, Claudia will es aber nicht erkannt haben. Julia behauptet, Claudia hätte es wohl erkannt und wolle es nur nicht zugeben, um sie ärgern. Ich sitze da und grübele. Maike denkt, ich mache mir Sorgen wegen der Verleumdung.

Claudia hat die Idee, dass Julia und sie zusammen von zwei Seiten mit Löffeln auf meine Wangen einklöppeln könnten, um Akkorde zu spielen.

«Mach mal ein bisschen den Mund auf, Papa!», sagt Claudia und lehnt sich mit dem Löffel über den Tisch.

«Lasst den Papa jetzt mal in Ruhe! Papa hat Probleme auf der Arbeit», sagt Maike jetzt. So was hat Maike noch nie gesagt. Es ist ein Satz voller Respekt. Ich ergreife ihre Hand, und fast kommen mir vor Rührung die Tränen. Warum muss es immer erst existenziell werden, bevor sich Menschen mit Würde und Achtung begegnen? Warum hatte ich es nicht verdient, von meinen Kindern ernst genommen zu werden, als ich mein Leben auf der Reihe hatte und alles glattlief?

***

Vielleicht ist es die Übermüdung, aber als ich an diesem Morgen, dem Morgen nach der Nacht, in der ich meinen Sohn traf, einen Mordversuch überlebte und selber zum Mörder wurde, mit dem Fahrrad zur Arbeit fahre, habe ich den Eindruck, zu träumen. Das Leben ist so leicht. Autos halten an, wenn die Ampel Rot zeigt. Menschen gehen über die Straße. Alles greift ineinander. Alles vertraut einander. Das reibungslose Getriebe friedlichen Lebens. Das ist ein Traum. Heute Nacht war ich wach. Hellwach. Autos fuhren nicht auf Straßen, sondern in Menschen hinein. Schreie, Schüsse, Blut. Man musste knallwach sein. Immer auf alles aufpassen.

Vielleicht ist es ein letzter Rest dieser kristallklaren Wachheit, der mich im Institut beim Betreten meines Zimmers aufmerken lässt. Irgendwas ist anders. Aber ich kann nicht sagen, was. Ich gehe ins Sekretariat und frage Frau Bator, ob jemand heute Morgen in meinem Zimmer war. Unsere Sekretärin bejaht, es wären Heizungsmonteure da gewesen.

«Was für Heizungsmonteure?», frage ich blass.

«Na, so Heizungsmonteure eben. Ich dachte, Sie haben die gerufen. Weil Ihr Heizkörper immer so rauscht ...»

Frau Bator rüttelt sich spaßhaft mit dem kleinen Finger im Ohr. Hat Doktor Rieke meinen hypochondrischen Anfall also gleich zum Besten gegeben. Der feine Herr Kollege. Aber ich darf mich von der gewohnt spottlustigen Sekretärin nicht einlullen lassen. In der Welt, in die ich gestern eingetreten bin, gibt es keine Heizungsmonteure. Es gibt da allenfalls Männer, die so tun, als wären sie Heizungsmonteure. Wenn ich jetzt anfange, an Heizungsmonteure zu glauben, kann ich gleich einpacken. Aber wer waren diese «Heizungsmonteure»? Mitarbeiter der etwas anderen Hausverwaltung? Oder doch Albaner? Hatte nicht Murat irgendwas von Doktor und Uni und Hasselmann ins Telefon gekrächzt?

«Sahen diese Heizungsmonteure irgendwie albanisch aus?»

Frau Bator runzelt die Stirn.

«Hatten Sie blonde und blauäugige bestellt?», fragt sie pikiert.

Ich winke ab und gehe. Setze mich an meinen Platz und wittere. Die Stiftschale auf dem Tisch ist in Ordnung. Ich ziehe die Schubladen auf. Soweit ich erkennen kann, ist auch hier alles beim Alten. Aber als ich meine Hand zum Computer ausstrecke, um ihn einzuschalten, spüre ich, dass er warm ist.

Panik ergreift mich.

Was steht in meinem Computer? Unwichtiges. Referate. Magisterarbeiten. Artikel. E-Mails.

Natürlich! Meine Adresse!

Heizungsmonteure.

Ich renne noch einmal zu Frau Bator.

«Wie viele Monteure waren das?»

«Drei.»

Da bin ich schon weg, renne zum Fahrradständer vor dem Institut. Beinah hätte ich mich von der träumerischen Unschuld dieser Welt einlullen lassen. Noch niemals sind Heizungsmonteure zu dritt zum Entlüften angetreten ...

Ich nehme den Weg durch das Rosental und bin schweißnass, als ich unser Haus erreiche. Springe vom Rad, überlege – und reiße den kleinen Schraubenzieher aus der Werkzeugtasche unter dem Sattel. Renne zum Klingelkasten und schraube die Klingelschilder von «Hasselmann» und «Pawelke» auf, tausche die Namensblättchen und schraube alles wieder zu. Gehe hoch und tausche, lauschend, ob jemand kommt, in gleicher Weise die Namensschilder an den Wohnungstüren aus.

Als ich das Schild von Oma Pawelke, die zu Besuch bei ihrer Tochter in Bielefeld ist, an unserer Tür angebracht habe, höre ich auch schon das Telefon in unserer Wohnung klingeln. Das sind sie! Sie wollen herausfinden, ob ich daheim bin! Wenn ich jetzt rangehen würde, würde ich am anderen Ende der Leitung nichts anderes hören als tödliches Schweigen!

Ich will schon in Panik davonrennen, da fällt mir ein, dass ich rangehen muss – denn sonst werden sie denken, ich sei nicht zu Hause. Aber sie sollen ja wissen, dass ich da bin – denn wie könnte ich sie sonst in die falsche Wohnung locken? Ich werde langsam irre.

Ich schließe auf, gehe rein und hebe ab.

«Strüwer!», sagt das Telefon. «Warum ist Ihr Handy ausgeschaltet? Ich versuche schon den ganzen Morgen, Sie zu erreichen! Im Institut hat man mir gesagt, dass Sie nach Hause gefahren wären, weil Sie was vergessen hätten ...»

Ja, stottere ich, genau das, mein Handy habe ich vergessen, und ich kann es partout nicht finden. Vielleicht hätte ich es gestern oder vorgestern verloren. Ich wäre zurzeit nervlich ein bisschen angegriffen. Diese Sache mit meinem angeblichen Sohn ...

«Sie nehmen mir das Wort aus dem Mund, Herr Hasselmann. Wir brauchen Ihre Entscheidung!»

Ich laviere, sage, dass es schwierig ist, dass ich nicht unkooperativ erscheinen möchte, aber auch Rücksichten nehmen muss. Meine Familie ...

«Herr Hasselmann, dies ist nicht die Zeit, Rücksicht zu nehmen. Ich werde Ihnen auch erklären, warum. Aber nicht am Telefon. Ich komme zu Ihnen!»

«Nein, bloß nicht!», schreie ich ohne den Schimmer einer schlüssigen Erklärung. «Ich ... ich ... ich bekomme Besuch ...»

«Mir war eben noch so, als seien Sie wegen Ihres Handys nach Hause gefahren», meint sich Herr Strüwer zu erinnern.

«Richtig», plappert mein Mund. «Ich bekomme Besuch ... von Leuten .... die mein Handy suchen. Ich habe so Leute ... gebeten, mein Handy zu suchen. Die müssen gleich da sein.»

«Ich komme jetzt vorbei. Ihnen scheint der Ernst der Lage nicht ganz klar zu sein.»

Er legt auf, und ich habe Lust, loszuschreien und auf dem Telefon herumzutrampeln. Aber nur eine Sekunde lang – denn mitten im Auftakt dieses furiosen Wutanfalls klappert unten die Haustür. Gut, dass ich im Flur stehe. Ich kann die Schritte hören. Langsame, bedächtig auf die Treppe gesetzte Schritte. Schritte, die jemand nimmt, der selber lieber lauschen will als gehört werden. Ich kauere mich hinter die Flurkommode. Du bist sicher, sage ich mir. Du bist in der Wohnung von Oma Pawelke. Und von Oma Pawelke will niemand etwas. Als der Schatten des Mannes im Glasfenster unserer Wohnungstür zu ahnen ist, klingelt das Telefon erneut. Jetzt kann ich nicht mehr rangehen. Der Mann bleibt stehen und horcht. Klingelklingelklingel. Dann macht es klack, und der Anrufbeantworter springt an. «Hallo!», sagt der Anrufbeantworter mit Maikes Stimme zu meinem unfassbaren Entsetzen. «Sie haben den Anschluss der Familie ...» Meine Hand reißt das Kabel des Anrufbeantworters aus der Steckdose, fast noch, bevor ich den Einfall dazu habe. Dann ist Ruhe. Bis auf die Kriegstrommel meines Herzens. Der Mann hinter dem Glasfenster der Wohnungstür beugt sich, bestimmt liest er das Türschild. Dann geht er weiter. Ich japse in meine Armbeuge. Er geht langsam die Treppe hoch. Im oberen Stockwerk harrt er wieder eine Weile bewegungslos, lauscht, sichert, wittert, dann wird er aktiv. An der Tür von Pawelke surrt es leise, wahrscheinlich ein professioneller Schlossöffner.

Wie lange wird er brauchen, bis er begreift, dass er in der falschen Wohnung ist? Wie lange wird er das goldgerahmte Hochzeitsbild von Sieglinde Pawelke und ihrem seligen Reinhold von 1955 im Flur betrachten, bis er beginnt, sich zu wundern? Wird er anfangen, in den Schubläden zu kramen, wo Papiere, Behördenschreiben, Urlaubskarten liegen, die alle nur eine Adressatin kennen? Nämlich Sieglinde Pawelke. Vielleicht setzt er sich aber auch einfach in den Drehsessel vor dem Fernseher und starrt aufmerksam durch den Korridor auf die Tür. Dafür wird er ja schließlich bezahlt.

Klingelklingel. Ich gehe ans Telefon und flüstere: «Hallo?»

«Strüwer noch mal», sagt Herr Strüwer, «wie ist Ihre Hausnummer? Ich weiß nur noch Leineweberstraße. Bin gleich da.»

«Achtzehn», flüstere ich, «ich stehe unten. Ich mache Ihnen auf. Die Tür klemmt manchmal. Klingeln Sie nicht!»

Ich tipple auf Socken die Treppe hinunter, um ihm zu öffnen, wenn er kommt. Horche nach oben. Nichts. Der Mann sitzt vermutlich gespannt in einem plüschigen Wohnzimmer zwischen Kunstblumen, Bleikristallbonbonieren und einem nach Glanzolin-Möbelpolitur riechenden Vertiko, in dem die Bibel und ein Stapel zerlesener Arztromane aufeinander aufpassen, und wähnt sich im Heim eines Altphilologen. Mir muss niemand mehr was über Mörder erzählen. Und ich dachte immer, ich wäre ein Fachidiot.

Ich halte Herrn Strüwer fast den Mund zu, als er mit einem nassforschen «Herr Hasselmann!» in den Hausflur tritt.

«Pssst! Vormittags muss hier absolute Ruhe herrschen!», flüstere ich. «Hier schlafen Schichtarbeiter!»

Wir schleichen hoch zur Wohnung, und ich komplimentiere ihn umständlich hinein, damit er keinen Blick auf das Klingelschild werfen kann.

In der Küche sagt Herr Strüwer endlich:

«Die Dinge haben sich zugespitzt, Herr Hasselmann.»

Er setzt sich und legt sein Handy demonstrativ auf den Küchentisch. Es gilt, äußerste Erreichbarkeit zu gewährleisten.

«Wir glauben, dass im Milieu ein Krieg ausgebrochen ist. Es gab Tote.»

Ich gebe an, nichts in der Zeitung gelesen zu haben.

«Es ist ganz frisch. Wir hätten es auch gerne gedeckelt, aus ermittlungstaktischen Gründen, aber es hat schon zu viel Aufsehen erregt.»

Ich bin neugierig. Er möge erzählen.

«Heute Morgen um vier Uhr früh rufen Beschäftigte einer Table-Dance-Bar die Polizei. Sie sind gerade auf dem Heimweg, als sie auf dem Gelände einer Hausverwaltung ein Fahrzeug hören, das auch schon andere Kolleginnen vor ihnen bemerkt haben und das offensichtlich seit Stunden in Aktion ist. Die Polizei findet eine Kehrmaschine in laufendem Betrieb, unter der ein toter Mann liegt.»

«Tot? Wieso ist er tot?», frage ich fassungslos dazwischen.

«Er ist ...», Strüwer sucht nach Worten, «zu Tode gebürstet worden. Ich habe so etwas noch nie gesehen. Die Kleidung ... Es muss Stunden gedauert haben. Ich möchte so was nie wieder sehen. Bis auf die Knochen.»

Strüwer starrt auf die Tischplatte, dann sinniert er: «Dschingis Khan war wenigstens so human, seine Feinde von Elefanten zertrampeln zu lassen.»

«Und diese Hausverwaltung?», erkundige ich mich. «War das einer ihrer Mitarbeiter?»

«Nein, das ist ja eben das Seltsame. Sie sagen, sie kennen

ihn nicht. An sich kein Wunder: Der Mann war bewaffnet. Er hatte sein ganzes Magazin verschossen.»

«Ja, schön blöd», rutscht es mir raus.

«Jedenfalls: Es war ein Russe. Das ist bedeutsam. Denn wir glauben, dass dieser Mord mit einem Mord in Zusammenhang steht, der ebenfalls heute Morgen entdeckt wurde.»

«Angler!», sage ich spontan.

Herr Strüwer schaut mich verwundert an.

«Wie kommen Sie auf Angler?»

«Na, weil ... Angler finden doch immer so was. So Leichen im See und so.»

«Nein», meint Herr Strüwer, irritiert von meinen Mutmaßungen. «Die Leiche lag in einem Haus.»

Wahrscheinlich ist Kossew ins Schilf getrieben. Da werden sie ihn erst finden, wenn man ihn riechen kann.

«Vergessen Sie es. Ich habe einfach getippt.»

«Die Leiche lag in einem leerstehenden Haus. Gegenüber dem Kirmesplatz.»

«So weit?», rufe ich und zwinge meiner Zunge noch ein «So weit ist es also schon!» ab.

«Ja, da. Ein paar Männer, die heimlich Eichendielen herausreißen wollten, haben sie gefunden. Es ist etwas rätselhaft. Wir wissen noch nicht, wie die Leiche in dieses Zimmer kam. Sie lag sehr verrenkt in einer Zimmerecke. Viele Frakturen. Als wäre sie durchs Fenster hineingeflogen. Aber das ist natürlich Unsinn. Die Beine waren mit einem Schlauch gefesselt, aber ganz unprofessionell. Und dann diese seltsame Frisur...»

«Frisur?»

«Ja, der Tote hatte eine Art Föhnfrisur. Das schlammige Haar war durch irgendein Gebläse nach oben und ein bisschen nach links geföhnt worden. Unsere Profiler haben so was noch nie gesehen. Falls es eine Botschaft ist, dann können wir sie nicht lesen. Jedenfalls: Es war ein Albaner. Damit ist klar, die Morde gehören zusammen. Der eine ist wahrscheinlich die Vergeltung für den anderen. Oder umgekehrt. Nur, was bedeuten sie?»

«Vielleicht war es Zufall? Soll es geben ...»

Strüwer starrt wieder auf die Tischplatte und dreht nachdenklich sein Handy herum.

«Wissen Sie, Herr Hasselmann, in der organisierten Kriminalität hat alles Symbolcharakter! Wenn jemand auf offener Straße erschossen wird, dann heißt das: Alle sollen es sehen. Die kommen, richten hin und fahren wieder. Die wollen sagen: Die Straße gehört uns. Aber hier verstehe ich gar nichts mehr. Der Mann wurde erst irgendwo durch Schlamm geschleift, und dann haben ihm die Schurken diese Jedward-Frisur geföhnt. Warum knallen die ihn nicht einfach ab?»

Strüwer sieht mich an.

«Ich erzähle Ihnen diese Details nicht aus Klatschsucht. Wir brauchen Ihren Sohn. Hier geht irgendwas los, und wir müssen es stoppen. Ich habe heute Morgen mit dem Familiengericht telefoniert. Bei Gefahr im Verzug kann die einstweilige Sorge heute noch auf Sie übertragen werden.»

«Aber die leibliche Mutter, Frau Jefimkina ...»

Herr Strüwer reißt die Augen auf.

«Hören Sie mir auf mit der! Die ist nicht ganz sauber. Ich habe ihr gesagt, dass sie möglicherweise das Sorgerecht für ihren Strolch von Sohn einbüßen wird, wenn sie ihn nicht zur Räson bringen kann. Und wissen Sie, was sie zu mir gesagt hat? ‹Dann macht es eben der Mann mit dem Bärchenkissen.› Ich dachte, das wäre eine Metapher. So wie Sensenmann oder so. Fehlanzeige. Wir haben einen alten Russlanddeutschen bei uns in der Kantine. Heinrich Nikolausowitsch Irgendwas. Der ist wirklich viel rumgekommen in der Russerei. Der kannte das nicht. ‹Der Mann mit dem Bärchenkissen›. Die ist doch irre, oder? Na ja, was sage ich Ihnen. Ist ja Ihre Ex.»

In diesem Moment, wo das Gespräch verschnauft, höre ich wieder Schritte auf der Treppe. Es ist nicht dieselbe Gangart, denn während der erste Eindringling große, aber vorsichtige Schritte setzte, läuft der zweite immer zwei, drei kleine, leichte Schritte die Treppe hoch und wartet dann ein paar Horchsekunden. Herr Strüwer sieht mich lauschen und lauscht nun seinerseits.

«Sehr rücksichtsvoll, wie die Leute hier die Treppe raufgehen. Schichtarbeiter schlafen hier, sagten Sie?»

Ich habe keine Ahnung, wer da draußen ist, aber auf unserer Etage verharrt er genauso lange wie sein Vorgänger. Dann trippelt er ein Stockwerk höher und bleibt dort offenbar stehen – da begreife ich, dass es kein Kumpan des Ersten sein kann. Sonst würde er nicht so lange warten, sondern einfach in die Wohnung gehen. Herr Strüwer sieht, wie ich harre und lausche, und ich weiß, dass es über uns gleich knallen wird.

«Herr Strüwer, Sie haben mich überzeugt!», sage ich und klatsche entschlossen in die Hände. «Es war dumm von mir, so lange zu zögern.»

Ich klatsche noch mal in die Hände.

«Was muss ich tun? Die Anerkennungsurkunde unterschreiben? Einen Eid schwören? Was sitzen Sie hier noch rum? Auf, auf zum Familiengericht. Was immer Sie wollen, ich will es auch.»

Ich habe das dringende Bedürfnis, in die Hände zu klatschen, mit einem Lineal auf eine Tischplatte zu hauen oder mit der Tür zu knallen, bevor irgendwas anderes in diesem Haus knallt. Über uns, in der Wohnung von Oma Pawelke.

Ich führe Strüwer aus der Wohnung, aus dem Haus, während es oben zwei Mal sehr bedächtig klingelt. Blass und panisch stoße ich den Kommissar zu seinem Auto. Der macht sich aus meinem Griff frei und schnauzt:

«Nun werden Sie mal nicht hektisch! Auf die Minute oder Stunde kommt es jetzt auch nicht an!»

Kopfschüttelnd setzt er sich ins Auto und meint, ich solle gegen vierzehn Uhr am Amtsgericht sein. Bis dahin hätte er alles arrangiert.

Er fährt los, offenbar etwas verwirrt, und sieht im Rückspiegel, wie ich auf der Straße stehe und ihm hinterherschaue. Er sieht, wie ich ihm winke, plötzlich erschrocken zusammenzucke, mich aber wieder aufrichte und tapfer weiterwinke. Dann noch einmal zusammenzucke. Und beim nächsten Winken wieder zucke.

Aber in seinem fahrenden Auto hört er wohl nichts.

Andere hören schon. Ein Mieter im Haus gegenüber, der gerade lüftet, erscheint am Fenster. Strüwer ist fast hundert Meter weg. Jetzt knallt es noch einmal.

«Nachverpuffung!», rufe ich und zeige auf den Wagen des Kommissars.

Komm her zu mir, Geselle

Ich heiratete Jelena Jefimkina am 17. September 1995, ein halbes Jahr nachdem wir begonnen hatten, die Ausländerbehörde von unserer großen Liebe zu überzeugen. Es war eine kurze Zeremonie. Wir hatten den Standesbeamten gebeten, auf salbungsvolle Worte zum Wert der Ehe zu verzichten. So kam es zu einer nüchternen, sehr formalen Eheschließung, was noch dadurch verstärkt wurde, dass Jelena Jefimkina ihren Familiennamen behielt. Ich hatte einen Doppelnamen vorgeschlagen, aber Lena meinte «Hasselmann-Jefimkina» klinge wie ein Pennerspruch, mit dem man um Geld angegangen werde. Und außerdem würde sich das für ein Jahr nicht lohnen.

Es gab noch eine kleine Irritation, weil Lena die Frage des Standesbeamten wie aus der Pistole geschossen mit «Chatschu» beantwortet hatte, was ja auf Russisch nichts anderes heißt als «ich will». Aber der Standesbeamte entgegnete verblüfft «Gesundheit!», und wir mussten loslachen. Lena mit ihrer heiseren Volleyballerinnenlache und ich mit meinem spastischen Geschnotter. Für einen Moment sah es so aus, als würde der Standesbeamte die Zeremonie abbrechen, weil bei einem urkundlichen Akt nicht herumgealbert werden darf. Aber dann knuffte und flüsterte ich Lena zur Ordnung, und sie räusperte sich und sagte einfach und gerade: «Ja.» Danach holten wir uns bei der «Nordsee» zwei Tüten Backfisch und aßen sie an einem der Stehtischchen. Meine russische Ehefrau und ich.

***

Am Nachmittag beim Familiengericht wirke ich zu Strüwers großen Verblüffung geradezu sediert, ja abwesend. Er kann nicht wissen, dass ich noch die beiden Leichen in Oma Pawelkes Wohnung vor Augen habe. In ihrem Flur liegt dieser hochflorige Teppich mit dem Blumenmuster. Zwei große Blumen aus Blut sind hinzugekommen. Auf ihnen ruhen zwei Männer vom Leben aus. Da ich ein gewisses Vorwissen habe, würde ich den einen für einen Russen, den anderen für einen Albaner halten. Der selige Reinhold Pawelke auf dem goldgerahmten Hochzeitsfoto starrt, mit einem riesigen Einschussloch anstelle des rechten Auges, auf die Szene. Auch das Adressrondell neben dem Telefon auf der kleinen Kommode hat einen Treffer abbekommen. Hoffentlich hat Oma Pawelke keine wichtigen Kontakte, die mit E oder F anfangen. Das ruhige Arrangement dieser Szene beflüstert mich einen Augenblick, doch einfach nichts zu tun und Sieglinde Pawelke den ganzen Kladderadatsch zu überlassen, wenn sie in zehn Tagen aus Bielefeld zurückkehrt. Ich fasse also tatsächlich erst mal nichts an, gehe nur ins plüschige Bad der Rentnerin, nehme die Dose Febreze und besprühe die beiden Leichen prophylaktisch. Mit alldem im Kopf sitze ich also im Familiengericht und nicke zu allen Vorträgen und Amtshandlungen. Dann bin ich endlich auch vor dem Gesetz Vater eines fast erwachsenen Sohnes.

Und mein Herz schlägt ruhiger, als es je schlug.

Ich denke nicht, dass jemand erwartet, dass ich nach dem Termin im Familiengericht schnurstracks zur Hausverwaltung eile, um erneut mit Herrn Swanidse ins Gespräch zu kommen.

Genau deswegen sollte ich es tun.

Ich sollte genau das tun, was niemand erwartet. Nur das ist sicher. Im Unerwarteten kann niemand auf mich warten.

Außerdem gibt es keine Alternative zum Dialog.

Das wird Herr Swanidse irgendwann verstehen. Dessen bin ich gewiss.

Ich dusche mich, ziehe mich um und fahre dann mit dem Auto ins Industrieviertel im Osten.

Es ist sechzehn Uhr, als ich den Hof der Hausverwaltung betrete. Die Kehrmaschine steht immer noch hinten in der Gasse vorm Schuppen. Sie ist mit Plastikbändern abgesperrt, aber Ermittlungsbeamte sind keine mehr da. Das ist schade, denn ich habe mir vorgestellt, dass Swanidse etwas weniger abweisend wäre, wenn die Polizei auf seinem Gelände herumwirtschaftet.

Ich klingle, und es dauert eine halbe Ewigkeit, bis jemand aufmacht.

Es ist Jaschik. Er sieht mich fassungslos an und ruft dann durch den Flur:

«Er ist es wirklich!»

Wir gehen ins Büro, dort sitzt Swanidse hinter seinem Schreibtisch mit der Lederauflage, die Hände nicht mehr verschränkt auf dem Tisch, sondern im Schoß, was ihn irgendwie älter und kraftloser wirken lässt.

«Herr Hasselmann! Sie müssen uns mal helfen!», sagt er. «Wir fragen uns nämlich alle, wo Sie jetzt herkommen?»

Ich sehe mich um, aber außer Jaschik und Swanidse ist niemand hier. Keine Ahnung, wie er das jetzt meint. Zwei

Personen sind zwar irgendwie Mehrzahl, «alle» scheint mir doch ein bisschen übertrieben. Möglicherweise klammert sich Swanidse an rhetorische Figuren aus einer Zeit, als er noch mehr Mitarbeiter hatte.

«Von zu Hause», antworte ich.

«Von zu Hause kommen Sie her», wiederholt Swanidse, «von da, wo Sie wohnen? Da waren Sie? In Ihrer Wohnung? Die ganze Zeit?»

Ich bejahe.

«Leineweberstraße 18?», präzisiert Swanidse, um Irrtümer auszuschließen.

Ich bejahe erneut.

«Und Sie hatten keinen Besuch vorhin, als Sie zu Hause waren?»

Ich verneine.

«Aber», sage ich, «in der Wohnung über mir, in der Wohnung von Oma Pawelke, gab es eine Schießerei. Zwischen zwei Männern.»

Swanidses schwarzgrauer Schnauzbart hebt sich in einer fragenden Grimasse.

«Herr Swanidse», erläutere ich, «nach den Erlebnissen der letzten Nacht hatte ich ernsthaft Sorge um meine Familie und habe mir deswegen erlaubt, die Klingelschilder von Oma Pawelke und meiner Wohnung zu vertauschen. Leider sind Angehörige des Albanerclans, dessen Unwillen ich gestern auf mich gezogen habe, ebenfalls in den Besitz meiner Adresse gelangt, und so kam es zu einem Treffen in der Wohnung von Oma Pawelke. Das war aber nicht meine Absicht. Ich wollte nur auf die Schnelle meine Ermordung vermeiden und Schaden von meiner Familie abwenden. Das war nicht gegen Ihren Mann persönlich gerichtet.»

Swanidses Schnauzbart zittert unter seinen Nasenlöchern.

Er sucht in meinem Gesicht nach Anzeichen, dass ich scherze. Er beginnt zu rekapitulieren. Er beginnt, sich zu vergewissern, dass er logisch und nachvollziehbar gehandelt hat.

«Als Kossew vom See nicht wiederkam, habe ich mir keine Gedanken gemacht. Der ist langsam und etwas überkorrekt. Also, gut Ding will Weile haben. Als man Branischikow unter dem Straßenfeger gefunden hat, überkam mich ein ungutes Gefühl, weil es so unprofessionell aussah, und deswegen habe ich Gurjakin losgeschickt, er solle sich mal bei Ihnen zu Hause umsehen ...»

«Sie können mir glauben», sage ich, «dass ich mich sogar mitschuldig fühle an seinem Tod. Aber nur ein kleines bisschen. Denn es hätte ja ebenso gut den Albaner treffen können. Fifty-fifty würde ich sagen.»

Swanidse schüttelt langsam den Kopf. Offenbar trauert er.

«Gurjakin war ein vorsichtiger, aber ein guter Mann. Branischikow war auch ein guter Mann. Er war jung, etwas ungestüm, aber er war ein guter Mann. Kossew war ein guter Mann. Sehr solide. Hinterließ nie Spuren. Das waren alles gute Männer! Treue Männer! Zuverlässige Männer! Keiner von ihnen hatte es verdient ...»

Auch wenn man über Tote nicht schlecht reden soll, ich hätte jetzt durchaus einiges einzuwenden. Jedem einzelnen von Swanidses Männern lassen sich gravierende Fehlleistungen nachweisen. Ich sage nur Seerosen. Ich sage nur Magazin leerballern. Ich sage nur Rentnerwohnung. Ich würde sogar so weit gehen zu behaupten, dass durch diese Folge von Fehlleistungen meine ursprüngliche Angst vor Auftragsmördern mittlerweile einem Gefühl von Belästigung gewichen ist. Das kann nicht in Swanidses Sinn sein: dass der Normalbürger den Respekt vor organisierter Kriminalität verliert.

Das Problem scheint mir, dass bei der Auswahl von Auftragskillern naturgemäß zu stark auf die reine Bereitschaft zum Auftragsmord fokussiert wird. Möglicherweise zieht auch die mutmaßlich stattliche Entlohnung Leute an, deren bis dato geringes Einkommen, nun ja, wohl auch seine Gründe hatte. Was ich sagen will, ist, dass Menschen, die bereit sind, andere Leute umzubringen, nicht unbedingt auch die Menschen sind, die dazu in der Lage sind. Slawa ist ja wohl auch so ein Fall. Swanidse scheint da irgendwie kein Händchen zu haben. Aber das werde ich ihm jetzt nicht sagen. Es würde Swanidse verletzen. Es waren seine Mitarbeiter. Sicher haben sie auch zusammen gegrillt und Bier getrunken. Oder Russki Standard.

Swanidse springt auf und schlägt sich auf die Brust.

«Alles nur, weil ich Sie ohne viel Aufsehen beseitigen wollte. Alles nur, weil ich mir dachte, es sieht bei einem Intelligenzler besser aus, wenn er einfach spurlos verschwindet. Depression. Selbstmord. Die Leiche wird nie gefunden. So was kommt oft vor. Hatte ich mir gedacht. Hätte ich gewusst, dass Sie so eine miese Type sind und einfach ...», er sucht nach einer Formulierung außergewöhnlichen Abscheus, aber ihm fallen nur die Tatsachen ein, «... Klingelschilder austauschen, ich hätte Sie vor den Augen Ihres Sohnes abknallen lassen wie einen Hund.»

«Ich habe mich bereits dafür entschuldigt», werfe ich ein. «Aber Sie müssen zugeben, dass das alles nicht hätte passieren müssen, wenn Sie meinen Sohn und mich einfach hätten gehen lassen.»

«Ja, das war mein Fehler», schnaubt Swanidse. «Aber damit ist jetzt Schluss!»

Swanidse hebt den Kopf ruckartig und schneidet vor seinem Hals mit dem Daumen durch die Luft. Es ist eine unwirsche Geste, und sie ist an Jaschik gerichtet. Aber Jaschik schüttelt neben mir den Kopf.

«Kriegen wir nicht mehr sauber. Es ist gleich vierzehn Uhr.»

Sie scheinen Besuch zu erwarten.

Ich schaue zu Jaschik, und Jaschik schaut skeptisch auf das Linoleum. Langsam kapiere ich, was er mit Saubermachen meint.

«Was heißt das? Nicht mehr sauber kriegen? Meinen Sie mich? Geht das schon wieder los? Ich dachte, das hätten wir hinter uns gelassen, diese stumpfsinnigen Mordversuche. Das wird ja langsam zur fixen Idee! Finden Sie nicht, dass Sie etwas monothematisch an die Sache herangehen?»

Swanidse überlegt. Dann zieht er mit beiden Händen eine unsichtbare Schlinge um seinen Hals zusammen und streckt dabei die Zunge raus. Jaschik neben mir rümpft die Nase.

«Das riecht man!»

«Was riecht man?»

Jaschik verdreht die Augen. Offenbar ist es ihm peinlich, mit einem Opfer über Dinge zu sprechen, die ebendiesem Opfer peinlich sein könnten, wenn auch nur posthum.

«Wenn man jemand ... also hier so Dings ...», er macht Swanidses Geste nach, «dann machen die sich manchmal in die Hosen ...»

Jaschik guckt jetzt echt beschämt. Ich fasse es nicht.

«Manchmal? Was heißt manchmal? Einer von dreien? Einer von zehn? Wie oft haben Sie denn schon Leute auf diese Weise ...? Das kann ja wohl nicht wahr sein. Haben Sie schon mal was vom Kant'schen Imperativ gehört? ‹Was du nicht willst, was man dir tu / Das füg auch keinem anderen zu›?»

Swanidse äfft mich tonlos nach. Moralphilosophie und praktische Vernunft scheinen ihm wenig zu bedeuten.

«Herr Swanidse!», sage ich deswegen noch einmal streng. «Ich weiß, dass Sie dazu neigen, Leute, die Sie nicht richtig einschätzen können, umzubringen. Aber dieses Totmachen ist infantil. Sie müssen lernen, Unsicherheit im Umgang mit Menschen auszuhalten. Wollen wir nicht endlich mal reden?»

Swanidse schaut trotzig aus dem Fenster. Fehlt eigentlich nur noch, dass er sich die Ohren zuhält und «Lala, lala! Ich kann Sie gar nicht hören!» ruft. Dann guckt er auf die Uhr und wird unruhig.

«Dann erledige das halt woanders, Jaschik. Aber Vorsicht. Wir kennen Herrn Hasselmann jetzt. Also Abstand halten und gründlich arbeiten.»

Jaschik packt mich am Kragen und schiebt mich in den Flur.

«Wo steht dein Auto?»

«Auf der Straße. Schräg gegenüber.»

«Schlüssel her! Und jetzt ausziehen!», sagt Jaschik. «Bis auf die Unterhose. Und zwar mit einer Hand. Die andere Hand ist immer oben. Dann leg die Sachen in die Plastiktüte da.»

Er bleibt in drei Metern Entfernung stehen und zielt mit einer Pistole auf mich. Das ist nicht mehr der Mann, der mich gestern Abend noch so lässig über den Gehweg geschubst hat.

«Ich hab dich im Blick, mein Freund!»

Es gibt nun keine Ungleichheiten in unserem Wissensstand mehr: Ich weiß, dass er mich verschwinden lassen will, und er weiß, dass ich mein Verschwinden schon zweimal erfolgreich verhindert habe. Ich habe ihm nichts mehr voraus. Das ist schade, denn ich möchte das hier gern überleben. Ich vermute stark, dass Swanidse nach einem weiteren Fehlschlag vielleicht doch von seiner «Tötet es, bevor es Eier legt!»-Linie abweichen würde.

Als ich endlich in Unterwäsche vor ihm stehe, bedeutet

mir Jaschik, langsam auf den Hof hinauszugehen. Er hält die Pistole bei jeder Bewegung auf mich gerichtet, als wäre ich magnetisch, und späht, ob keiner auf der Straße ist. Aber hier gibt es keinen Durchgangsverkehr. Als ich im Polo sitze und er sich neben mir auf den Beifahrersitz gequetscht hat, gibt er mir die Schlüssel zurück.

«Wir fahren jetzt eine Runde, und du machst, wie ich sage. Sonst schieße ich dir in die Hose.» Er drückt mir die Pistole ins Gemächt. Dann lieber vollständig sterben.

Der Polo ist alt. Wir haben ihn gekauft, als Maike schwanger wurde, wir aber noch nicht wussten, dass es Zwillinge werden. Ich weiß noch, wie uns der Verkäufer den Wagen schmackhaft gemacht hat. Er schenkte uns sogar noch eine Babytrage dazu und demonstrierte uns, wie man sie auf dem Beifahrersitz festschnallt. Und was man dabei aus unbedingten Sicherheitsgründen beachten muss ... Ja, klar!

Ich muss aufpassen, dass ich nicht anfange zu jubeln. Denn es gibt doch noch eine Möglichkeit, mit Swanidse ins Gespräch zu kommen.

Und zwar bald.

Aber sie ist so ... drastisch.

Ich meine jedoch, die entsprechende Formel mal im «Siebten Sinn» gesehen zu haben. Und dass man bis zum Dreißigfachen des eigenen Körpergewichts beschleunigt wird. Und wir haben es hier mit sehr unterschiedlichen Körpern zu tun.

«Fahr links raus!», meint Jaschik.

«Geben Sie mir bitte erst mein Kissen!»

«Was für ein Kissen, Mann?»

«Hinten auf dem Rücksitz liegt ein kleines Kordkissen mit einem gestickten Bärchen drauf.»

«Mit einem gestickten ... Was willst du mit dem Kissen?»

«Das ist ein Beruhigungskissen!», erkläre ich. «Ich lege

es mir auf den Bauch, wenn ich es brauche. Und jetzt ist mir schlecht. Das Kissen beruhigt mich.»

Jaschik will schon nach hinten greifen, als ihm plötzlich ein Gedanke in den Sinn kommt.

«Das issen Trick!»

In diesem Moment passiert etwas ganz Sonderbares. Ich muss lachen. Ich will nicht, ich muss. Vielleicht aus Verlegenheit, weil ich ertappt worden bin. Vielleicht aus Verzweiflung, dass ich sterben muss, nur weil ich mich um meinen Sohn kümmern wollte, weil dieses Kind eine Verantwortung bedeutet, der ich nicht ausweichen kann. Jedenfalls krümmt es mich über dem Lenkrad zusammen, und ich blase rot und blau die Backen auf und schnottere und rotze ungehemmt vor mich hin. Tränen laufen mir aus den Augen.

Jaschik wirft sich erschrocken zur Seite. So was hat er noch nicht erlebt.

«Ist ja gut, Mann! Krieg dich ein!»

Da wird es mir klar: Er hält das nicht für Lachen. Niemand hält es für Lachen. Nicht mal Meinhard Lömmer, der Lachpapst. Vielleicht wäre alles anders gekommen, wenn ich ein richtiges Lachen hätte lachen können.

Jaschik schüttelt angewidert den Kopf und dreht sich ächzend nach hinten, um das Bärchenkissen zu greifen. Als er sich umwendet, lange ich mit der Linken zum Handschuhfach, öffne es und deaktiviere den Schalter darin. Dann setze ich mich wieder im Fahrersitz zurecht. Mir ist immer noch zum Lachen. Aber jetzt ist es Glück.

«Wehe, du kotzt», schnauzt Jaschik. Dann drückt und knetet er skeptisch das kleine Bärchenkissen in der Hand, schüttelt und horcht dran und wirft es mir schließlich in den Schoß.

«Bärchenkissen. Das glaubt mir keiner», meint er.

Muss ja auch keiner mehr, denke ich.

Ich blinke vorschriftsmäßig und fahre links raus. Natürlich habe ich Angst. Ich weiß nicht, was das mit mir anrichten wird. Ich bin kein sonderlich zäher Typ. Aber es gibt keine andere Möglichkeit. Lebensgefahr lässt sich nur mit Lebensgefahr bekämpfen. Jetzt nicht krampfen. Eins werden mit dem Wagen. Irgendwie fühlt sich das fast vertraut an. Komisch.

Dabei habe ich gar nichts gegen Jaschik in seinem schwarzen Glanzsakko. Im Gegenteil. Ich finde ihn fast sympathisch. Kossew war ein ältlicher, dünner Psychopath mit einer stinkenden Lederjacke. Branischikow war ein junger Taugenichts, der sich Abartiges auf seinem Smartphone ansah. Gurjakin habe ich nicht wirklich kennengelernt, deswegen will ich mir kein Urteil erlauben. Aber Jaschik, das ist ein Pfundskerl. Die Vorstellung, dass jemand um ihn weint, ist mir unangenehm.

«Lieber Jaschik», wende ich mich an ihn, «haben Sie eine Familie? Haben Sie Frau und Kinder?»

«Geht dich einen Scheiß an! Fahr!», sagt Jaschik.

«Wenn Sie Frau und Kinder haben, dann würde ich mich nämlich anbieten, etwas für sie zu tun. Vielleicht braucht Ihre Frau bald Arbeit, eine vernünftig bezahlte Arbeit. Vielleicht braucht sie auch jemand, der ihr hilft, Sozialleistungen zu beantragen. Ich kenne mich damit zwar nicht aus, aber ich kenne Leute, die Leute kennen. Ich möchte Ihnen gern helfen. Wirklich!»

«Hör auf, mich zu bequatschen! Willst du mich bestechen? Das ist armselig!», sagt Jaschik.

Ganz hinten, am Ende der Straße, steht ein Baum. Er steht an der Ecke zur Hauptstraße, auf die wir fahren wollen.

«Bitte! Lassen Sie mich Ihrer Familie helfen! Mir reicht schon eine Kontonummer. Ich würde jeden Monat meinen

Beitrag überweisen. Es wird nicht viel sein. Aber es käme von Herzen. Lassen Sie uns nicht so auseinandergehen! Geben Sie mir die Möglichkeit, Ihrer Frau, Ihren Kindern oder von mir aus Ihrer Mutter etwas Gutes zu tun.»

«Hör auf mit dem Gewinsel und halt einfach dein Maul!»

Er kapiert es nicht. Wie auch.

«Jaschik! Sie sind keiner dieser Totschläger! Ich weiß das. Sie haben ein mitfühlendes Herz. Sie können auch jetzt noch innehalten und umkehren. Wenn Sie sich dem ganzen Schlamassel hier verweigern, hat Swanidse vielleicht ein Einsehen und lässt mit sich reden.»

Jaschik schweigt. Wir fahren die Straße hinunter.

Ein Seufzer entringt sich meiner Brust.

«Dann lassen Sie mich wenigstens sagen, dass es mir unendlich leidtut.»

Ich drehe den Kopf und sehe ihn an. Er hält die Pistole auf seinem Schoß, und die Pistole zielt nicht mehr auf meine Eingeweide, sondern auf meine Brust.

«Was für ne Pfeife bist du eigentlich?», fragt Jaschik. «Das hättest du dir vorher überlegen müssen.»

«Ich hab es mir vorher überlegt!», sage ich und tippe stolz mit dem Zeigefinger auf die kleine Anzeige im Armaturenbrett. Jaschik starrt auf die Anzeige, die eine stilisierte Babyschale auf einem Autositz und einen durchgestrichenen Airbag zeigt. Ich lege die rechte Hand auf die Mittelkonsole.

Am Ende der Straße steht der Baum.

«Was?», fragt Jaschik, von der Anzeige aufsehend.

Wir fahren vorschriftsmäßig.

Der Baum am Ende der Straße ist eine Linde.

«Was ist damit?», fragt Jaschik und sieht mich an. Wahrscheinlich hat er doch keine Kinder. Das macht vieles leichter.

Wir werden einen abrupten Impulsabbau von ungefähr

fünfzig Stundenkilometern auf null erleben. Und das Dreißigfache des eigenen Körpergewichts. An einem Lindenbaum.

‹Und seine Zweige rauschten,
Als riefen sie mir zu:
Komm her zu mir, Geselle,
Hier findst du deine Ruh.›

Meine Linke dreht am Lenkrad. Die Rechte drückt auf den roten Knopf an Jaschiks Gurtschloss. Hier ist für ihn Ende der Gurtpflicht.

Das Splittern der Lampen, der verirrte Knall der Pistole, das Krachen der sich stauchenden Bleche und die Explosion des Airbags, das alles geschieht gleichzeitig. Der Gurt bricht mir fast die Rippen. Etwas Heißes fliegt dicht an meinem Nacken vorbei, als ich ins straffe Tuch tauche. Es ist alles von einer urtümlichen Gewalt.

Als hätte das Schicksal plötzlich zurückgeschubst. Als hätte es alle Schubser der vergangenen Nacht gesammelt und in einem einzigen Schubs konzentriert.

Pulverdampf überall. Die Frontscheibe hat auf der Beifahrerseite eine Beule aus gerissenem Glas.

Mein Airbag liegt jetzt schlaff auf dem Lenkrad.

Ich steige aus. Ich stolpere hinaus.

Jaschik nicht.

Als ich seine Tür öffne, fällt mir die Pistole entgegen. Ich hebe sie auf.

Mein Körper fühlt sich steif und ungelenk an. Als hätte ich mit dem Knall vergessen, wie man ihn benutzt. Ich lehne mich an den Polo. Seine Motorhaube ist eine einzige Knautschzone. Die Reise ist zu Ende. Ich muss nur noch einen Moment warten, bis meine Seele wieder bei mir angekommen ist.

Zehn Minuten später kann ich wieder gehen. Und ich gehe langsam wie ein Rehabilitand die fünfhundert Meter zurück zur Hausverwaltung. Aber ich klingle nicht. Ich gehe zum Fenster des Büros, das hinter den Gitterstäben offen steht. Swanidse sitzt betont locker auf der Schreibtischkante. Vor ihm steht ein Mann mit silbergrauem, leicht gewelltem Haar, der eine gelbe Strickjacke und eine graue Anzughose trägt. Die Berufskleidung eines vermögenden Pensionärs.

«Ich habe gehört, dass Sie diskrete Entmietungen auch innerhalb von vierundzwanzig Stunden anbieten», sagt der Pensionär.

«Ich sage mal: Wir leisten sehr effektive Überzeugungsarbeit!», lacht Swanidse. «Aber die hat natürlich einen angemessenen Preis.»

Und dann bemerkt er den Schatten im Fenster und sieht mich.

Ein kleiner, fast nackter Mann, nur mit einer weißen Unterhose bekleidet, der vor seinem Fenster herumwinkt. Swanidse steht da, und seine fahle, vordem etwas gelbliche Gesichtshaut wird weiß. Sein erhobener Zeigefinger, mit dem er seinem Gesprächspartner gerade scherzhaft drohen wollte, bleibt in der Luft stehen.

«Es tut mir leid, Herr Swanidse, dass ich Sie noch mal stören muss», rufe ich durch das Fenstergitter, «aber wir sollten wirklich dringend reden.»

Swanidse späht auf seine Armbanduhr. Er sieht den Sekundenzeiger laufen. Das ist gut. Er braucht jetzt einfache, klare Zeichen, dass alles um ihn real ist. Dann geht er langsam zum Fenster und macht es ganz nach innen auf.

«Wo ist Jaschik?», fragt er mit einer Art erschrockenen Neugier.

«Wir hatten einen Unfall. Hier gleich hinter der Ecke.

Ich bin gegen einen Baum gefahren. Frontal. Vielleicht haben Sie es gehört. Jaschik ist leider tot. Er war nicht angeschnallt, und sein Airbag ging nicht auf. Um ganz genau zu sein: Sein Airbag war ausgeschaltet. Ich habe ihn sogar noch darauf hingewiesen, na ja, eigentlich nur der Ordnung halber.»

Swanidse atmet tief ein und schließt die Augen.

«Das mag jetzt erst mal ein Schock für Sie sein», versuche ich ihn zu beruhigen, «aber wir müssen in die Zukunft blicken.»

Swanidse hat die Augen geschlossen und hält sein Gesicht in die Sonne. Vielleicht denkt er zurück an eine Zeit, in der die Naturgesetze des Verbrechens noch intakt waren. Als Männer noch in Seen verschwanden wie beabsichtigt. Als Männer noch nicht zu Tode gebürstet wurden. Als Männer mit Pistolen noch gefährlicher waren als Männer ohne Pistolen.

«Herr Swanidse», ich lege Jaschiks Pistole auf das Fensterbrett, «hier haben Sie Jaschiks Pistole. Und ich brauche jetzt meine Sachen wieder. Die müssten noch in Ihrem Flur in einem Plastiksack sein.»

Dem silbergrauen Herrn in der gelben Strickjacke steht die Frage ins Gesicht geschrieben, ob ein Unternehmen, bei dem einfach so halbnackte Männer über den Hof spazieren und Handfeuerwaffen aufs Fensterbrett legen, seinen Ansprüchen an Kompetenz und Diskretion genügt.

Swanidse öffnet die Augen wieder. Aber umsonst. Ich bin noch da.

«Ich weiß, Sie haben in den vergangenen Stunden vier Ihrer Mitarbeiter verloren. Ich bin darüber mindestens so unglücklich wie Sie», fahre ich fort, «aber ich bitte Sie wirklich händeringend, dass wir uns noch mal in Ruhe zusammensetzen. Wir finden eine Lösung.»

Der silbergraue Herr hat ein feines Gespür für veränderte Situationen:

«Na, ich merk schon, Sie haben jetzt andere Sorgen. Ich melde mich!», sagt er wie ein Mann, der sich nie wieder melden wird. «Danke schön, ich finde allein raus!»

Swanidse schließt das Fenster.

Zwei Minuten nachdem der ältere Herr mit einem verstörten Blick zu mir den Hof verlassen hat, tritt auch Swanidse aus der Tür. Er hält den blauen Plastiksack mit meinen Sachen in der Hand. Er kommt langsam auf mich zu. Es ist fast ein Wanken. Als hätte er den Unfall gehabt.

«Bitte», sagt er und gibt mir meine Klamotten im Sack.

Während ich in meine Kleider steige, zieht Swanidse eine Schachtel Zigaretten hervor, klopft mit seinen groben Fingern sachte eine heraus und zündet sie sich an.

«Das Auto mit Jaschik sollte von der Straße weg», sage ich.

Swanidse nickt und raucht.

«Kann ich auch eine?», frage ich, als ich meinen Gürtel zugeschnallt habe.

Wortlos reicht mir Swanidse die Schachtel. Sie ist gelb und hat eine Art Steinbock als Emblem. Noch nie gesehen. Ich würde mal sagen, wir rauchen hier an der Steuer vorbei.

«Ich wollte noch mal über Slawa reden ...»

Swanidse macht eine unwirsche Handbewegung. Soll heißen: Das Kapitel ist abgeschlossen. Interessant, wie schnell man mit Menschen zu einer Einigung kommt, wenn sie allein sind.

«Wissen Sie, Herr Hasselmann», seufzt Swanidse, «ein Freund von mir hat mal gesagt: Setz dich zur Ruhe, bevor du zu alt dafür bist. Er hatte recht. Und das war lange vor der Sprengung des Fußballstadions von Shitomir.»

Pause.

«Wenn Sie was erzählen wollen, können Sie es ruhig gerade herunterzählen», sage ich, «ich höre Ihnen auch ohne rätselhafte Andeutungen zu.»

Swanidse schweigt, blinzelt in die Nachmittagssonne und bläst den Rauch aus seinen haarigen Nasenlöchern.

«Okay. Gut. Wenn es Ihnen so viel bedeutet», fahre ich fort, «was war denn mit dem Fußballstadion von Shitomir, lieber Herr Swanidse?»

«Ich heiße Jossip!»

«Ich bin der Ulli!»

Es stellt sich heraus, dass Swanidse gar nicht immer Swanidse hieß. Es war der Name seiner ersten Frau, den er angenommen hatte, um nach der Sprengung des Fußballstadions von Shitomir unbehelligt außer Landes zu kommen. 1996 wurde das Stadion während des Meisterschaftsfinales gesprengt. Und mit ihm die gesamte westukrainische Mafia. Die Hauptsprengladungen waren unterhalb der Ehrenloge angebracht. Das war ein ausgezeichneter Einfall gewesen, denn die westukrainische Mafia hielt sonst keine Vollversammlungen ab. Aber das Spiel um den Titel zu verpassen, auf das jeder erwachsene Mann zwischen Lviv und Donezk hingefiebert hatte, wäre keinem Mafiosi eingefallen. Unnötig zu sagen, dass Karten für dieses Spiel regulär gar nicht zu erwerben waren. Mit einem Wort: Jeder, der im Besitz einer solchen Karte war, hatte sich für den Tod qualifiziert. Es konnte gar keinen Unschuldigen treffen. Sonderbarerweise erhielt Swanidse, der damals noch nicht Swanidse hieß, mitten im Spiel einen Anruf auf seinem Mobiltelefon. Jemand behauptete, ihn unbedingt sprechen zu müssen. Auf dem Parkplatz vor dem Stadion. Doch als Swanidse dort ankam, ging hinter ihm das Stadion hoch.

«Da hat es jemand gut mit Ihnen gemeint», sage ich.

Ein Irrtum. Swanidse wusste sofort, dass es kein großes Glück war, als Einziger aus der illustren Führungsebene der westukrainischen Mafia ungesprengt davongekommen zu sein. Er wusste, dass sein Davonkommen ihn mindestens als Nutznießer, wenn nicht als Urheber dieses Sammelattentats dastehen lassen würde. Swanidse war ein aufstrebender Kader im Milieu gewesen. Sein Ehrgeiz und seine ja auch heute noch vorhandene Neigung, Probleme gleich mitsamt den dazugehörigen Leuten aus der Welt zu schaffen, waren nur allzu bekannt. Und irgendjemand hatte ihn aus dem Stadion gelockt, um den Verdacht auf ihn zu lenken. Was immer ihn jetzt von den rachsüchtigen Resten der alten Mafia erwartet hätte: Gesprengt worden zu sein war das bessere Los. Also machte sich Swanidse davon, noch ehe der letzte Staub des Fußballstadions von Shitomir zu Boden gesunken war. Er fuhr nach Deutschland und ging sechs Monate wandern. Denn er war nicht dumm. «Wenn man in einem Land verschwinden will, muss man sich an die Gebräuche halten», meint Swanidse. «Ich habe mich immer gefragt, warum die strengen Deutschen einen so friedlichen Namen für Migration haben. Einwandern – klingt das nicht fröhlich und gemütlich? Also bin ich eingewandert.»

Wenn ihn jemand suchte, dann wohl kaum in den Pensionen und Herbergen des deutschen Wanderwesens. Swanidse wanderte über den Rennsteig und durch den Harz, über die Schwäbische Alb, den Spessart und den Westerwald. Er aß abends in den Hütten, Bauden und Stübln Bratkartoffeln und Omelett oder Steak mit Champignons und trank dazu Bier. An einem dieser Abende lernte er einen Zahnarzt aus dem Odenwald kennen, der mit seiner Gattin eine Tour machte. Man kam ins Gespräch, und der Zahnarzt klagte über sein Immobilienengagement in Ostdeutschland, wo er in eigentlich guten Lagen preiswert und mit Steuervorteil ein paar Mehrfamilienhäuser gekauft hätte, die ihm nun aber wenig einbrächten, da die Verwaltung teuer, die Altmieter renitent, bisweilen sogar Leerstand zu beklagen und die Sanierung schwierig sei. Swanidse, der sich ihm als gerade aus dem Militärdienst ausgeschieden vorgestellt hatte, bot sich an, die Verwaltung zu übernehmen und auf Vordermann zu bringen. Swanidse war erfolgreich. Er beseitigte zunächst den Leerstand, indem er an Migranten aller Couleur vermietete, auf diese Weise mit orientalischem Küchenduft und Familienlärm den xenophoben Ostrentnern das Leben zur Hölle machte und schließlich, als die Altmieter entnervt fortgezogen waren, die Migranten, die oft gar keine Mietverträge hatten, vor die Tür setzte. Das sprach sich herum. Neue Aufträge und andere Auftraggeber schneiten nur so herein. Swanidse streckte seine Fühler wieder in der Heimat aus, um loyale Mitarbeiter zu rekrutieren. Die Hausverwaltung wuchs. Eine Kernkompetenz begann sich herauszubilden.

Der Kampf gegen Sanierungstrolle.

«Sanierungstrolle?»

«Wenn wir ein Haus übernehmen mit, sagen wir mal, einer ehrwürdigen alten Dame darin, einem Großmütterchen, das sein ganzes Leben in diesem Haus gewohnt hat, ja glauben Sie, wir machen ihr nicht ein gutes Angebot? Wir setzen uns zusammen, wir bringen sogar Gebäck mit, wir trinken Tee und essen Kuchen und erklären ihr ganz genau, was in diesem Haus geschehen wird. Eine Modernisierung, eine gewaltige Modernisierung. Wir reißen alles raus! Nur die Wände bleiben stehen! Lärm, Staub, wochenlang kein Wasser, kein Abwasser! Alles muss erneuert werden! Wir sagen es deutlich: Das ist nichts für alte Damen. Hier sind fünftausend Euro! Wir helfen Ihnen beim Umzug. Nein, Sie müssen nicht danke sagen, das gehört sich einfach so. Und was sagt das Großmütterchen? Das Großmütterchen ist glücklich. Sie sagt danke, danke, danke, dass ich nicht verdursten und erfrieren muss in diesen rohen Mauern. Sie küsst unsere Hände. Sie preist den Schöpfer, dass er uns gesandt hat. Manchmal mussten unsere Leute regelrecht aufpassen, dass ihnen nicht noch Geld zugesteckt wurde.»

«Na ja, lieber Jossip», werfe ich ein, «diese Seite Ihrer Hausverwaltung ist mir leider verborgen geblieben!»

«Nun. Es gibt auch andere Fälle. Da kommen plötzlich zwielichtige Gestalten und bieten der Oma ihre Dienste an. Die wollen Omas Wohnung hüten. Die wollen den Baubetrieb aufhalten. Ehe man sich's versieht, steht am Türschild plötzlich Krasniki, Balisha, Ismaili oder was weiß ich. Das sind zähe Burschen. Frostharte Burschen. Burschen aus dem Hochland. Die stört es nicht, wenn ihnen jemand die Fensterscheiben einwirft. Die juckt es nicht, wenn sie ihr Geschäft auf einem alten Eimer verrichten müssen. Denen wollen sie dann ... zwanzigtausend Euro geben, und was machen die? Die lachen sie aus! Die sagen: Alder! Das Haus bringt dich dreihunderttausend Euro Reingewinn. Alder! Wir wollen die Hälfte. Nur, damit sie ausziehen! Das ist Wucher! Das ist Erpressung! Haben diese Menschen eine sentimentale Bindung an das Haus? Ich sage: Nein! Wollen diese Menschen nur schnell viel Geld verdienen? Ich sage: Ja! Ist das böse? Aber sehr wohl!»

Swanidse nimmt einen tiefen Zug an seiner Zigarette.

«Natürlich, wenn so ein Haus mal einzeln übrig geblieben ist, auf einer großen Baustelle, dann kann es auch passieren, dass da ein Bagger gegenfährt. Das rumst natürlich. Da kriegt so ein Haus natürlich Risse. Da geht natürlich die Statik flöten. Da muss das Bauordnungsamt kommen. Da wird das Haus gesperrt und geräumt. Aber das ist kein Problem. So lange niemand zu Schaden kommt. Gegen so was gibt es Versicherungen. Wenn aber jemand zu Schaden kommt, wenn Menschen betroffen sind, Frauen und Kinder womöglich, dann ist das ganz schlecht. Da kommt die Polizei, da kommt die Presse.»

«Tut mir leid. Das ist vielleicht formal alles sauber, aber sonst ...», sage ich.

«Lieber Herr Ulli! Ich bin kein Predstubnik. Ich bin ein Zeitmanager. Ich öffne Zeitfenster. Ich schließe Zeitfenster. Unter allen Umständen.»

«Hören Sie, Jossip. Das klingt alles toll. Aber mich ödet diese rein formelle Trickserei ziemlich an. Aus eigener Erfahrung: Ich habe mich gerade um eine Professur beworben, hier an meiner Uni. Es ist meine letzte Chance. In meinem Alter kriegt man so leicht keine Professur mehr. Und jetzt hat sich ein Student bei der Kommission gemeldet und mich des Rassismus bezichtigt, des Altrassismus, sozusagen. Ich frage Sie, wie kommt ein Student so mir nichts dir nichts dazu, gerade in diesem Moment, in diesem für mich so wichtigen Zeitfenster, mir so was unterzuschieben? Und was passiert jetzt? Man prüft seine Aussage und meine Stellungnahme, und meine Bewerbung um die Professur liegt auf Eis. Natürlich werde ich die Professur nicht kriegen. Der Lehrstuhl soll bis zum Jahresende besetzt sein. Irgendwann wird sich dieser Vorwurf als gegenstandslos herausstellen, aber dann ... dann ist mein Zeitfenster schon lange wieder zu.»

«Sie sollten handeln.»

«Was kann ich denn tun? Formal ist alles korrekt. Meine Bewerbung, seine Anzeige, die Prüfung meiner Vorlesungen, das Ende der Bewerbungsfrist.»

Swanidse wirft die Kippe auf den Boden und tritt sie mit einer sorgfältigen Drehung der Fußspitze aus.

«Sie sollten jemanden beauftragen, meinte ich. Jemand, der sich mit Zeitfenstern auskennt.»

Ich bin beinahe gerührt. Ist das noch derselbe Mann, der mich drei Mal, und vor einer halben Stunde noch, ermorden lassen wollte?

«Jossip, das ist furchtbar nett von Ihnen, aber der Vorwurf des Völkerhasses gegen mich ist ja nicht aus der Welt, wenn irgendwo in Freiburg ein Student vor den Bus geschubst wird.»

Swanidse sagt nichts. Er spielt mit den Stiefelspitzen im Sand herum. Awtoriteten sagen wahrscheinlich nicht einfach so «Da haben Sie recht» oder «Da muss ich noch mal in mich gehen». Aber dieses Nichtssagen wirkt nicht feindselig.

«Aber ich hätte auch was für Sie. Wenn Sie mit mir schon etwas eher ins Gespräch gekommen wären ... Was ich sagen will, ich glaube, ich habe eine Lösung für das Bahnhofscenter. Gerade jetzt, wo Sie ... so wenig Leute haben.»

Ich erkläre Swanidse meine Idee. Er bleibt skeptisch.

«Ich kenne die Albaner», sagt er. Irgendwie scheinen alle die Albaner zu kennen.

Dann steht er auf, fragt mich, ob ich eine Vollkaskoversicherung habe, und sagt, dass er jetzt das Auto samt Jaschik fortbringen lässt. Ich solle es gestohlen melden.

Der Polo war alt. Der Wiederbeschaffungswert liegt wahrscheinlich im unteren dreistelligen Bereich. Ich sollte wirklich langsam Professor werden.

Ich werde jetzt zu Cornelius gehen und mit Murat reden.

Für immer Als-ob

Als ich wieder ins Studio komme, sitzen Cornelius und Murat im Vorraum und trinken Kaffee. Mandelhörnchen stehen auf dem Tischchen. Als Cornelius mich sieht, springt er auf und umarmt mich.

«Dass du wieder da bist. Ich habe mir solche Sorgen gemacht», heult er fast los.

«Was macht der Albaner hier, warum ist er nicht eingesperrt?», flüstere ich Cornelius mit zusammengepressten Zähnen ins Ohr. «Bist du lebensmüde? Warum steckt der nicht in der Sprecherkabine?»

«Wir machen Pause!», erklärt Cornelius, als wäre es das Normalste auf der Welt.

«Was für eine Pause?», knurre ich. «Pause vom Eingesperrtsein, oder was?»

«Nein, Mann. Pause von Arbeit. Pause für Stimme», krächzt Murat.

«Du hast ja keine Ahnung, was du mir hier angeschleppt hast», begeistert sich Cornelius. «Das ist die Super Duper Loonie Toonie Voice! Die Cartoon-Stimme überhaupt! Willst du's mal hören?»

Ohne eine Antwort abzuwarten, fläzt sich Cornelius in

seinen Sessel am Mischpult, drückt zwei Knöpfe und schiebt einen Regler hoch. Er gibt mir mit dem Zeigefinger ein Achtungszeichen. Dann beginnt auf dem ersten Monitor neben dem Mischpult ein Strich über oszillierende Wellen zu wandern, während auf dem zweiten Monitor ein Film eingezählt wird. Es erscheint ein mir wohlbekannter Zeichentrick-Rabe mit Augenklappe und Piratentuch und krächzt:

«Klarmachen zum Kentern, äh, nein, zum Entern, mein ich natürlich!»

Der Rabe hat etwas Akzent. Murat reißt stolz die Augen auf und zeigt auf sich. Ich hätte es auch so erkannt.

«Du hast diesen angeschossenen Typen den großen Käpt'n Schluck sprechen lassen?», frage ich entgeistert.

«Es ist, wie es ist», sagt Cornelius. «Seine Stimmbänder haben mächtig was abgekriegt. Aber ich darf hier doch mal mit aller gebotenen Sachkenntnis sagen, dass sich professionelle Sprecher echt einen abbrechen müssen, um so eine kranke Stimme hinzukriegen. Ich würde da absolut keinen Arzt ranlassen. Das ist eine Goldgrube!» Cornelius zieht halb verlegen, halb spitzbübisch die Schultern hoch.

Es stellt sich heraus, dass Cornelius den Gedanken, dass ausgerechnet in seinem teuren Tonstudio einfach so ein Mafioso in der gutgepolsterten Sprecherkabine eingesperrt war, nicht ertragen hatte. Am Mittag hatte er nach dem Rechten geschaut, und als er dann den fluchenden, augenrollenden Murat hinter der Kabinenscheibe stehen sah, konnte er es sich nicht verkneifen, den Regler hochzuziehen, um zu hören, was der gestikulierende und grimassierende Mafioso da so von sich gab. Erst wäre er ja ein bisschen erschrocken über die Verfluchungen, die ihm und seiner Familie gegolten hätten, auch über die ausführlichen Mordphantasien, in denen sich der Albaner erging. Aber gerade Flüche leben ja auch von einer gewissen Kürze und Prägnanz, und nach zehn Minuten, als Murat immer noch davon krächzte, Cornelius seine Hoden zu fressen zu geben und ihn mit den eigenen Eingeweiden zu erdrosseln, hätte der Synchronisationsstudio-Inhaber und Produzent in Cornelius über Furcht und Selbsterhaltungstrieb gesiegt. Er hätte auf den Sprechknopf für die Kabine gedrückt und Murat gefragt, ob er ihm was vorlesen könne. Murat hätte erst weitergeflucht, dass er Cornelius die Zunge mitsamt der Speiseröhre herausreißen werde, aber da Cornelius nicht darauf eingegangen sei, sondern einfach nur immer wieder in die Sprecherkabine hineingefragt habe, ob Murat ihm, mal abgesehen von diesen zukünftigen Vorhaben, einen Text vorlesen könne, hätte dieser schließlich klein beigegeben und genervt zurückgefragt, was zum Teufel er denn vorlesen solle.

Eingedenk der abscheulichen Verwünschungen habe Cornelius ihm eine Manuskriptseite von «Käpt'n Schluck und seine Piraten» vorsichtig an die Außenscheibe der Sprecherkabine geklebt und ihn gebeten, den Text des Raben zu sprechen, wenn dieser bei ihm auf dem Monitor erscheine. Nach zwei, drei Versuchen habe der krächzende Albaner sich zu Wort gemeldet und gesagt: «Das ist eine lustige kleine Rabe! Lese ich noch weiter, wie?» Murat habe sich in Kürze als klangliches Naturtalent und gestalterisches Stimmwunder erwiesen. Wenig später habe Murat nach mehr Text verlangt, um die Rabenstimme der ganzen Episode einzusprechen. Und nach einer Stunde durchaus mit Heiterkeit durchsetzten Arbeitens hätte Cornelius ihm schließlich einen Arbeitsvertrag für die ganze Staffel angeboten, schnell den Vertragsvordruck ausgefüllt und unter der Kabinentür durchgeschoben. Murat habe das alles weder glauben können noch wollen, aber Cornelius habe darauf bestanden, dass er unterschrieb.

«Dieter Kubicki kann mich mal», flüstert Cornelius. «Der krächzt nicht halb so gut wie Murat.»

Ich frage, ob ich mit Murat mal unter vier Augen sprechen könne. Denn obwohl sie beide jetzt anscheinend Freunde geworden seien, sei Murat schließlich nicht aus freien Stücken hier. Da gelte es noch etwas zu klären.

Ich sage Murat, dass unser Gespräch nur stattfinden könne, wenn er vorher schwöre, dass ich tot sei. Daran hat Murat nun aber Zweifel. Doch ich bestehe darauf, dass ich das, was ich ihm sagen will, nur sagen könne, wenn er beiden verspreche, dass ich tot sei. Um genau zu sein: dass ich heute Morgen erschossen worden sei. In meiner Wohnung. Murat zögert, doch nach einer Weile gewinnt seine Neugier. Er schwört: Ich bin ganz offensichtlich tot.

Ich erkläre ihm, dass die Organisation, die sich seit geraumer Zeit darum kümmere, den Sanierungsfortschritt an ebenjenen Schlüsselobjekten zu gewährleisten, in denen Murat und seine Brüder für sich und die Altmieter den Preis für eine Räumung nach oben zu treiben suchten, dass also diese Organisation ihr Geschäft normalisieren wolle. Man sei, durch gewisse Umstände, willens und imstande, den Albanern fixe Ablösepreise zu bezahlen.

«Ich weisse nicht, wo solle da der Spaß sein», sagt Murat. «Haus besetzen ist doch wie eine Wettkampf mit In-die-Augen-starren, wo eine verliert, wo zuerst geblinzelt. Wer verliere die Nerven, der musse bezahlen!»

Ich sage ihm, dass das zwar für normale Bauprojekte gelte. Aber bei Großbauten wie dem Bahnhofscenter ginge es um viele Millionen. Da komme man schnell an den Punkt, wo die komplette Entsorgung störrischer Mieter billiger sei als deren Entschädigung.

Murat versteht noch nicht ganz.

«Es hat in der letzten Nacht Tote gegeben. Tote, die leider ins Blickfeld der Öffentlichkeit und der polizeilichen Ermittlungen geraten sind. Tote zudem, die mit anderen Toten vergolten werden müssen, um die Reputation zu sichern. Die Organisation sorgt sich, dass man beiderseits am Ende nur noch Reputation, aber kein Geschäft mehr hat», erkläre ich. Das sei sehr misslich, denn das Bau- und Sanierungsgeschehen in der Stadt laufe auf Hochtouren, und es sei geradezu so, als würden sich die Krokodile im Mara-Fluss gegenseitig beißen, während Tausende von leckeren Gnus durchs Wasser spazierten.

Die Organisation würde deswegen gerne das bisherige Geschäftsgebaren zu beiderseitigem Vorteil in geregelte Bahnen überführen. Der Vorschlag laute, dass die Albaner Objekte zur Besetzung zugewiesen bekämen, dort eine Weile ausharrten und dann eine Summe erhielten, die zwar unter einer möglicherweise erkämpfbaren Entschädigung läge, aber dafür in jedem Fall sicher gezahlt werde. Die Organisation schlage vor, dass die Auseinandersetzungen der letzten Jahre in einer Art Aufführung mit vereinbarten Rollen fortgesetzt würden. Sozialstaat statt Bürgerkrieg. Der Immobilienmarkt gäbe das heutzutage locker her.

«Muss man mal diskutieren», meint Murat. «Aber mit wem? Du bisse ja tot.»

Er solle, meine ich, den Vorschlag mit seinen verbliebenen Brüdern besprechen, und bei der nächsten Synchro-Sitzung werde ihn jemand auf Cornelius' Festnetztelefon anrufen. Ein Mann, der die Organisation vertrete. Ich sage Murat nicht, dass Swanidses Organisation derzeit nur noch aus ihm allein besteht. Das bin ich Swanidse schuldig.

«Na gut, kanne ich machen», meint Murat. Als ich gehe,

ruft er mir hinterher: «He, was solle das heisse: verbliebene Brüder?»

Ich gehe nach Hause, wechsele die Namen auf den Klingelschildern, höre den Anrufbeantworter ab, auf dem Maike mich bittet, heute Abend die Mädchen vom Klavierunterricht abzuholen, da sie für eine Kollegin die Spätschicht im Lesesaal übernommen habe. Dann setze ich mich aufs Fahrrad und mache mich auf den Weg zu Jelena Jefimkina, um mich des Teils meiner Vergangenheit zu bemächtigen, der mir bei der Zeugung unseres gemeinsamen Sohnes entglitten war. Um es klar zu sagen, gibt es ein Stück der Geschichte, das ich noch weiß, aber meistens verdränge, weil es mir peinlich ist – aber es gibt diese Lücke, die sich jedem noch so aktiven Erinnerungsversuch beharrlich widersetzt. Was fehlt, sind die Zeit, der Ort, die Umstände. Was ich weiß, ist, dass alles mit dem Tag nach der Scheidung zu tun hat. Und je weiter ich auf dem Fahrrad der Design-Möbel-Absteige von Jelena Jefimkina entgegenstrampele, umso unwohler wird mir. Als würde ich von ihr eine Wahrheit erfahren, die ich mit guten Gründen in einem gewaltigen Filmriss versenkt hatte.

***

Pünktlicher, als ich es erwartet hatte, ziemlich genau ein Jahr nach unserer Hochzeit, kam Jelena Jefimkina eines Morgens darauf zu sprechen, dass nun die Scheidung anstünde. Sie stellte mir meine Teetasse hin, legte zwei Stückchen Zucker dazu, wie ich es mag, und meinte, unsere Ehe sei ja wohl komplett zerrüttet. Ich schnitt ein Brötchen auf und gab ihr die obere Hälfte, die sie lieber aß. Unheilbar zerrüttet und gescheitert, fuhr Lena fort. Sie werde demnächst ausziehen, um dieses Scheitern zu dokumentieren. Ich fand das übertrieben. Wir könnten doch getrennte Zonen vereinbaren. Abschließbare Kühlschrankboxen mit unseren Namen drauf oder mit Edding abgegrenzte Waschbeckenhälften. Es war nichts zu machen. Lena hatte schon mit Darja geredet. Die würde ihr ein Zimmer in ihrem Einfamilienhaus frei machen. Darja hatte vor kurzem einen Autohausbesitzer geheiratet. Ich glaube, Lena hatte ihr den Trick mit dem Anlachen verraten.

«Hättest du was dagegen, wenn ich dich für die Scheidung etwas beschuldige? Galina sagt, ‹seelische Grausamkeit› kommt gut. Das würde man bei dir sofort glauben. Du hättest diesen Psychopathenblick.»

«Sagt Galina das? Interessant. Aber bitte, wenn es der Sache hilft.»

«Du bist ein Schatz!»

Zwei Stunden später kam Darja, eine pausbäckige Brünette mit einem kecken Barrett, Lena packte den Rest ihrer Sachen in zwei Kartons und rollte ihre Isomatte ein. Sie wirkte sehr entschlossen. Entschlossener, als es eine Scheidung verlangte.

«Hast du denn jemanden?», fragte ich.

«Mal sehen», meinte Lena bedeutungsvoll. «Er hat jedenfalls einen Hund.»

«Was für eine Rasse?»

«Gibt es so was: Deutsches Drahthaar?»

«Ja, gibt es. Aber das ist ein Jagdhund. Viel Spaß auf dem Ansitz. Jagdsaison ist Herbst und Winter. Wirst viel frieren!»

«Ich habe noch nie gefroren in Deutschland. Ihr habt gar keinen Winter. Das wisst ihr nur nicht.»

Hatte sie auch wieder recht. Dann also Scheidung.

Nach unserem Scheidungstermin wollte ich sie noch mal zu «Nordsee» einladen und eine Kleinigkeit mit ihr essen, aber Lena hatte keine Zeit mehr. Ihr neuer Freund hätte eine Auktion mit antiken Kachelöfen, und sie wäre sein «Glücksbringer». Sie gab mir ein Küsschen links und eins rechts, sagte: «Aber lieb von dir!», und rauschte davon.

Ich ging allein zu «Nordsee», aber der Backfisch schmeckte nach nichts. Dann trollte ich mich nach Hause, um ein paar Zitate und Quellenangaben in meiner Promotion durchzugehen. Aber ich musste dauernd aus dem Fenster gucken. Ich war nicht direkt traurig, denn Heirat und Scheidung waren ja Teil der Abmachung gewesen, auch wenn es in unserem Fall bis zur Heirat ein Weilchen gedauert hatte. Wir hatten ein Geschäft gemacht. Ich hatte mein Geld längst bekommen, sie konnte hierbleiben. Beide Seiten hatten profitiert. Aber je länger ich über die Nüchternheit und klare strategische Ausrichtung unserer Beziehung nachdachte, umso unordentlicher fühlte ich mich. Erst hielt ich es für die Nachwirkungen eines schlichten Gewöhnungseffekts, so, wie das einst Professor Henry Higgins, ein als Privatdozent im viktorianischen London unterrichtender Phonetiker, mit seiner Schülerin Eliza Dolittle erlebte. Aber das war es nicht. Es war eben nicht nur diese eigentümliche physische Leere, die die größte aller mir bekannten Russinnen in meinem Leben hinterließ. Es waren eben nicht ihre Macken und Marotten, die meinen braven Alltag verziert oder verunstaltet hatten. Es war etwas Grundsätzliches. Ich glaubte an die große Liebe. Für diese große Liebe hatte ich mich aufgespart, sparte ich mich immer noch auf. Aber in dem Moment, wo Jelena Jefimkina so frohgemut und selbstsicher die Tür hinter sich schloss, um sich einem völlig beliebigen vermögenden Mann mit Hund zuzuwenden, begann ich zu zweifeln. Was, wenn es die große

Liebe nicht gab? Was, wenn es im Leben nicht darum ging, dass sich zwei Menschen fanden, die füreinander bestimmt waren? Was, wenn Liebe nicht die Voraussetzung war, sondern das Ergebnis? Das Ergebnis einer bestimmten Lebensform. Einer Haltung. Ich saß mürrisch und trotzig wie Napoleon nach dem verlorenen Russlandfeldzug im Drehsessel und merkte, wie mein Herz vor sich hin zu stolpern begann.

Ich erinnerte mich an unseren Tanzkurs. Wie lange hatte es gedauert, bis wir dieses Gefühl des Schwebens hinbekommen hatten, wie viel Technik steckte hinter diesem Gefühl, wie viel Konzentration und wie viel absichtliches, ja geradezu zähneknirschendes Aufeinandereingehen? Und war ein technisch perfekt ausgeschwungener Liebeswalzer nicht etwas viel Größeres, Harmonischeres als irgendeine langsame Runde, die zwei Spontanverliebte in fader Innigkeit übers Parkett schlurften? Wir, Jelena Jefimkina und ich, waren Profis geworden im So-tun-als-ob. Unser Als-ob hatte Menschen überzeugt, die von Amts wegen allen binationalen Ehebegehren misstrauten. Unser Als-ob hatte Menschen überzeugt, die niemals an die Liebe zwischen einem sehr kleinen Mann und einer sehr großen Frau geglaubt hatten. Diese Liebe war eine Lüge, aber die ganze Wirklichkeit schien mir plötzlich aus solchen phantastischen und gelungenen Lügen gewebt. Und vielleicht gab es hinter dieser sich listig auch selbst täuschenden Täuschung … einfach nur nichts.

Und plötzlich begann mein Glaube an die große Liebe zu wanken. Ich stand auf. Ein ungeheurer Wille zum Nichtdenken, zum Nichtweiterdenken, ergriff mich. Dieses Kapitel war abgeschlossen. Ich schob den Drehsessel fort. Ich zog den Tisch beiseite. Ich räumte die Bücher aus dem Regal. Ich räumte die Bücher wieder ins Regal. Ich saugte Staub. Ich rückte das Bett an die Stelle, wo der Tisch gestanden hatte.

Ich zog den Tisch an die Stelle, wo das Bett gestanden hatte. Inmitten dieser Rochade hielt ich inne und begann, alle vier Scheuerleisten des Zimmerchens zu wischen in dem vollen Bewusstsein, dass noch nie jemand in einer deutschen Studenten-WG eine Scheuerleiste gewischt hatte. Ich räumte die Bücher wieder aus dem Regal. Ich holte die Ordner aus der Ordnerbox und erneuerte alle Aktendullis. Als ich mein Zimmer zweimal komplett gesäubert und umgeräumt hatte, war es halb zwölf in der Nacht. Ich zog mein Schlafzeug an, legte mich gerade ins Bett und presste mein Bärchenkissen auf den Bauch, in der Hoffnung, frühkindliches Muttiwohlsein würde in mich strahlen und mir linden Schlummer bescheren. Und so war es.

Doch am nächsten Morgen war nicht nur ich ausgeschlafen, auch der bittere Zweifel an der großen Liebe, an meinen Weg zur Erlösung, zur Verschmelzung mit der Einen, Fernen, Wundervollen, war um einiges munterer als am Vortag. Geradezu panisch nahm ich umgehend die Aktenordner wieder hervor und löste alle Blätter aus den neuen Aktendullis, um ihre Löcher mit schwer hinzupfriemelnden Lochverstärkern zu bekleben, deren Leimschicht vorher mit Zungenspeichel benetzt werden musste. Da es sich um mehrere tausend Blätter handelte, hatte ich ein paar Stunden lang Gelegenheit, dem kränkenden Gedanken, dass ich mit Jelena Jefimkina schon alles bis auf eins gehabt hatte, die Zunge herauszustrecken. Dann war alles geleckt, und mein Nichtdrandenken brach in sich zusammen. In meiner Verzweiflung ging ich in die Küche, voll der frivolen Absicht, den Kühlschrank abzutauen – und dabei entdeckte ich im Gemüsefach den Sechserpack Mocca-Sekt, der von der letzten russischen Damenparty übrig geblieben war. Jedem anderen alkoholischen Getränk gegenüber wäre ich standhaft geblieben, aber die sechs Fläschchen «Mocca-Perle» schauten mich und meine wundgeleckte Zunge so schwach-alkoholisch, so labend und prickelnd, so geradezu großmutterhaft-kaffeekränzchenmäßig geistesbelebend an, dass ich beschloss, sie in den Ausguss meines Schlundes zu gießen.

Das war ein Fehler. Getarnt im Mocca-Geschmack, schoss der Alkohol mit der Gewalt Tausender Kohlendioxidperlen in mein Blut und erzeugte einen Wahnsinn, der sich meinem Gehirn als Idee präsentierte. Eine Wahnsinnsidee! Ich würde die Scheidung annullieren lassen! Ich würde Jelena Jefimkina zurückverlangen! Eine geheuchelte Ehe konnte nicht scheitern! Menschen, die nie wirklich zusammengelebt hatten, konnten sich nicht auseinanderleben! Nach vier Fläschchen Mocca-Sekt hatte sich diese tolle Idee in ein noch viel kühneres Vorhaben verwandelt. Ich würde uns beide anzeigen! Wegen Scheinehe! Wir würden ins Gefängnis geworfen werden! Aus Gründen, die ich allein jenem Produkt einer mächtigen ostdeutschen Sektkellerei zuschreiben kann, gelangte ich zu der sicheren Überzeugung, wir würden in einer Art gemischtgeschlechtlichen Vollzug in einem Doppelzimmer eingekerkert werden, um dort Monate und Jahre zu verbringen. Mit nichts als Gitter und Langeweile und dem berauschenden Auf und Ab von Jelena Jefimkinas Hormonzyklus.

Ich begab mich ausgreifenden Schrittes an die Schreibmaschine und begann, die Anzeige aufzusetzen. Doch schon der zweite Satz der Selbstbezichtigung, in dem ich mich der Staatsgewalt offenbaren wollte, ließ mich stocken. Ich hatte vergessen, wo die ominöse Kuppelagentur «Briefe an Freunde», mit der alles seinen Anfang genommen hatte, ihr Domizil hatte. Im Telefonbuch fand ich sie nicht. Was aber möglicherweise auch mit meiner plötzlichen Unfähigkeit, kleine Buchstaben zu entziffern, zu tun haben konnte. Entschlossen warf ich meinen hellblauen Anorak über und radelte schwungvoll los, bis ich die kleine Seitenstraße in der Südvorstadt erreichte. Zu meiner Verwunderung gelang mir vor dem Laden der Abstieg vom Rad nur holprig, und noch dazu warf ich das Rad auf den Gehsteig, anstatt die Fußstütze hinunterzudrücken. Nummer achtundzwanzig, las ich mit aller mir verfügbaren Konzentration, als die halb gardinenverhangene Tür aufging und Günther erschien.

«Herr Hasselmann», rief er. «Was machen Sie denn hier?»

Ich schwenkte meinen Blick mit Mühe auf Günther, der rotwangig und blass zugleich auf mich zukam.

«Ich lasse uns alle auffliegen! Ich gehe zur Polizei! Ich zeige mich an. Wegen Eingehens einer Scheinehe zur Erschleimung einer Aufenthaltsberechtigung in der Bunzelsrepublik.»

Günther griff nach meinem Unterarm.

«Seien Sie nicht dumm. Sie schaden sich vor allem selbst. Was immer Sie mit Ihrem komischen Doktortitel anfangen wollen – mit einer Vorstrafe können Sie das vergessen.»

«Das ist mir egal. Ich will diese Frau ...», ich suchte nach einem angemessenen Verb, «haben!»

Günther zog mich von der Straße und zwang mich mehr oder weniger mit Gewalt ins Ladenbüro. Er hieß mich mit Nachdruck Platz nehmen und griff nach dem Telefon, sprach mit jemandem, ob der wüsste, wo sie wäre, und ja, es wäre eilig, der Ex-Ehemann drehe hier gerade durch. Dann legte er auf und erklärte:

«Was haben Sie erwartet? Ich habe Sie doch wohl hinreichend aufgeklärt. Sie können sich so eine Frau gar nicht leisten. Sie sind nun mal ein kleiner Mann. Suchen Sie sich eine kleine Frau. Machen Sie mit ihr kleine Kinder, und pachten Sie von mir aus einen Kleingarten.»

«Aber ich kann sie nicht so gehen lassen», jammerte ich, «Sie haben ja keine Ahnung, wie schwierig es war, diese Russin zu heiraten. Die haben uns nicht geglaubt. Es hat ewig gedauert. Und wir mussten die ganze Zeit so tun, als ob. Und dabei habe ich irgendwann vergessen, dass es nur ein Fake ist. Ich habe nicht aufgepasst, und irgendwie habe ich mich in dieses Als-ob verliebt ... Verstehen Sie?»

«Junger Mann, Sie können nicht einfach jemanden lieben, mit dem Sie einen Vertrag haben. Das ist vertragswidrig. Hat Ronald Reagan Michail Gorbatschow geliebt? Sehen Sie, die Ehe ist ein Vertrag. Deswegen hört die Liebe spätestens mit der Eheschließung auf. Jetzt sind Sie glücklich geschieden. Jetzt sind Sie frei. Frei für die Liebe!»

«Nein, es wird nie wieder so werden wie mit Lena. Nie wieder wird eine Frau mit mir so tun, als ob.»

«Oh, da wäre ich nicht so sicher. Ich kann Ihnen bei Bedarf ein paar Etablissements nennen. Sie sind ein bisschen durch den Wind. Das kommt hin und wieder vor. Glauben Sie mir, seien Sie froh, dass Sie nur ein einziges Jahr verheiratet waren. Diese Russinnen verlieren ganz schnell an Glanz und werden unausstehlich. Wissen alles besser und schimpfen Sie vor allen anderen Leuten aus. Und dann dieser Hang zur Teigtasche. Ausgesprochen kurze Blüte, das versichere ich Ihnen.»

«Das kann ja alles sein. Aber ich habe noch nicht mal von diesem einen Ehejahr etwas gehabt.»

«Außer sehr viel Geld.»

Die Erinnerung an die Schmach meines vertrödelten Stipendiums, meinen daraus resultierenden finanziellen Engpass und die fatale Geldscheinehe ließ mich auf dem Stuhl zusammensinken.

Dann kam Lena. Sie trug eine zottelige rote Strickjacke,

ein Blümchenhemd, einen Jeansrock und Riemchen-Sandaletten, als wäre sie eine Hippiebraut.

«Ha!», schrie ich. «Wo ist deine Brille? Sehen Sie, Günther! Sie hat ihre Brille nicht auf, diese Schlange! Warum hat sie keine Brille auf? Damit sie diesen intensiven Blick kriegt, damit sie die Männer länger fixieren muss, damit sie die Männer scharfstellen kann. Scharfmachen will sie sie. Jawohl!»

Lena wirkte ungehalten.

«Was hat der denn?», fragte sie stirnrunzelnd.

Günther machte ein ratloses Gesicht.

«Er ist völlig durcheinander. Er will die Scheidung annullieren lassen oder so. Will sich anzeigen. Wegen Scheinehe. Er hat was getrunken, würde ich sagen.»

Lena beugte sich zu mir herunter.

«Was hast du getrunken?»

«Ich habe deinen Mocca-Sekt ausgetrunken. Alle sechs Fläschchen. Ha! Jetzt weißt du's!»

Der Ausschnitt ihres Blümchenhemdes flatterte vor mir herum. Ich stutzte.

«Du hast drei Knöpfe auf.»

Ich sprang hoch und fiel gleich wieder auf die Knie.

«Das Zeichen! Günther! Das ist das Zeichen! Die dreimal aufgeknöpfte Bluse! Heute ist der Tag, wo muss sein!!»

«Der deliriert. Mocca-Sekt-Delirium. Sieht ja furchtbar aus. Deswegen trinke ich nur reine Sachen. Aber ich habe noch Gurkenwasser im Kühlschrank», haspelte Günther.

«Chuinja!», fluchte Lena, die sichtlich wütend war, dass ich ihre Hormonkurve hinausposaunte. «Er muss mehr trinken!»

Günther hob glücklich die Augenbrauen und tauchte unter seinen Schreibtisch, um sogleich eine kleine Auswahl Spirituosen auf die Tischplatte zu stellen.

«Finnisch Wodka», befahl Lena. «Den Koskenkorva und ein Wasserglas.»

Günther zögerte. Einen Wodka von sechzig Volumenprozenten auf einen kleinen Eimer Mocca-Sekt zu kippen schien ihm, vorsichtig ausgedrückt, unhomöopathisch.

Lena griff sich die Halbliterflasche, hielt den Flaschenhals mit dem Daumen ins Wasserglas, schneller und professioneller, als Günther es jemals gekonnt hätte. Dann riss sie sich einen Knopf von der Bluse und legte ihn vor mir auf den Tisch.

«Hier hast du dein Zeichen! Und jetzt trink, bis du zwei Knöpfe siehst!»

Ich weiß noch, wie weich und samtig ich den Wodka empfand. Ich wusste ja nicht, dass dieser Effekt nur durch die sofortige Lähmung der Schleimhautnerven entsteht. Und ich weiß noch, wie der Knopf unscharf wurde und sich langsam in zwei gleiche Knöpfe teilte. Ab dann weiß ich nichts mehr.

Auf der schiefen Bahn

Als ich mein Fahrrad vor dem Haus von Jelena Jefimkina anschließe, bin ich mir gar nicht mehr so sicher, ob ich das Ende der Geschichte wirklich kennen will. Ich möchte es mal so formulieren: Ich werde sicher keinen blauen Seidenschlafanzug getragen haben.

Ich gehe durch den Vorgarten auf die Tür von Lenas Wohnung zu, als ich ihr Geschrei höre. Es klingt nach Mutter und Sohn. Ist Slawa also doch brav nach Hause gegangen? Ich unterdrücke eine Regung, höflichen Abstand zur Privatsphäre zu halten, und steige die paar Stufen zur Tür hinauf.

«Was heißt hier ‹Wir sollten besser abhauen!›?», vernehme ich Lenas raue Stimme.

«Dass hier mächtig die Kacke am Dampfen ist, seit du mir diesen Volltrottel auf den Hals geschickt hast. Ich hatte alles im Griff, und jetzt gibt es sogar Tote ...»

Ich kann hören, wie Lena auf Slawa losgeht, der irgendwo gegenrempelt.

«Wieso Tote? Ich habe dir gesagt, du sollst mit diesen Leuten nicht ...»

«Ich habe überhaupt nichts gemacht», verteidigt sich Slawa heftig. «Dein komischer Exmann hat alles durcheinandergebracht. Er ist überall aufgekreuzt und hat dauernd irgendwelches Zeug gelabert. Er hat Herrn Swanidse unterbrochen! Hat ihm das Wort abgeschnitten! Ich dachte, die knipsen ihn gleich auf der Stelle aus. Das sind keine Kann-ja-mal-passieren-Typen! Verstehst du?»

«Wo ist Ullrik jetzt?»

«Woher soll ich das wissen? Er sollte längst tot sein, aber dann ist irgendwas schiefgegangen. Aber das hat gar nichts zu sagen. Eine Awtoritet lässt sich von so einem Zwerg nicht blödkommen. Außerdem hat er ein Riesenchaos bei den Albanern angerichtet. Die sind echt sauer. Der ist längst Vogelfutter, nehm ich an.»

Es klatscht. Recht hat sie. Man nennt seinen Vati nicht Vogelfutter. Slawa nimmt es wohl hin. Er brummt nur.

«Du kennst ihn überhaupt nicht, Wjatscheslaw», sagt Lena streng. «Bei deinem Vater geht immer alles schief. Erst mal. Das ist irgendwie … sein Ding. Wenn er damals gewesen wäre in Dallas, würde Kennedy wahrscheinlich noch leben, und Lee Harvey Oswald wäre beim Zielen aus Fenster gefallen. Da, eto werno, dein Vater zieht Unglück an – aber ich habe das erlebt, es ist gutes Unglück. Ich habe ihn geschickt, damit du eben hast kein Glück bei den Bissnissmen.»

«Mamotschka, das kann alles sein. Aber das hier ist was anderes. Wir sollten wirklich machen, dass wir wegkommen.»

Ich klingele jetzt lieber mal.

Sofort ist Ruhe. Nur Slawa flüstert irgendwas Klammes, das wie «Scheiße, Scheiße, Scheiße» klingt. Sie schleichen aus dem Flur. Kein Blick durch den Türspion, vor dem schon irgendwelche Pistolenmündungen lauern könnten. Ich klopfe, aber als auch dann noch alles still bleibt, gehe ich wieder die Treppe hinunter, um vom Garten ins Haus zu kommen. Aber noch vor dem Küchenfenster neben der Tür ist mir, als bewege sich ein Schatten hinter der Gardine. Lena ist nicht dumm. Sie geht nicht direkt ans Fenster, sie steht im hinteren Drittel der Küche, wo weniger Licht ist. Und sieht mich. Noch ehe ich sie sehe. Drei Sekunden später fliegt die Haustür auf.

«Wo kommst du jetzt her?!», ruft sie. Fehlt nur noch, dass sie ein Nudelholz in den Händen schwingt.

«Ich habe alles gemacht, wie du gesagt hast», entgegne ich etwas erschrocken.

Hinter Lena erscheint jetzt Slawa. Ungläubig starrend. Dann äugt er die Straßen hinunter. Er denkt wohl, dass ich hier so was wie einen letzten Auftritt habe und gleich derjenige um die Ecke biegt, der mich vorgeschickt hat. Aber nichts passiert.

Lena winkt mich rein. Dann stehen wir in der Küche, und sie fragt, ob ich was trinken will.

«Tee», sage ich. «Aber nur Roibusch oder Ähnliches. Ist schon nach sechzehn Uhr.»

Slawa hält es nicht mehr aus.

«Wo hast du dich versteckt?»

«Gar nicht», meine ich und straffe mich etwas, um offizieller zu wirken. «Also, ich bin gekommen, um euch zu sagen, dass ich seit heute vierzehn Uhr dreißig das alleinige Sorgerecht für Slawa Jefimkin zugesprochen bekommen habe. Du bist jetzt mein Sohn, ob es dir passt oder nicht.»

Jelena Jefimkinas Augen beginnen zu blinzeln, und ihre Nase zuckt. Das ist kein schöner Satz für eine Mutter. Ich würde sie jetzt gerne in den Arm nehmen, aber na ja, dazu müsste sie sich setzen.

«Du warst bei der Polizei», rätselt Slawa, mein fatal andauerndes Immer-noch-am-Leben-Sein begrübelnd.

«Ich war nicht bei der Polizei. Die Polizei war bei mir. Aber ich glaube nicht, dass wir zusammenkommen. Ist auch gar nicht nötig. Ich habe alles geklärt.»

Jelena Jefimkina schnupft ihren Handrücken entlang und wischt sich die Augenwinkel aus.

«Was hast du geklärt, Ullrik?»

«Ich habe mit Swanidse gesprochen, und am Ende hat er es eingesehen.»

«Eingesehen?», schraubt sich Slawas Stimme in die Höhe. «Und was noch? Hast du ihn hundertmal schreiben lassen: Ich bringe keine Leute mehr um! Und Gurjakin, Branischikow und der fette Jaschik? Haben die das auch eingesehen? Haben die versprochen, ja, wir tun es auch bestimmt nicht wieder, Herr Hasselmann?»

«Es ist ... sie sind ... wie soll ich sagen», ich suche nach Worten, aber Lena guckt mich mit aller verfügbaren Sehkraft finster an, mit diesem forschenden Blick, den ich noch aus Zeiten kenne, als ich sie mit meinen wahnsinnigen Vorschlägen traktierte, wie wir vor dem Amt als Liebespaar durchgehen könnten.

«Du willst mir jetzt nicht sagen, dass diese Leute nicht mehr arbeiten für Herrn Swanidse?»

Glücklich weise ich mit dem Zeigefinger auf Lena.

«Genau. Das ist es. Sie arbeiten nicht mehr für Swanidse. Es gab einen ... fast vollständigen ... Personalabbau. Es ist jetzt alles anders. Die ganze Hausverwaltung. Swanidse stellt sich ganz neu auf. Und die Albaner sind jetzt mit im Boot. Wir brauchen endlich Ruhe in der Stadt, und die Polizei hat wirklich andere Aufgaben.»

Habe ich eben «wir» gesagt? Slawas Hände fallen kraftlos hinab. Da steht sein Vater und hat noch seinen Fahrradhelm auf, und seine Mutter hält sich erschrocken den Mund zu. Dann schüttelt Lena den Kopf und sagt leise in ihre Hand:

«Ich hatte nur gesagt, du sollst dich um Slawa kümmern …»

Der Wasserkessel pfeift. Lena dreht sich um und beginnt, mit dem Teeglas und irgendwelchen Beuteln zu wirtschaften. Slawa ist keiner verächtlichen Posen mehr fähig. Er bekommt ein wenig Angst.

«Was wird jetzt?»

Ich sage, dass ich möchte, dass Slawa wieder zur Schule geht, allerdings auf eine Regelschule, und er solle sich nicht so haben, eine Ehrenrunde hätten andere auch schon gedreht. Des Weiteren würde ich es gerne sehen, wenn er sich zweimal die Woche, nämlich am Mittwoch und Freitag, als Babysitter um seine Halbschwestern kümmert, unentgeltlich, versteht sich, weil Familie. Ich würde ihn aber entschädigen, indem ich ihm ein bisschen Nachhilfe in Deutsch und Geschichte gebe. Ich würde da Defizite vermuten. Und außerdem könne er mir ein wenig im Haushalt zur Hand gehen. Gleich morgen schon. Die Wohnung einer Nachbarin, einer netten älteren Dame, müsse mal ordentlich saubergemacht werden.

«Was, wenn ich sage: Vergiss es?», erkundigt sich Slawa, eher vorsichtig als unwirsch.

«Dann müssen wir noch mal miteinander reden. Ich bin mir sicher, dass du mich früher oder später …»

«Hör auf deinen Vater!», unterbricht Jelena Jefimkina mit halbgeschlossenen Augen und eherner Gewissheit und stellt mir die Teetasse hin, Slawa nickt sofort in einer Weise, wie er sicher in seinem Leben noch nie genickt hat. Es ist ein kostbarer Moment, wir hätten ihn schon im Abrisshaus haben können, und es wäre nie zu diesem entsetzlichen «Personalabbau» gekommen. Ich bin gerührt: Es ist ja nicht nur die seltene Tatsache, dass eine Frau sich mitten im Mitteleuropa des einundzwanzigsten Jahrhunderts uneingeschränkt hinter den Vater ihres Kindes stellt. Es ist auch, weil Söhne ihren Vätern normalerweise nichts glauben. Sie unterstellen ihnen im Vollgefühl ihrer Jugend, dass väterliche Weisheiten nur für deren vergangene Zeit galten und keineswegs für alle Zeit gelten. Manchmal, sehr selten aber, erkennen Söhne in dem Moment, wo ihre Väter etwas sagen, dass diese etwas wissen, was sie selbst vielleicht nie gewusst hätten. Demut, Erkenntnis und Liebe schillern dann durcheinander, und im Deutschen nennt man das Autorität. Man kann es schlecht übersetzen, und natürlich ist es etwas anderes als Awtoritet. Kommt am Ende aber auf dasselbe heraus.

«Slawa», sagt Lena. «Ich fahre gleich kurz weg mit deinem Vater. Er kriegt Belohnung.»

Slawa schneidet eine entsetzte Grimasse.

«Sie will mir nur was erzählen, das nicht für deine Ohren bestimmt ist», sage ich und puste in meinen Tee. «Nicht, was du denkst.»

Slawa versucht, das Bild aus seinem Kopf zu wedeln. Jetzt muss er erst recht dran denken. Ich auch.

Lena fährt mit mir in die Meyerbeerstraße, eine ruhige, leicht abschüssige, von Platanen gesäumte Nebenstraße, die an einem kleinen Park endet. Mittlerweile beste Wohnlage. Seit Ewigkeiten verkehrsberuhigt. Mehrere Bremsschwellen zieren den Asphalt. In der Meyerbeerstraße 14 hatte ich gewohnt, hatten wir gewohnt. Lena bremst, und der Wagen bleibt mitten auf der Straße stehen.

«Hier war's!»

«Bei mir auf der Bude?»

«Nein, hier!»

Ich blicke mich um.

«Wie, was? Hier? Wir haben es auf der Straße getan? Wie die Hunde?»

«Nicht auf der Straße. Im Auto. Von hier bis zum Park.»

Ich verstehe kein Wort.

«Du wolltest es wissen. Also: Wir haben. Von hier bis da unten. Ungefähr einen Kilometer lang.»

Dass Sex eine zeitliche Dimension hat, weiß ich. Dass man Sex auch in Entfernungen messen kann, ist mir neu.

«Du warst w dosku pjan», sagt Lena und schnipst sich mit dem Finger gegen den Hals.

Dann greift sie herüber und löst die Handbremse.

Der Wagen setzt sich auf der abschüssigen Straße langsam und lautlos in Bewegung. Ich weiß nicht, was sie damit bezweckt.

«Ich bin im Besitz von ärztlichen Unterlagen, die den Schluss nahelegen, dass ich um die Zeit unserer Scheidung herum einmal betrunken gewesen sein könnte», sage ich.

«Du warst sehr betrunken, und ich habe dich gefahren nach Hause.»

Sehr langsam gleitet der fleckige Stamm einer Platane neben dem Auto vorbei.

«Du warst sehr betrunken, und du hast geweint. Und ich dachte, als wir hier waren, wo du gewohnt hast, dass du endlich wissen musst, wie es ist.»

«Das ist doch echt die Höhe. Ich war eine hilflose Person. Du hast mich ausgenutzt.»

«Du hast mir leidgetan. Ich wollte doch nur, dass du nicht mehr so hilflos bist, wenn große Liebe kommt.»

In diesem Moment rollt der Wagen langsam über den ersten Drempel. Es hebt mich etwas aus dem Sitz.

«Erinnerst du dich jetzt?», fragt Lena.

Sie muss diesen kurzen Jeansrock angehabt haben. Damit

ist man natürlich sehr beweglich. Und Sportlerinnen sowieso.

«Aber wie? Hier im Auto? Ich saß also hier auf der Beifahrerseite. Und ich war betrunken. Und du? Bist du etwa rüber zu mir? Was hast du …?»

Dann kommt der zweite der Drempel. Ein heftiger Impuls bockt durch meinen ganzen Körper.

«Ist der Wagen etwa über diese Dinger gerollt dabei?»

Eine ungeheuerliche Vorstellung baut sich in mir auf. Die Vorstellung, dass ich die Kontrolle über mein erstes Mal an eine sentimentale und aus monatszyklischen Gründen verantwortungsgeschwächte Russin sowie eine Reihe ruckartig überfahrener Bremsschwellen abgegeben hatte. Und diese Vorstellung wandelt sich nun vor meinem inneren Auge von einer vagen, nebulösen Phantasie zu einem erschreckend dreidimensionalen Gekeuche und Geraufe.

In diesem Moment knallt der hörbar mit saftigen Abrollgeräuschen über den Asphalt schmatzende Wagen über den dritten Drempel und drückt mich mit einer obszönen Heftigkeit nach oben.

«Ich erinnere mich!», rufe ich.

Im selben Moment reißt Lena die Handbremse hoch. Der Wagen steht.

Ich weiß es wieder und weiß es so klar und deutlich, wie ich es nicht gewusst hatte, als es geschah. Wir hatten Sex gehabt, in einem immer schneller rollenden, in einem immer heftiger und in kürzeren Abständen über Drempel rumpelnden Wagen. Ich hatte den ersten Verkehr meines Lebens in einer verkehrsberuhigten Zone gehabt! Ich war mit Lena erst auf die schiefe Bahn geraten und dann auch noch gekommen! Mein Sohn verdankt sein Leben zehn Bremsschwellen. Eigentlich müsste das Straßenbauamt ein Drittel des Unterhalts zahlen.

«Wo sind wir zum Halten gekommen?»

Lena grinst sich die Ohren auseinander.

«Unten im Park, im Teich. Der Teich ist flach. Mjagkaja posadka. Nur die Vorderräder waren ein bisschen versunken.»

«Wie bin ich nach Hause gekommen?»

«Ich habe dich aus dem Auto geholt und die Treppen hochgetragen.»

Mir geht auf, was Gerd am Telefon gemeint hatte.

«Du hast mich auf den Arm genommen?»

«Ullischek, du wiegst so viel wie ein Wochenendeinkauf. Ich habe noch deine Aktentasche draufgelegt.»

«Schwangere sollen überhaupt nicht mehr schwer heben», sage ich und muss ein bisschen losschnottern.

«Gerd hat mir oben geholfen, dich ins Bett zu bringen. Du hattest nur noch Weiß im Auge. Gerd hat gefragt, warum ich so seltsam aussehe. Ich habe ihn gebeten, dir nie etwas zu sagen. Er hat es versprochen.»

«Er hat sein Versprechen gehalten.»

Lena startet den Wagen und setzt ihn sehr gekonnt zurück in eine Einfahrt. Dann fahren wir zurück zu ihrer Wohnung. Ich sitze sinnend auf dem Beifahrersitz. Schließlich frage ich sie, ob sie es schlimm fände, wenn ich mein Sorgerecht ein bisschen ausübe.

Lena findet, ich hätte es mir verdient.

Als wir wieder bei ihr zu Hause sind, stehen wir noch ein bisschen vor ihrer Haustür rum. Feiner Sommerabend. Milde Brise.

«Warum hast du das damals getan? Du wolltest doch woandershin. Du wolltest doch zu diesem Baustofflöwen. Warst du doch in mich … ein ganz klein bisschen … vielleicht … verliebt?»

«Nein», grübelt Lena. «Musste einfach sein. Gehörte sich so. Nein. Ich war nicht verliebt damals.»

Ich nicke verständnisvoll. Klar, alles andere wäre ja tragisch gewesen. Ich werde einen unsentimentalen Abschied machen.

«Ich muss, Lena. Meine Töchter abholen.»

Ich mache winke, winke, und Lena, die schon die ganze Zeit mit gekreuzten Beinen in der Tür steht und freundlicherweise den Kopf geneigt hält, wirft ihre weißblonde Mähne nach hinten.

«Damals», sagt Lena, «war ich nicht verliebt in dich. Damals!»

Ich bleibe auf der Treppe stehen.

«Was soll das heißen?»

«Wie viel verdient eigentlich so ein Professor?», fragt Lena.

Mein Mund wird so trocken wie meine Hände feucht.

«Oh nein. Nicht die Tour!», empöre ich mich. «Ich liebe meine Frau. Und sie liebt mich.»

«Ulli! Ich habe gesehen deine Frau! Sie manipuliert dich.»

«Ja, sie will mich halt verbessern. Sie hat mir sogar vor kurzem einen Kurs bei Meinhard Lömmer, dem Lachpapst, geschenkt, weil sie möchte, dass ich endlich richtig lache.»

Und Jelena Jefimkina aus Tomsk, diese einstige Hoffnung des sibirischen Volleyballs, deren Mutter in einem Krankenhaus arbeitet und deren Vater wahrscheinlich immer noch in einer Fabrik zugange ist, von der keiner nichts weiß, die Mutter meines flegelhaften Sohnes, knickt ihre von Pelmeni und Bliny und Wareniki rätselhafterweise ganz unverdorbene Hüfte ein, spaziert mit ihren langen Fingern die Knopfleiste ihrer Bluse hinunter und fragt:

«Wann ist denn dieser Kurs, moi posluschnui Ullischek, moi sladki saitschik?»

«Mittwoch», quäle ich mir heraus.
«Bis Mittwoch», gurrt Lena.

Zwei Tage später, denke ich beim nach Hause fahren, werde ich über den Campus zur Mensa gehen, und der Dekan wird mich abfangen und mit mir eine «überraschende Veränderung in Sachen meiner Bewerbung» besprechen wollen. Es sei, wird er mir sagen, nämlich noch ein Brief eingegangen. Von ebenjenem Studenten aus Freiburg, der mich noch vor ein paar Tagen des Antikeltismus bezichtigte. Anders als der erste Brief wird der zweite vermutlich auf einer alten Schreibmaschine getippt worden sein.

«Sehr geehrte Damen und Herren! In meinen ersten Schreiben an Sie habe ich die jedes Menschenmaß übertreffende Frechheit besessen, die wissenschaftliche Integrität von Dr. habil. Ullrich Hasselmann in Zweifel zu ziehen. Ohne den geringsten Anlass erdreistete ich mich insbesondere, ihm den Vorwurf der Völkerverhetzung zu machen. Meine zutiefst verwerfliche und kriminelle Absicht dahinter war, die sehr aussichtsreiche Bewerbung des weithin anerkannten Dr. Ullrich Hasselmann um den Lehrstuhl Altphilologie am Institut für Alte Geschichte Ihrer Universität zu behindern. Aber kann ein so niedriger Mensch wie ich überhaupt von selbst auf eine solche abscheuliche Idee kommen? Nein, natürlich nicht. Und ich muss an dieser Stelle gestehen: Dies alles geschah im Auftrag von Dr. G. aus Wiesbaden, zu dessen teuflischem Werkzeug ich mich machen ließ. Jetzt, wo ich diese Zeilen schreibe, kommen mir die Heimtücke und das Frevelhafte meiner erfundenen und verlogenen Anschuldigung deutlich zu Bewusstsein. Ich muss mich deshalb fragen: Hat ein Lump wie ich nicht die Verachtung und den Abscheu

aller redlichen Menschen in Wissenschaft und Technik verdient? Gibt es für eine so ruchlose Kreatur wie mich überhaupt noch die Möglichkeit der Wiedergutmachung? Und kann sie in etwas anderem bestehen, außer dass ich hiermit jegliche Anschuldigung gegen Herrn Doktor Ullrich Hasselmann, diese Leuchte der deutschen Altphilologie, demütigst zurückziehe und mich stattdessen erbiete, ihn fortan mit aller Kraft gegen all jene zu verteidigen, die seiner ruhmreichen wissenschaftlichen Laufbahn nicht den Schwung verleihen wollen, der ihr doch so offenkundig zusteht.»

«Na ja», werde ich sagen.

«Dr. G. ist damit natürlich aus dem Spiel. Habe ich so noch nie erlebt. Da hat sich aber bei jemand mächtig das Gewissen gemeldet», wird der Dekan meinen, «der erste Brief las sich eigentlich noch ganz nüchtern.»

Ich werde den Brief zusammenfalten und dem Dekan zurückgeben.

«So ist das manchmal mit dem Gewissen.»

Aber ich werde dann doch denken, dass dieses Gewissen einen schwarzgrauen Schnurrbart hat, dazu einen Hang zu rhetorischen Fragen und dass es unversteuerte Zigaretten raucht. Was für ein Geschwurbel!, werde ich denken, man merkt deutlich, dass Swanidse keine Mitarbeiter mehr hat, vor denen er als Volksredner auftreten kann.

«Ich bin sehr froh, dass das vom Tisch ist», wird der Dekan sagen. «Gestern hatte ich noch den Eindruck, wir müssten den Lehrstuhl noch einmal neu ausschreiben.»

«Wieso?»

«Es gab ja außer Dr. G noch zwei andere Bewerber. Aber der eine», wird er zum Beispiel berichten, «hat sich längerfristig erkrankt gemeldet, und der andere hat seine Bewerbung aus privaten Gründen zurückgezogen. Alles ganz plötzlich. Verrückt, nicht?»

«Heißt das, es sieht gut aus für mich?»

«Ich darf der Entscheidung natürlich nicht vorgreifen. Aber ich denke schon.»

So etwa wird das sein. Aber nun hole ich erst mal die Zwillinge ab und verkünde ihnen mit nicht geringem Stolz, dass ich jemanden gefunden habe, der sie in Zukunft zum Kiddie's Dance bringt und wieder abholt und der auf sie aufpasst, wenn es bei Mama und Papa mal spät wird. Die Zwillinge sind ganz aus dem Häuschen. Ich sage ihnen, dass es ein netter junger Mann ist, der sich schon sehr freut, sie kennenzulernen. Und ich weiß tief in mir drin, dass sie ihn lieben werden. Trotz seiner Länge hat er etwas, ich sage mal, Niedliches. Ich weiß, dass sie sich abends an ihn kuscheln werden, wenn sie noch etwas länger fernsehen als erlaubt. Ich weiß, dass er sie «ihr kleinen Krabben» nennen wird.

Die Nachricht vom geretteten Kiddie's Dance erreicht Maike als Erstes, als sie kurz vor zwanzig Uhr nach Hause kommt. Erstaunlich früh, finde ich. Die Bibliothek schließt schließlich erst in zehn Minuten. Maike wirkt müde, und nicht mal die freudig um sie herumtanzenden Zwillinge können sie aufmuntern.

Eine Stunde später, als die Mädchen nur noch leise in ihren Betten flüstern und Maike und ich im Wohnzimmer sitzen, erfahre ich den Grund.

«Ich muss dir etwas sagen», spricht Maike mit tonlosem Ernst. «Ich habe heute Abend gar keine Spätschicht von einer Kollegin übernommen. Ich war heute Abend mit Andy in seiner Dunkelkammer.»

Zeit meines Lebens hatte ich das Gefühl, dass das Schicksal nur darauf wartet, dass ich einen Fehler mache. Aber wie es jetzt aussieht, war der Fehler wahrscheinlich, etwas für den Fehler zu halten, was gar nicht der Fehler war. Maike wird es mir gleich sagen.

«Sag, was du sagen musst, aber ich will keine Details wissen», antworte ich.

«Ich habe nichts mit Andy. Ich habe ihn gebeten, mir ein Foto zu vergrößern ...»

Sie zieht das Foto hervor, das mich an jenem lauen Sommerabend 1995 lässig und glücklich auf einer Parkbank im Rosental stehend zeigt. Das Foto, für das sich Lena bei ihrem Überraschungsbesuch so interessiert hatte.

«Du warst so anders in den letzten Tagen. Eigentlich schon seit deinem Geburtstag, aber vor allem, nachdem diese riesige Putzfrau von Opitz da war. Mich hat dieser Blick von dieser Putzfrau nicht losgelassen. Dieser Blick, nachdem sie das Foto an der Fotowand gesehen hatte. Ich habe mich gefragt, was das für ein Blick war. Ich konnte ihn nicht deuten. Aber gestern Abend, als du weg warst und ich allein war, fiel es mir ein. Es war so etwas wie ... Genugtuung, wie Frohlocken. Ich habe das überhaupt nicht verstanden. Warum sollte diese große, fremde Person frohlocken, wenn sie ein altes Foto von meinem Mann an der Flurwand sieht? Ich habe das Bild abgenommen und es mir angeguckt, und da ist mir aufgefallen, dass sich etwas in deiner Sonnenbrille spiegelt. Aber ich konnte es nicht erkennen ...»

Ich mochte diese verspiegelten Pilotensonnenbrillen schon damals nicht. Sie hätten nie in Mode kommen sollen.

«Ich musste es wissen. Und deswegen habe ich Andy gebeten, dass Foto zu vergrößern. Ullrich, in deiner Sonnenbrille spiegelt sich eine Frau. Und zwar spiegelt sich in deiner Sonnenbrille die Frau, die dich fotografiert.»

«Und?», erkundige ich mich in schnippischer Verzweiflung, todesmutig bereit, das Ergebnis dieser Laienkriminalistik entgegenzunehmen.

Doch zu meiner freudigen Überraschung sagt Maike: «Man sieht leider nicht genug von ihr, sie hat ja den Fotoapparat vorm Gesicht.»

Ich atme auf.

«Ja, Gott! Das war irgendjemand. Eine Spaziergängerin, die ich gebeten hatte, mich mal zu knipsen. Hast du etwa gedacht, dass ich vor dir schon eine Freundin ...?»

Ich rutsche zu Maike und nehme sie in den Arm.

«Ach, Maikäferlein! Das wusste ich gar nicht, dass du so eifersüchtig sein kannst.»

Maike aber wird in meinen Armen nicht so weich, wie ich es mir erhofft habe. Im Gegenteil, sie entwindet sich mir und sagt:

«Ich weiß nicht, wer diese Frau ist. Aber ich weiß jetzt eins: Sie steht neben einem Hund!»

«Ja», lache ich, «kein Wunder. Daneben war eine Hundewiese.»

«Ullrich, es ist eine Deutsche Dogge. Und ... sie geht ihr nur bis zum Knie.»

Mein Name ist Ullrich Hasselmann. Demnächst Professor Ullrich Hasselmann. Mein Fachgebiet ist die Lyrik der späten römischen Kaiserzeit. Ich habe zweimal geheiratet. Einmal aus Berechnung und einmal, weil ich dachte, es ist Schicksal. Meine beiden Ehefrauen messen zusammen drei Meter fünfzig. Ich bin Vater zweier reizender Töchter und eines vielversprechenden Sohnes. Ich hatte schon einmal volltrunken Sex auf einer verkehrsberuhigten Straße. Ich habe das organisierte Verbrechen meiner Stadt neu organisiert und meinen Sohn vor einer kriminellen Laufbahn bewahrt. Ich habe den Tod von fünf Männern verursacht, und Sie dürfen mir glauben, dass mir das ausgesprochen unangenehm ist. Meine erste Frau ist eine Russin. Sie sagt immer «Häschen» zu mir.

Aber unter uns: So sindse.

Dank

Dieses Buch entstand wie jedes meiner Bücher in der Sonne meiner Lieben, aber ich habe auch einigen Freunden und Kollegen zu danken, ohne die dieser Roman so nie hätte geschrieben werden können. Der Dank gilt Ulf für die Unterrichtung in binationaler Paarbildung wie auch für die Überwindung tageszeitlicher Beschränkungen beim Wodkatrinken, Rayk für die Kurzwitze, Dennis für die Einladung zum Erwachsenen-Karaoke, Vanessa für den immer wieder eingeforderten Blutzoll und natürlich nicht zuletzt Natalija ... was soll ich sagen: Du bist die Größte!